Josef Schley

ROCKFEST

Umschlaggestaltung: W. Gniffke/ F. Kühn

Zum zweiten Mal findet in diesem Jahr an der Jim-Morrison-Schule im Berliner Bezirk Steglitz/ Zehlendorf das ROCKFEST statt. Die verantwortlichen Schüler und ihre beiden Lehrer Elli Beck und Wolf Märtens feiern die Veranstaltung als großen Erfolg, bis ihre Freude ein jähes Ende findet. Beim nächtlichen Abbau der Anlage finden sie im Technik-Keller der Schule einen Toten.
Kriminalhauptkommissar Hans Stern vom LKA Berlin und sein Team der 1. Mordkommission übernehmen die Ermittlungen. Viel Arbeit liegt vor ihnen, denn der Täter könnte sich unter den zahlreichen Teilnehmern des Rockfestes befinden.

Der Autor, Pseudonym **Josef Schley**, wurde 1952 in Neuwied am Rhein geboren. Seit 1978 lebt er, nur unterbrochen von Einsätzen als Tennistrainer und Skilehrer im europäischen Ausland, in Berlin und arbeitete dort hauptberuflich als Sportlehrer, zuletzt im Bezirk Steglitz/ Zehlendorf.
Er hat eine Tochter.

Der vorliegende Roman **ROCKFEST** entstand in den Jahren 2013/2014.
Sein Debütroman trägt den Titel **SKIFAHRT**.

Josef Schley

ROCKFEST

Kriminalroman

Für

meinen Bruder Jörg

Erklärung

Der Inhalt des vorliegenden Kriminalromans ROCKFEST ist reine Fiktion. Er ist nur der Fantasie des Autors geschuldet, auch wenn es einige der im Roman genannten Schauplätze wie beschrieben oder so ähnlich gibt.
Ebenso verhält es sich mit den Romanfiguren. Sie sind frei erfunden und ihre Charaktere entsprechen nicht realen Vorbildern. Sollten gewisse Ähnlichkeiten mit lebenden Personen bestehen, so ist dies ein Zufall. Aus den für die handelnden Figuren gewählten Namen können keinerlei Schlüsse auf lebende Personen gezogen werden.

Der Autor

Dezember 2009

Der Junge stand im Halbdunkel unter der großen Kiefer. Er wusste, dass sie ihn hier nicht sehen konnten. Trotzdem ging sein Atem schnell. Er spürte sein Herz heftig schlagen. Atmen – tief einatmen – ausatmen. So hatte er es in den zahlreichen Therapiestunden gelernt. Das würde helfen. Er begann, sich auf seine Atmung zu konzentrieren. Einatmen – ausatmen – einatmen – ausatmen. Er merkte, wie sein Pulsschlag sich verlangsamte.

Unsicher blickte er hinüber zu dem Fenster im Erdgeschoss des Musikhauses. Auch er konnte sie von hier aus nicht sehen. Sie hatten die Jalousie heruntergelassen. Durch die Spalten zwischen den Lamellen drang nur gedämpftes Licht nach außen. Geräusche waren nicht zu hören, der Raum war gut isoliert.

Er fror in seiner dünnen Bomberjacke. Seine Füße waren eisig, seine Hände spürte er kaum noch. Aber er musste sehen, was sie machten. Er konnte nicht anders, obwohl er ahnte, dass es ihn schmerzen würde.

Vorsichtig schlich er die wenigen Meter hinüber zum Musikhaus. Der weiche, mit einer dünnen Moosschicht bewachsene Boden dämpfte seine Schritte. Sie würden ihn nicht hören. Als er das Fenster erreicht hatte, blieb er einen Augenblick ganz still stehen und hielt automatisch den Atem an. Durch eine Lücke in der halb abgerissenen Jalousie konnte er in das Innere des Proberaumes schauen.

Was der Junge sah, entsetzte ihn. Instinktiv trat er einen Schritt zurück und starrte ungläubig auf das Fenster. Er merkte, wie seine Knie zu zittern begannen. Das ist nicht wahr, flehte er stumm. Trotzdem suchten seine Augen wieder das Innere des Bandraumes.

Agnes stand vor dem E-Piano. Ihren Oberkörper hatte sie nach vorne gebeugt. Mit den Händen stützte sie sich auf dem Deckel ab. Ihre nackten Beine waren weit gespreizt, ihr Rock war bis zu den Hüften hochgeschoben. Direkt hinter ihr stand `Er`. Mit einem Arm umfasste er ihre Hüften, während er sich fest an sie drückte. Mit der freien Hand führte er eine Wodkaflasche zum Mund von Agnes und ließ sie trinken. Die Flasche war bereits bis zur Hälfte geleert.

Seine Hose war nach unten geschoben. – Darunter trug er nichts.

Urplötzlich spürte der Junge das Würgen in seinem Hals. Er wandte sich schnell ab und lief einige Schritte. Er wollte sich nicht unmittelbar vor dem Fenster des Proberaumes übergeben müssen.

Als die Würgereize langsam nachließen, spuckte er wütend aus. Er suchte in seiner Jacke nach Taschentüchern. Kurz darauf blickte er wieder zu dem Fenster und bemerkte, dass der Lichtschein, der nach außen drang, etwas heller war. Offensichtlich waren sie fertig. Der Junge trat erneut näher an das Gebäude heran.

Beide waren jetzt wieder angezogen. `Er` zündete sich eine Zigarette an, während Agnes versuchte, den Reißverschluss ihrer Handtasche zu öffnen. Offensichtlich hatte sie so viel getrunken, dass es ihr nicht gelang. Wütend warf sie die Tasche auf den Boden und wäre dabei selbst beinahe hingefallen. `Er` lachte laut, während Agnes zu dem alten Sessel wankte, der in einer Ecke des Proberaumes stand, und sich hineinsetzte. Das Schwein trat neben den Sessel und wollte Agnes küssen. Doch sie wandte ihr Gesicht ab, stieß ihn mit beiden Armen weg und begann unvermittelt, fürchterlich zu weinen.

Der Junge drehte sich um. Die wenigen Schritte bis zu seinem Fahrrad ging er wie in Trance. Den Koffer mit seiner Gitarre ließ er achtlos auf dem Boden liegen. Dass die dunkle Wolkendecke ihre Schleusen geöffnet hatte und es heftig zu schneien begann, nahm er gar nicht wahr.

*

Samstag, 19. Februar 2011

Die taubengraue Stahltür schlug im Takt des leicht auffrischenden Windes gegen einen Stein, den jemand zwischen Tür und Rahmen gelegt hatte. Durch den Spalt drang ein schmaler, heller Lichtstreifen nach draußen. Vereinzelt hörte man Wortfetzen. Dies ließ darauf schließen, dass die Männer vom Erkennungsdienst im Innern des Kellerraumes schon konzentriert ihrer Arbeit nachgingen und die ersten Spuren sicherten. Auch hier draußen hatten die Kollegen von der Schutzpolizei den Bereich um den Zugang zum Tatort bereits mit Absperrband gesichert.

Hans Stern zog den Reißverschluss seines weißen Einweg-Overalls zu, glitt mit seinen Händen in die Handschuhe aus Latex und machte sich daran, die steinerne Außentreppe, die hinunter zu dem Kellerraum führte, hinabzusteigen.

Als er in seiner Abteilung begann, hatte er, wie die meisten seiner Kollegen, auf das Tragen des Schutzanzuges verzichtet. Dann hatte er einmal aus Versehen am Tatort ein benutztes Tempo-Taschentuch verloren. Es war ihm aus der Hosentasche gefallen, ohne dass es jemand bemerkt hatte. Schließlich war es mit weiterem Spurenmaterial bei der KTU gelandet und die Kollegen hatten viel unnütze Zeit mit der Untersuchung des Taschentuches vertan. Seitdem hatte er keinen Tatort mehr betreten ohne den obligatorischen weißen Schutzanzug. Wohl wissend, dass der ein oder andere Kollege sich hinter seinem Rücken darüber amüsierte.

Das Geländer war eiskalt. Trotzdem hielt er sich daran fest. Im Halbdunkel konnte man nicht erkennen, ob die von einer glänzenden Eisschicht bedeckten Treppenstufen glatt waren oder ob jemand hier gestreut hatte. Der Hauptkommissar blickte auf seine Armbanduhr. Zehn Minuten nach zwei. Eigentlich hätte Grüber schon da sein müssen. Er hatte ihn sofort angerufen, nachdem sein Dienst-Handy geklingelt hatte und er über den Leichenfund in Zehlendorf informiert worden war. Und Grüber wohnte zurzeit bei seiner Freundin am `Roseneck`, mit dem Wagen höchstens zehn Minuten von hier. Sie hatten in dieser Woche beide Bereitschaftsdienst, Stern war als Hauptkommissar der Ranghöhere. Wer von den Staatsanwälten Bereitschaft hatte und zum Tatort kommen musste, wusste er nicht.

Vorsichtig öffnete der Kriminalbeamte die Stahltür.

»Morgen zusammen.«

Die Männer von der Spurensicherung blickten kurz auf. Dabei schienen sie gleichzeitig zu überprüfen, ob er sich vorschriftsmäßig verhielt und aufpasste, wo er hintrat. Stern kannte nur zwei von ihnen.

»Morgen«, entgegneten sie knapp und widmeten sich schweigend wieder ihrer Arbeit.

Der Rechtsmediziner Dr. Groß war ebenfalls schon am Tatort. Er nickte Stern kurz zu und erhob sich langsam. Vorsichtig trat Stern neben ihn und achtete darauf, dass er keine Spur verwischte.

»Männliche Leiche, gerade zwanzig Jahre alt. Christopher Fink, ehemaliger Schüler. Erstochen, mehrere Einstiche. Seine Brieftasche mit dem Ausweis steckte in seiner Hosentasche. Handy und Geld sind noch da. Tatwaffe allerdings bisher Fehlanzeige.«

»Und wer hat ihn hier unten gefunden, mitten in der Nacht?«

»Zwei Jungen, auch von dieser Schule.«

»Und was machen die hier? Ist die Schule am Wochenende nicht geschlossen?«, fragte Stern, obwohl er bei seiner Ankunft die Bühnenaufbauten in dem großen Saal im Erdgeschoss wahrgenommen hatte.

»Normalerweise schon. Aber an diesem Wochenende fand hier ein ROCKFEST statt. Die Veranstaltung war etwa gegen Mitternacht zu Ende. Und als die Jugendlichen ihre Verstärker und die Instrumente wieder zurück in den Keller bringen wollten, fanden sie hier den jungen Mann. War leider schon tot. Wie gesagt, erstochen.«

»Und wieso riecht`s hier drin wie in einem Coffeeshop?«, wunderte sich Hauptkommissar Stern.

»Wurde sicher als Raucherzimmer benutzt«, antwortete Dr. Groß grinsend, wobei er beim Wort Raucherzimmer mit seinen Händen Anführungszeichen andeutete und dann auf einen Joint zeigte, der auf dem Boden lag.

Stern ließ sich die Brieftasche reichen und warf einen Blick auf das Foto auf dem Ausweis. Er sah einen gut aussehenden jungen Mann. Dieser schien jedoch deutlich jünger als zwanzig. Das Foto musste schon älter sein. Der Junge hatte langes, blondes Haar, das er sich zu einem Zopf zusammengebunden hatte, und einen sympathisch wirkenden, offenen Gesichtsausdruck. Geboren war er am dritten Januar 1991, konnte Stern auf dem Dokument lesen. Außer dem Ausweis steckten in der Brieftasche zwei Fünfzig- und drei Zwanzig-Euroscheine und eine EC-Karte der Commerzbank. Ziemlich viel Geld für einen Zwanzigjährigen, wunderte sich der Ermittler. Seine Tochter verfügte nicht über so viel Bargeld in ihrem Portemonnaie.

»Wieso hatte der Bursche so viel Bargeld dabei? Ob der hier unten gedealt hat?«, wandte er sich an den Arzt.

Dr. Groß hatte sich bereits wieder über die Leiche gebeugt und murmelte: »Würde zum Geruch hier im Keller passen.«

»Jedenfalls um Raub scheint es sich bei der Tat nicht zu handeln«, bemerkte Stern. »Es sei denn, der Täter ist gestört worden und musste fliehen, bevor er sein Opfer durchsuchen konnte. Und dann müsste es einen Zeugen geben.«

Der Hauptkommissar sah sich etwas genauer in dem hell erleuchteten Kellerraum um. Überall standen Boxen, Mikrofonständer, Gitarren, teilweise nur noch mit drei oder vier Saiten bestückt, sowie Schlagzeugteile und Verstärker herum. Auf dem Boden verstreut lagen Kabel und Mikrofone und unmittelbar neben der Eingangstür hatte jemand ein E-Piano einfach abgelegt. Es herrschte ein heilloses Durcheinander. Hier schien es niemanden zu geben, der wenigstens ein bisschen auf Ordnung achtete. Ob die Lehrer das mit Absicht duldeten, um die Eigenverantwortlichkeit ihrer Schüler zu fördern? Dann haben sie allerdings noch jede Menge Arbeit, dachte Stern. – Oder es wurde ihnen einfach zu viel, sich auch noch um die Ordnung in dem Technikkeller ihrer Schule zu kümmern. Er würde bei Gelegenheit seiner Tochter davon erzählen und deren Meinung dazu hören.

Christopher Fink lag etwa in der Mitte des Raumes auf einem alten, teilweise mit Blut befleckten Teppich. Die Art seiner Verletzungen und die Blutflecke auf seiner Kleidung schienen die Aussage des Arztes zu bestätigen. Er war ganz offensichtlich durch mehrere Messerstiche getötet worden. Aus dieser Tatsache den Schluss zu ziehen, dass

14

der Täter das Opfer möglicherweise gekannt oder sogar gehasst hatte, lehnte Stern ab. Auch wenn es sowohl diese Theorie als auch zahlreiche statistische Belege dafür gab. Doch er verließ sich lieber auf Fakten.

Warum wird ausgerechnet, wenn ich Bereitschaft habe, ein Junge umgebracht, der genauso alt ist wie meine Tochter, dachte Stern.

»Grüber ist übrigens schon oben bei den Jugendlichen und befragt sie, soweit sie ansprechbar sind«, unterbrach ihn Dr. Groß in seinen Gedanken.

»Ach, Grüber ist schon hier? Ich hab sein Auto gar nicht gesehen.«

»Ich glaub, er hat ein Taxi genommen. Seine Kiste sprang mal wieder nicht an. Is halt en Sommerauto.«

»Und wo ist Grüber mit den Jugendlichen?«

»Die haben im Hauptgebäude einen Raum, Freizeitraum nennen die den. Liegt gleich um die Ecke im Erdgeschoss. Der Zugang vom Hof befindet sich wohl rechts neben der Mensa. Die ist noch erleuchtet, nicht zu übersehen. Da fand auch die Veranstaltung statt.«

»Sind auch Lehrer dabei?«

»Ja, aber ich glaube nur zwei. Viele Lehrer sollen auch nicht an der Veranstaltung teilgenommen haben, meinten die Schüler. Und die, die hier waren, sind teils schon ziemlich früh wieder gegangen.«

»Okay. Ich geh dann mal hoch zu Grüber«, erwiderte der Hauptkommissar, bevor er seinen Blick noch einmal langsam durch den großen Raum gleiten ließ. Die wichtigen Details würde er sich sowieso auf den Tatort-Fotos der Spurensicherung, die seine Kollegen ihm per Mail in sein Büro schicken würden, genauestens anschauen. Neuerdings machten sie sogar qualitativ sehr hochwertige Videoaufnahmen.

»Wenn du fertig bist mit deiner Arbeit, Leo, kannst du mich über Handy erreichen. – Tschüss, Kollegen«, verabschiedete er sich von den übrigen Männern und verließ den kalten Keller.

*

Zwei Monate vorher

Mittwoch, 8. Dezember 2010

»Moin!« Toshe betrat den Freizeitraum der Jim-Morrison-Schule in Zehlendorf um zehn Minuten nach drei. Er sah sich erstaunt um. »Wo sind denn die anderen? War nicht um drei Uhr Treffen angesagt?«

Außer ihm waren nur noch drei Schüler und Wolf Märtens, der Musiklehrer, in dem großen Raum anwesend. Die Schüler lagen auf den alten Ledersofas, die auch während der Pausen oder Freistunden gerne zum Chillen benutzt wurden, und hörten Musik über Kopfhörer, der Lehrer war mit dem Notebook beschäftigt, das er auf seinen Knien liegen hatte.

»Maren und Luisa kommen später. Die sind noch zu Edeka. Georg muss für seine Bio-Klausur lernen und Franziska hat mittwochs immer Klavierstunde. Von den anderen weiß ich nichts. Die kommen sicher gleich«, erklärte Ludwig.

»Schön! Ich hab jetzt auch Leistungskurs Englisch und in zwei Wochen schreiben wir Klausur. Dann geh ich auch wieder!«

»Chill mal, in fünf Minuten fangen wir an.«

Toshe steuerte mürrisch auf einen der breiten, weichen Ledersessel zu und ließ sich hineinfallen.

»Frau Beck lässt sich auch entschuldigen«, gab der Lehrer bekannt, »sie muss heute Nachmittag an einer Sitzung der Kerngruppenleiter teilnehmen. Ich werde heute Abend mit ihr telefonieren und ihr vom Verlauf unseres Treffens berichten.«

»Sorry, aber wir hatten so einen Hunger.« Maren und Luisa betraten den Freizeitraum und lächelten schuldbewusst. Sie beeilten sich mit ihrer Edeka-Tüte und ihren Umhängetaschen zu einem der freien Stühle zu gelangen. Als die Gruppe kurz darauf auf mehr als zehn Schüler angewachsen war, schaute Wolf Märtens demonstrativ auf seine Uhr.

»Also los, lass anfangen!«, ergriff Ludwig das Wort. Er ging zu dem Flipchart, das er bereitgestellt hatte, und nahm sich einen Stift. Die anderen sahen interessiert zu dem Oberstufenschüler hin und warteten, was er ihnen zu sagen hatte.

»Also, für die, die mich noch nicht kennen, ich bin Ludwig. Ich bin in der Oberstufe, im dreizehnten Jahrgang. Ich war auch schon im letzten Jahr beim ROCKFEST dabei und Herr Märtens hat mich gefragt, ob ich in diesem Jahr die Organisationsleitung übernehmen kann. Hat einer was dagegen?« Er schaute in die Runde. – Schweigen.

»Okay. Als erstes erstellen wir eine To-Do-Liste. Und du, Luisa, führst Protokoll. Nur Stichwörter. Die kannst du danach gleich für alle auf Facebook stellen.«

Widerspruchslos legte die Schülerin ihren Schokoriegel weg, holte ihr I-Phone aus der Tasche ihres Anoraks und wartete ab, was der Oberstufenschüler anschreiben würde.

Etwa zwanzig Minuten später wurde die Tür leise geöffnet. Florian und Mike traten schnell herein.

»Sorry, Dr. Weber hat uns nicht früher gehen lassen.«

Märtens war froh, dass Mike Kumbela erschienen war. Der Junge war im Juli letzten Jahres an ihre Schule gekommen. Er lebte mit seinen Eltern und vier Geschwistern in einem Asylantenheim im Bezirk. Anfangs wirkte er völlig verstört von dem, was er in seiner Heimat Ruanda erlebt hatte. Zunächst hatte er so gut wie gar nicht gesprochen. Dann hatte er sich ganz langsam und vorsichtig etwas geöffnet und erste Kontakte geknüpft. Dazu trug sicherlich bei, dass er gut trommeln konnte und in der Band-AG ein Schlagzeuger fehlte. Florian hatte ihn dann überreden können, mitzumachen. Ein Schlagzeug war vorhanden. In diesem Jahr wollte Mike zum ersten Mal mit auf die Bühne.

»Gut, dass du da bist, Flo. Wir schreiben gerade die Bands auf und brauchen die Bandnamen für *die Plakate. Was für einen Namen habt ihr denn jetzt eigentlich?«, fragte Ludwig.*

»`The Best`«, grinste Florian und ertrug das Gelächter des ganzen Teams mit Humor.

Nachdem sich alle wieder beruhigt hatten, fuhr Ludwig fort: »Okay, dann haben wir jetzt fünf Bands. Ich hab vorhin Ivan in der Mensa getroffen. Die `Smoking Guns` gehen klar. Dann haben wir noch `The Best`, `The Trash` und `Edel Edel`.«

»`Edel Edel`, sind das die Hip-Hopper?«, unterbrach ihn Toshe.

»Ja«, antwortete Ludwig knapp.

»Fett!«

»Und als special guests wollen `The Souxx` noch mal spielen«, fuhr Ludwig fort. »Ich hab gestern Abend mit Fink telefoniert und er hat fest zugesagt. Wird das letzte Mal sein beim ROCKFEST.«

»Ist das geil?! – Übertrieben geil!«

»Wenn die Souxx spielen kommen massenhaft Leute.«

»Cool!«

Märtens schaute erstaunt in die Runde. Damit hatte er überhaupt nicht gerechnet.

»Fink? Ist das nicht der, der Neuntklässlerinnen fickt?«, brummte Maren für alle hörbar.

Märtens schaute erstaunt in die Runde. »Was soll das denn? Spinnst du, Maren?«

Sofort ärgerte er sich, dass ihm das Wort herausgerutscht war. »Sorry, Maren, das nehm ich zurück. – Aber ich kenne Fink schon lange. Der war sieben Jahre an unserer Schule und hat bei uns Abi gemacht. Der hat sich hier nichts zu Schulden kommen lassen. Im Gegenteil. Der hat jahrelang die Band-AG geleitet und bei uns an der Schule Gitarrenunterricht gegeben. – Außerdem hat Fink das ROCKFEST mit begründet. Und wenn er jetzt mit seiner eigenen Band noch mal bei uns spielt, ist das die beste Unterstützung, die wir für unsere Veranstaltung bekommen können. – Ich möchte nicht, dass einer von euch anfängt, Gerüchte zu verbreiten«, wandte er sich jetzt auch an die anderen. – »Ist das klar? – Maren?«

Die Schülerin errötete leicht, sagte aber nichts, sondern schaute weg. Märtens blickte wieder auf seine Uhr. »Leute, ich hab in zehn Minuten noch einen Kurs. Ich muss gleich gehen. Wollt ihr noch länger machen oder machen wir weiter, wenn wir uns nächste Woche treffen?«

Die Schüler antworteten mit regem Stühlerücken.

»Mach ich Foto, tu ich Facebook«, witzelte Luisa und machte unter dem Gelächter der übrigen Schüler schnell noch zwei Aufnahmen von Ludwigs Aufzeichnungen auf dem Flipchart. Dann verließ sie zusammen mit Maren als Letzte den Freizeitraum.

*

Tom stand am Fenster und blickte hinaus. Minutenlang. Er sah nichts, obwohl es noch nicht dunkel war. Mit seinen Gedanken war er ganz irgendwo anders.

Das ROCKFEST. Er hatte gehört, dass sie mit der Organisation beginnen wollten. In der ganzen Schule hatten sie Zettel aufgehängt. Auch eine Durchsage im Schulradio hatte er gehört:

»Hallo Jim! Jiii-im! Es gibt demnächst ein Jubiläum! – ROCKFEST II. – Dafür brauchen wir dich!«

Wer hat sich bloß diese Scheiß-Durchsage einfallen lassen, dachte er. Wir sind doch nicht in der Grundschule.

»Wenn du Musik machst, Techniker bist oder bei der Organisation helfen möchtest, komm zu unserem Treffen am Mittwoch, den 8. Dezember, nach der achten Stunde, Freizeitraum. – See you. Lohnt sich auf jeden Fall!«

Ihn hatte keiner gefragt, ob er mitmachen wollte. Natürlich nicht. Er drehte sich um und trat an sein Bett. Auf dem Hocker, der daneben stand, lagen das Tabakpäckchen, die Blättchen und ein Päckchen Streichhölzer. Zurück am Fenster drehte er sich geschickt eine dünne Zigarette, zündete sie an und sog den Rauch tief ein. Das erloschene Streichholz ließ er achtlos auf den Boden fallen.

ROCKFEST. – Wenn es stimmte, dass die Souxx dort spielen würden, wäre das die Gelegenheit. Sie hatten erzählt, dass letztes Mal über fünfhundert Leute da waren. Er selbst war nicht dabei gewesen. Natürlich nicht! – Bei so vielen Leuten würde er nicht auffallen, überlegte er. Und verschwinden könnte er auch unauffällig. Im Februar war es abends noch sehr lange dunkel. Er müsste die Sache nur ganz genau planen.

Die Katze riss ihn aus seinen Gedanken. Sie erhob sich plötzlich auf dem Fensterbrett im dritten Stock des gegenüberliegenden Hauses, wo sie trotz des kalten Wetters eine Zeitlang bei geöffnetem Fenster gekauert hatte. Jetzt beugte sie sich vorsichtig nach vorne, als wollte sie etwas beobachten, das außerhalb ihrer Reichweite lag. Ob die Katze wusste, wie riskant ihre Aktion war? Ein leichter Windzug ließ einen Fensterflügel langsam nach vorne gleiten. Fast hatte er das Hinterteil der Katze erreicht. Sie schien das zu spüren. Augenblicklich setzte sie sich wieder, drehte sich und sprang zurück ins Zimmer.

Sie hatte auch eine Katze gehabt, weiß, mit einem wunderbar zottigen Fell. Mit seinen großen grünen Augen hatte das Tier ihn abweisend angeblickt, als sie beide damals ihr Zimmer betreten hatten. Die Katze hatte auf dem breiten Bett gelegen und vor sich hingeträumt. Dann hatte sie sich, genau wie die Katze von gegenüber, erhoben, war vom Bett gesprungen und hatte das Zimmer ver-

lassen. Und sie waren ganz alleine gewesen, nur sie und er. Ihre Eltern waren für ein paar Tage an die Ostsee gefahren. Sie war in Berlin geblieben. Ihrer Mutter hatte sie gesagt, sie müsste zusammen mit einer Freundin aus der Klasse ein Referat schreiben und für zwei Klassenarbeiten lernen.

Die Katze tauchte wieder auf dem Fensterbrett gegenüber auf. Sie war grau-weiß gecheckt und wirkte zu fett, wie viele Katzen von älteren Menschen. Vielleicht fror sie deshalb auch nicht an dem offenen Fenster. Der Wind hatte zugenommen. Das konnte er an den schwankenden Kronen der Bäume im Vorgarten erkennen. Der Himmel war wolkenverhangen, dunkelgrau. Kein Lichtstrahl kam durch. Es war düster, fast dunkel, obwohl es gerade erst halb vier war. Ihm war es recht. Das Wetter passte zu seinen Gedanken, die sich unerbittlich einen Weg in sein Bewusstsein suchten.

Er floh. Zurück in ihr schönes, buntes Zimmer. Setzte sich wieder zusammen mit ihr auf die roten Sitzkissen auf dem Boden.

Ihre Beine berühren sich kurz. Die Beine des Mädchens sind braun und fühlen sich ganz warm an. Ihr kurzer, türkisfarbener Rock rutscht beim Hinsetzen etwas hoch. Schnell zieht sie ihn wieder hinunter. Er sieht die Szene deutlich vor sich. – Als wäre es gestern gewesen. Nun nimmt sie vorsichtig seine Hand, sieht ihn etwas verunsichert an. Dann beginnt sie zaghaft seine Hand und seinen nackten Unterarm zu streicheln. Für ihn ist es der

24

schönste Moment, den er sich vorstellen kann. Verlegen schließt er die Augen, lehnt sich mit dem Rücken an die Wand und genießt ihre Berührung. Als er die Nähe ihrer Lippen an seinem Mund spürt, öffnet er seine Augen. Ihre sind jetzt geschlossen. Er nimmt allen Mut, den er hat, zusammen und berührt mit seinem Mund ihre warmen, weichen Lippen. Sein erster Kuss. Als er sicher ist, dass es ihr auch gefällt, küsst er sie immer wieder.

Er hätte am liebsten gar nicht mehr aufgehört.

Später, auf dem Weg nach Hause, durchströmte ihn ein unglaubliches Glücksgefühl. Er war verliebt und sie sein Traum. Hoffentlich würde sie ihn noch ganz oft zu sich einladen, hatte er sich gewünscht.

Ein Geräusch aus dem Inneren der Wohnung riss ihn jäh aus seinen Gedanken. Seine Mutter war aufgewacht und hatte als erstes den Fernsehapparat eingeschaltet. Gleich würde sie nach ihm rufen.

*

Nachdenklich saß Märtens im Wohnzimmer und zog an seiner Zigarette. Seine Augen folgten den Rauchkringeln, die er kurz zuvor ausgestoßen hatte und die sich bei ihrem Aufstieg Richtung Decke eins nach dem anderen unweigerlich auflösten. Seine ganze Wohnung musste inzwischen unange-

nehm nach Rauch stinken. Er bemerkte es nicht mehr. Es war ihm auch egal. Und Besuch, den der Geruch stören könnte, bekam er kaum noch, seit seine Freundin ihm vor einem halben Jahr die Pistole auf die Brust gesetzt und ihn anschließend endgültig verlassen hatte.

Seine Freundin war eifersüchtig gewesen und natürlich auch sauer. Ihr waren bei Feiern im Kollegenkreis häufiger hinter vorgehaltener Hand Gerüchte zugetragen worden, er `habe etwas` mit Schülerinnen aus der Oberstufe. Schließlich hatte sie ihn energisch zur Rede gestellt. Danach wollte sie Nägel mit Köpfen machen und wollte, dass sie beide heirateten. Als er nicht sofort zustimmte und sie mit fadenscheinigen Argumenten, wie sie es ausdrückte, vertrösten wollte, war sie gegangen.

Was hat es mit Marens Bemerkung über Fink und die Neuntklässlerinnen auf sich, war er plötzlich wieder bei dem Thema, das ihn schon den ganzen Nachmittag über beschäftigt hatte. Auch während seines wenig erbaulichen Abendessens aus belegten Broten und einer Gemüsebrühe hatte ihn die Frage nicht losgelassen. Die Schüler wussten oft viel mehr, als sich ihre Lehrer vorstellen konnten. War ihm da etwas entgangen?

Er drückte seine Zigarette aus und ging ins Bad. Vielleicht ist es das Beste, Anna Keller anzurufen, überlegte er, während er den Wasserhahn aufdrehte. Sie war zwei Jahre lang Finks Tutorin in der Oberstufe. Ihr Leistungskurs Englisch hatte verhältnismäßig wenige Teilnehmer gehabt und Anna *hatte einen guten Draht zu Schülern. Vielleicht hatte sie etwas munkeln hören. Er müsste Anna Keller gegenüber Marens Bemerkung ja nicht wörtlich zitieren. Das Projekt ROCKFEST durfte auf keinen Fall gefährdet werden.*

Märtens zog an seiner Zigarette, während er das Telefon zurück auf die Ladestation legte. Anna Keller war nicht zu Hause. Oder sie konnte die Telefonnummer auf ihrem Display nicht zuordnen und hatte keine Lust, sich kurz vor zweiundzwanzig Uhr noch auf ein Telefonat mit irgendwelchen Eltern einlassen zu müssen. Er hatte ihr aber nicht auf ihren AB gesprochen. Wenn er sich richtig erinnerte, hatte sie donnerstags in der ersten großen Pause immer Pausenaufsicht im zweiten Stock. Er hatte sie dort schon oft gesehen, wenn er in den Computer-Raum für Lehrer wollte. Der war ebenfalls in der zweiten Etage. Er würde sie morgen aufsuchen und sie ganz unauffällig ein wenig über Fink aushorchen. Bis morgen hatte die Angelegenheit zweifellos Zeit. Er setzte sich wieder auf sein weiches braunes Ledersofa, wobei sein Blick auf das eingerahmte Poster der Berliner Jazztage fiel. Ein Geschenk seiner Freundin, er hatte es noch nicht abgehängt. Er vermisste sie.

Natürlich war an diesen Gerüchten nichts wahr gewesen. Er hatte einen guten Draht zu einigen Schülerinnen aus der Oberstufe, aber auch zu einigen Schülern. Er mochte einfach die unbeschwerte, unbekümmerte Art, die optimistische Grundhal-

tung. Und vor allem die Begeisterungsfähigkeit der jungen Leute. Er fand das erfrischend und ließ sich gerne davon anstecken, soweit das noch möglich war. Natürlich gefiel ihm, besonders bei den Schülerinnen, auch das jugendliche Aussehen und ihre Art sich zu kleiden. Das bestritt er nicht. Aber alles andere waren Gerüchte. Bis auf eine Ausnahme. Und die ausgerechnet hatte etwas mit Fink zu tun. Deshalb war er auch nicht wirklich begeistert gewesen, als er heute beim Rock-Treffen hörte, dass Fink mit seiner Band auftreten wollte.

Märtens stand auf, um sich aus der Küche noch ein Bier zu holen. Er spürte eine gewisse Anspannung aufkommen bei diesem Thema. Dabei lag die Sache schon mehr als sechs Monate zurück.

Er hatte den Schülerinnen und Schülern seines Leistungskurses Musik angeboten, als Abschluss ihrer gemeinsamen Zeit an der Schule über Christi Himmelfahrt einen Instrumental-Workshop in dem kleinen Ort Born auf der Halbinsel Fischland-Darss durchzuführen. Obwohl es sich bei dem Zeitraum um unterrichtsfreie Zeit handelte, waren alle Schüler mitgekommen. Sie wohnten zusammen in einem restaurierten ehemaligen Gutshof, der seinem alten Freund Sebastian gehörte und den dieser ihnen zu einem absoluten Freundschaftspreis überlassen hatte. Für die Verpflegung mussten sie selbst sorgen. Das hatte hervorragend geklappt. An diesem Workshop nahm auch Laura März teil, die Freundin von Fink.

28

Der Samstagabend stand für alle zur freien Verfügung. Es lagen keine Workshop-Termine an. Er selbst hatte sich nach dem gemeinsamen Abendessen verabschiedet, um seinen Freund zu besuchen. Sebastian war auch auf der Insel, in einer seiner Ferienwohnungen. Und dann nahm alles seinen Lauf. Wie auf Knopfdruck spielte sich die Szene noch einmal in seinem Kopf ab:

Als er gegen Mitternacht leicht angetrunken zum Gutshof zurückkommt, sieht er eine seiner Schülerinnen einen Steinwurf vom Haupteingang entfernt alleine auf einer Bank sitzen. Es ist Laura. Auf dem Boden liegt eine leere Weinflasche. Daneben mindestens ein halbes Dutzend Zigarettenkippen. Er geht zu dem Mädchen hin und setzt sich zu ihr. Ihr Weinen wird lauter.

»Laura, was ist passiert?«

Die Schülerin kann nicht antworten. Sie schluchzt nur. Vorsichtig legt er seinen Arm um ihre Schulter und hält sie fest, bis sie sich ein wenig beruhigt. Schließlich fängt das Mädchen an zu erzählen.

Es ging um Fink. Er hatte Laura gegenüber mehrmals angedeutet, dass er nicht sicher sei, ob er auf sie warten wolle, wenn sie für ein Jahr nach Australien gehen würde.

Die Nacht endete damit, dass die Schülerin morgens gegen fünf leise zurück in ihr Zimmer schlich. Sie schworen sich hoch und heilig, niemandem etwas zu erzählen. Er hatte sich an sein Versprechen gehalten. Etwas anderes blieb ihm auch nicht *übrig, das wusste er. Ob Laura sich auch Fink gegenüber an ihr Versprechen gehalten hatte, wusste er nicht. Er hatte sie auch nie danach gefragt.*

*

Christopher Fink betrat den Bürgersteig und wandte sich sofort nach rechts. Die wenigen hundert Meter das Heckmannufer hinunter bis zum Görlitzer Ufer wollte er zu Fuß zurücklegen. Beißend kalter Wind wehte ungehindert über die Eisfläche des `Teltow-Kanals` und erzeugte ein unangenehmes Brennen auf seinen Wangen. Unwillkürlich zog er seine Schultern hoch und neigte seinen Kopf so weit nach vorne, dass sein Gesicht bis zur Nasenspitze in seinem dicken, grauen Wollschal verschwand. Der Eingang des `Görlitzer Parks` lag völlig im Dunkeln. Der Park schien menschenleer. »Fuck!«, fluchte Fink, obwohl er gewusst hatte, bei so einem Wetter würden nicht allzu viele den Weg hierher machen. Doch einige würden mit Sicherheit kommen, versuchte er sich zu beruhigen, auch wenn sie sich dabei den Arsch abfrieren würden. Und sie würden bei ihm kaufen müssen.

»Die Afrikaner sind bei dieser Kälte nicht da. Warmduscher!«, höhnte Fink kaum hörbar vor sich hin. »Sollen doch zurückgehen nach Afrika. Und dann am besten für immer da bleiben!«

Nicht weit vom `Café Edelweiss` hatte er sein Versteck für den schwarzen Kunststoffbeutel mit der Ware. Aus der Außenmauer des Parks hatte er in mühevoller Arbeit heimlich einige Ziegelsteine gelöst und so einen wieder verschließbaren Hohlraum geschaffen. Ein Busch davor machte sein Versteck für andere unsichtbar. Vorsichtig schaute er sich um, ob niemand in der Nähe war. Dann verschwand er hinter dem schützenden Busch, um sein Depot zu öffnen und die Ware zu entnehmen. Als alles erledigt war, machte er sich auf den Weg zu einer Bank ganz in der Nähe und zündete sich eine Zigarette an. Das Gras war im Moment nur zum Verkauf bestimmt. Er brauchte jeden Euro. Babos Geduld neigt sich dem Ende zu, hatten ihm dessen Helfershelfer vor zwei Tagen deutlich klar gemacht.

Die erste Gestalt näherte sich vorsichtig im Schutz der kahlen Bäume. Heute würden die Käufer ein bisschen mehr Kohle rüberschieben müssen, entschied Fink. Keine Konkurrenz am Markt, wie sonst, wenn mindestens zwanzig Schwarzafrikaner entlang des Weges zur Wiener Straße auch ihre Ware anboten. Im Sommer waren abends manchmal mehr als fünfzig Dealer im Park unterwegs.

Fink schaute auf sein Handy. Einundzwanzig Uhr fünfzehn. Er hatte sich wohl getäuscht, die Person, die er vorhin gesehen hatte, war in der Dunkelheit verschwunden, ohne etwas bei ihm gekauft zu haben. Aber in einer dreiviertel Stunde würde das

Konzert im nahe gelegenen `Lido` beginnen. Mindestens zehn bis fünfzehn Leute würden vorher noch bei ihm vorbei kommen und sich etwas zu rauchen besorgen, hoffte er. Die meisten würden sich leider mit ein bis zwei Gramm Gras oder Shit zufrieden geben. Zu wenig für ihn, um mit den Einnahmen die Kohle, die er Babo seit mehreren Tagen schuldete, zusammen zu bekommen. Hoffentlich würden sich seine Leute morgen mit einer Anzahlung zufrieden geben.

Fink blickte zum Himmel. Zu allem Unglück hatte es angefangen zu schneien. Zum ersten Mal in diesem Jahr. Dicke Flocken bildeten im Nu eine zentimeterdicke Schicht aus Neuschnee auf dem Boden. Seine Füße wurden nass und eiskalt, auch sein Parka bildete keinen Schutz mehr gegen die Nässe, die langsam nach innen drang und seinen Körper unaufhaltsam auskühlte. Er merkte, dass er dringend pissen musste. Die Kunden würden sich etwas gedulden müssen. So schnell es seine steif gefrorenen Beine zuließen, stapfte er durch den frischen Schnee in Richtung `Edelweiss`. Ein paar Minuten im Warmen und ein heißer Tee würden ihm gut tun. Die schwarz gekleidete Gestalt, die ihn schon eine ganze Weile beobachtet hatte und ihm jetzt folgte, bemerkte er nicht.

*

Fink wärmte sich seine Hände an dem heißen Teeglas und pustete vorsichtig. Langsam machte sich wieder Leben in seinem durchgefrorenen Körper breit. Nur das Kribbeln in seinen Füßen blieb unangenehm.

Er musste vorsichtig sein. Mit Babo und seinen Leuten war nicht zu spaßen. Einen Dealer, der Babo übervorteilen wollte, hatte er einmal in der `Hasenheide` unter einem Baum liegen sehen. Nicht mal seine Mutter hätte den Typen wiedererkannt. Damals hieß es in der Szene, es habe sich in dem Fall lediglich um eine letzte Warnung gehandelt. Fink wollte nicht wissen, was danach kommen würde. Kein Wunder, dass er seit zwei Wochen völlig von der Rolle war. Fabian hatte das natürlich gemerkt und ihn vorgestern Abend schließlich darauf angesprochen.

»Was`n los mit dir, Alter? Seit Tagen rennst du rum, wie mein Kater auf Speed! Was stresst dich denn so?«

»Stresst ist untertrieben. Ich hab Panik!«

»Ist Laura schwanger?«

»Spinnst du? Nee, nee. Viel schlimmer!«

»Und warum sagst du nichts? Rück endlich mit der Sprache raus, Alter. Sind wir etwa keine Freunde?«

Und dann waren bei ihm alle Dämme gebrochen und er hatte Fabian die gefährliche Situation, in der er sich befand, bis ins kleinste Detail beschrieben. Danach hatte er sich etwas erleichtert ge-

fühlt. Aber nur ganz kurz. An der Ausgangssituation hatte sich nicht das Geringste geändert.

»Hab ich das jetzt richtig verstanden? Du bist sozusagen offiziell Dealer im Team von diesem Babo?«, hatte Fabian fassungslos gefragt. »Und die Dealer aus seinem Team müssen nicht Vorkasse leisten, wie normale Kleinabnehmer, sondern sie bekommen größere Mengen Gras sozusagen in Vorleistung? Und zahlen, je nach Absprache, erst alle zwei oder alle vier Wochen?«

»Ja, so sieht`s aus.«

»Mann, Alter! Und du hättest vor vier Tagen fünfhundert Euro zahlen müssen? Und du musst Ende Dezember weitere tausend Euro bringen und dir hat jemand Stoff für fast tausend Euro geklaut?«

»Ja, genau so. Ich wollte meine Schicht anfangen und kam gerade von meinem Bunker. Mit hundert Gramm in der Tasche. Plötzlich stand jemand hinter mir und hielt mir ein Messer an den Hals. Sollte ich mich etwa umbringen lassen?«

»Bist du bescheuert, Alter, überhaupt mit so einer großen Menge loszugehen? Das ist doch Wahnsinn! – Bist du jetzt Großdealer? Ich dachte, du studierst. Wenn du damit erwischt wirst, gehst du in den Knast, Alter! – Woher hat der Typ denn eigentlich gewusst, dass du so viel Stoff mit hattest. – Konnte der das überhaupt wissen?«

....»Keine Ahnung. – Vielleicht hat er gesehen, dass ich gerade erst zu meinem Standplatz kam. Und hat vermutet, dass ich viel Zeug dabei haben könn-

te, weil an dem Abend viel los war im Park. Alle wollten noch etwas kaufen. Im `Lido` war ein Band-Contest.«

»Und was willst du jetzt machen?«

Auch auf diese Frage hatte er keine Antwort gewusst und nur ratlos die Schulter gehoben.

»Wieso nimmt dich dieser Babo überhaupt in sein Team und überlässt dir Stoff für tausenfünf-hundert Euro? Über vier Wochen? Das ist ja un-glaublich!«

»Genau genommen läuft es so: Fünfhundert nach einer Woche und die restlichen tausend nach vier Wochen. – Weil ich im letzten Jahr so viel um-gesetzt habe, wollte er mich im Team haben. Das konnte ich nicht ablehnen. Und im Team herrscht absolutes Vertrauen. Nur sollte man nicht wagen, das zu missbrauchen!«

Fink blickte auf sein Smartphone. Er musste wieder nach draußen. Er hatte schon viel zu viel Zeit im `Edelweiss` verbracht. Er zahlte, packte sich wieder dick ein in Parka, Fellmütze und Schal, griff nach seinen Handschuhen und machte sich auf den Weg.

Draußen schneite es immer noch. Er zog sich die gefütterte Kapuze des Parkas über den Kopf. Seine Augen brauchten einen Augenblick, um sich an die Dunkelheit zu gewöhnen. Deshalb sah er die Faust des ganz in Schwarz gekleideten Mannes zu spät. Sie krachte ungehindert in sein Gesicht. Den nächsten Schlag spürte er nicht mehr. Er war schon ohne Besinnung. Hart schlug er auf den Stufen auf, die hinunter zum Park führten.

*

Mitten in der Nacht wachte Agnes auf. Ihr Herz schlug schnell und beängstigend heftig. Sofort spürte sie die aufkommende Panik. Wieder einmal, wie nun schon seit einem Jahr. Seit dem Abend im Proberaum damals. Sie fühlte wie das T-Shirt, das sie als Nachthemd trug, an ihrem schweißnassen Körper klebte.

»Es ist gut. Er ist nicht da«, machte sie sich klar, indem sie diese Worte bewusst aussprach. Zu dieser Methode hatte ihr Frau Dr. Lufen geraten. Vorsichtig öffnete sie ihre Augen. Draußen war es dunkel. Doch das fahle Restlicht, das in ihr Zimmer fiel, reichte aus, um schemenhaft die Einrichtungsgegenstände erkennen zu können. Sie war zu Hause. In ihrem eigenen Zimmer. Das heftige Pochen in ihrer Brust ließ langsam etwas nach.

Begonnen hatten die Albträume gleich in derselben Nacht. Seit dem schlief sie nur noch bei geöffneten Vorhängen. Dunkelheit beim Einschlafen hielt sie nicht mehr aus. Anfangs hatte sie sogar nachts eine Lampe eingeschaltet. Bis ihre Mutter das bemerkt hatte und ihr Fragen gestellt hatte. Inzwischen reichte ihr das spärliche Licht, das auch bei Nacht von außen in ihr Zimmer fiel. Sogar die

Geräusche der nahen Autobahn empfand sie jetzt als beruhigend. Früher hatten die sie immer gestört und sie manchmal am Einschlafen gehindert.

Nur der ewig gleiche, immer wiederkehrende Traum, in dem Fink sie über das Piano beugte, hinter sie trat und ihren Slip nach unten zog, hörte nicht auf. Sie dachte nach. Ob es damit zu tun hatte, dass sie morgen wieder einen Termin bei Frau Dr. Lufen hatte?

Bei dem Gedanken daran spürte sie sofort den leichten Druck im Magen.

Ihr war kalt. Als sie merkte, dass sie zu zittern begonnen hatte, schlug sie die Bettdecke zur Seite und stand auf. Schnell zog sie das feuchte T-Shirt über den Kopf und schlüpfte in ein warmes Nachthemd. Heute Nacht würde Fink nicht mehr zurückkommen, wusste sie. Trotzdem schaltete sie die Nachttischlampe an, bevor sie sich wieder hinlegte.

*

Donnerstag, 9. Dezember 2010

Unmittelbar nach dem Klingeln zur großen Pause machte sich Märtens auf den Weg vom Musikhaus zum Hauptgebäude, wo Anna ihre Aufsicht hatte. Die Schüler strömten bereits ins Freie. Er musste ein paarmal den Kopf einziehen, um den Bällen zu entgehen, die sie sofort in Richtung der zahlreich vorhandenen Basketball-Körbe warfen. Anna war noch nicht da. Märtens setzte sich auf eine der Bänke im zweiten Stock, packte sein Kursbuch aus und begann, seine Eintragungen zu machen.

»Hallo Wolf. Was machst du denn hier? Willst du meine Aufsicht übernehmen? Oder kontrollierst du etwa, ob ich pünktlich bin?«

»Nein, nein. Ich wollte dir Grüße von Christopher Fink überbringen.«

»Von Christopher. Das ist aber nett. Wie geht`s ihm? Hast du ihn getroffen?«

»Nein, nicht persönlich. Er will aber mit seiner Band wieder auf unserem ROCKFEST spielen. Das haben wir gestern erfahren.«

»Super! Wenn ihr noch jemanden für die Aufsicht braucht, sag mir Bescheid.«

»Gut, Anna. Hab ich gespeichert.«

Märtens musste jetzt endlich zum Thema kommen, viel Zeit blieb nicht mehr. »Ich wollte noch eine andere Sache kurz mit dir besprechen, Anna. Ein paar Schüler waren nicht gerade erfreut, als Finks Name gestern erwähnt wurde.«

Die junge Kollegin sah Märtens fragend an.

»Aber die Schüler wollten nicht so richtig mit der Sprache rausrücken. Gab es an der Schule irgendwie Probleme mit Fink, von denen ich nichts mitbekommen habe? Du warst doch seine Tutorin.«

Als das Klingeln zehn Minuten später die Pause beendete, hatte Märtens von Anna Keller einiges über Fink erfahren, was er nicht gewusst hatte. Ihrer Meinung nach hatte Fink nicht nur selbst ein Drogenproblem, sondern sie glaubte auch, dass er schon dealte, als er noch Schüler der Jim-Morrison-Schule war. Allerdings nicht in der Schule. Beweise dafür hatte sie damals nicht, sonst wäre sie natürlich sofort zu Dr. Ritter gegangen. Aber sie habe sich das aus verschiedenen Äußerungen von Schülern zusammengereimt.

Dann gab es noch eine Bemerkung, die sie damals für längere Zeit ziemlich verunsicherte, wie sie Märtens gestanden hatte.

»Ich war von den Schülern des Leistungskurses Englisch zur Semester-Abschluss-Party eingeladen, in der `Luise`. Ich kam da ziemlich spät hin, weil ich vorher noch mit meinem Freund im Fitness-Studio war. Alle Schülerinnen waren schon gegangen und die fünf oder sechs Jungs, die noch dort waren, ließen eine Flasche Wodka kreisen. Am liebsten hätte ich mich sofort umgedreht und wäre auch gleich wieder gegangen.«

Märtens hatte zustimmend genickt.

»Ich ließ mich aber überreden und zu einer Apfelschorle einladen. Als die Wodkaflasche leer war, bestellte Christopher Fink sofort eine neue. Gut, dass jetzt keine kleinen Mädchen mehr unterwegs sind, ne, Fink, sagte Fabian Banik und grinste. Alle grölten los. Dann bemerkten sie wohl meinen wenig erfreuten Gesichtsausdruck und das Gelächter brach sofort ab. Arschloch, hat Fink nur erwidert. Ich wusste gar nicht, was ich damit anfangen sollte, und hab mich kurz darauf verabschiedet.«

Märtens ahnte, was es mit dieser Bemerkung Baniks auf sich haben könnte, war aber Anna gegenüber nicht weiter darauf eingegangen. Nachdenklich ging er die Treppe zum Erdgeschoss hinunter. Dass Dr. Ritter ihm entgegen kam und demonstrativ auf seine Armbanduhr schaute, interessierte ihn im Moment nicht.

*

Tom hatte die letzten beiden Stunden geschwänzt. Sportunterricht bei Herrn Leder machte ihm einfach keinen Spaß. Nur Laufen, auch im Winter, solange die Wege im Grunewald nicht vereist waren. Seit vier Wochen war die Sporthalle schon wegen eines Wasserrohrbruches gesperrt. Für heute war ein Lauf um die `Krumme Lanke` angekündigt worden, das schaffte er sowieso nicht. Er nahm sein Tabakpäckchen und die Blättchen aus seinem Rucksack und drehte sich eine Zigarette. Hier auf dem Waldfriedhof konnte man gemütlich rauchen. Hier ging er oft hin in den großen Pausen oder wenn er keine Lust auf Unterricht hatte. Niemand sah einen. Kein Wunder, waren ja auch alle tot, musste er plötzlich über sich selbst grinsen. Die wenigen Friedhofsbesucher interessierten ihn nicht. Die konnten ihm nichts. Die meisten waren steinalt, die würden bald selbst hier liegen.

Nachdenklich zog er an seiner Zigarette. Heute Vormittag hatte er Märtens gesehen, auf dem Flur im zweiten Stock. Aber er hatte ihn nicht angesprochen. Erst hatte Märtens sich lange mit Frau Keller unterhalten und dann war noch der Direktor aufgetaucht. Außerdem hast du noch keinen Plan, du Penner, machte er sich selbst an. Er musste sich schnellstens etwas einfallen lassen.

Als er den Friedhof verließ, sah er Herrn Märtens schon wieder. Der Lehrer stieg gerade in sein Auto ein und fuhr weg. Ich muss unbedingt aus den Hufen kommen, nahm Tom sich erneut fest vor.

*

Sonntag, 12. Dezember 2010

Das Klingeln riss Fabian Banik mitten aus dem Tiefschlaf. Sofort war er hellwach. Er spürte sein Herz heftig pochen. Wer konnte das sein? Fink war nach dem brutalen Überfall im Park abgetaucht. Schwer angeschlagen hatte er sich in der Nacht zurück nach Hause geschleppt. Trotzdem hatte er noch Glück gehabt. Die dicke Winterkleidung und die russische Fellmütze auf seinem Kopf hatten den Treppensturz gut abgedämpft. Er hatte sich weder etwas gebrochen noch hatte er sich ernsthafte Kopfverletzungen zugezogen. Allerdings war sein ganzer Körper von Blutergüssen übersät und er hatte tagelang im Bett gelegen und über größte Schmerzen geklagt. Außerdem hatte er um sein Leben gefürchtet und die Wohnung verlassen, sobald er sich wieder einigermaßen bewegen konnte. Zur Sicherheit hatte er nicht gesagt, wo er sich verstecken wollte.

Wenn Fink etwas in der Wohnung vergessen hätte, hätte er doch garantiert angerufen. Außerdem besaß er einen eigenen Wohnungsschlüssel. Und Laura war seit drei Monaten in Australien und kam erst im August zurück. Die Polizei? Fabian spürte, wie ihm der Schreck in die Glieder fuhr. Im selben Augenblick begann jemand mit den Fäusten gegen die Wohnungstür zu schlagen. Banik schaltete die Nachttischlampe an. Ängstlich ließ er einen Blick durch sein Zimmer wandern. Außer der Wasserpfeife und dem Schillum befand sich nichts Auffälliges darin. Das Gras und den Rest einer Shit-Tafel hatte Fink mitgenommen. Kein Gramm befand sich mehr in der Wohnung.

Das Klopfen wurde lauter. Ohne Durchsuchungsbeschluss würde er sie sowieso nicht hineinlassen. Wieso waren sie überhaupt hier aufgetaucht? Er schaute auf seine Uhr. Morgens um halb sieben? Ob Fink Scheiße gebaut hatte? Banik hob seine Jeans vom Boden auf und zog sie sich an. Leise schlich er zur Wohnungstür. Er schaute vorsichtig durch den Spion. Niemand war zu sehen. Das Klopfen hatte ebenfalls aufgehört. Banik wartete. Er wagte kaum zu atmen. Alles blieb ruhig. Er begann, ganz leise rückwärts zu gehen. Im selben Moment begann sein Handy zu klingeln. Noch nie war ihm das Geräusch so laut vorgekommen. Sofort hämmerten die Fäuste wieder wütend gegen die Tür. Jetzt hatte er keine andere Wahl. Er steckte den Schlüssel ins Türschloss und drehte ihn um. Sofort warf sich draußen jemand mit aller Kraft gegen die Tür. Doch die Bemühungen des Fremden waren vergeblich. Das hatte er seinem Vater zu verdanken, wurde Fabian Banik in diesem Augenblick bewusst.

»Kreuzberg? SO 36? Weißt du überhaupt, was das heißt? – Wenn du nach Kreuzberg ziehen willst, in ein Hinterhaus am Heckmannufer, in die vierte Etage, dann bestehe ich darauf, dass ihr euch eine Sicherheitstür einbauen lasst. Ansonsten gehen die Drogenabhängigen aus dem `Görlitzer Park` in eurer Wohnung ein und aus, wenn ihr nicht da seid. Dann ist eure Bude schnell ausgeräumt. Diebe lieben die vierte Etage. Da stört sie niemand«, hatte er argumentiert.

Zum Glück hatten sie auf seinen Vater gehört, wenn auch hauptsächlich, weil dieser den Einbau der Tür bezahlt hatte.

»Bist du Fink?«, rief der schwarz gekleidete Typ durch den blockierten Türspalt.

»Nein!«

»Wo ist Fink?«

»Fink ist nicht hier!«

»Wo ist er, Lan?«

»Keine Ahnung, der wollte für ein paar Tage weg.«

»Pass auf, Lan!«, drohte der Fremde gereizt, was seinen ausländischen Akzent zu verstärken schien, *»sag deinem Kumpel, Babo wartet auf sein Geld! Und sag ihm, wir finden ihn, wenn er nicht zahlt. Und wir reißen ihm die Eier ab!«*

Ein letzter Tritt gegen die Tür war zu hören, bevor sich schnelle Schritte die Treppe hinunter entfernten. Banik schloss die Wohnungstür und lehnte sich erschöpft an die Wand. Beim Blick auf sein Smartphone las er Oscars Namen. Er staunte. Er hatte damit gerechnet, es sei Laura gewesen auf der Suche nach Fink. In Australien musste es inzwischen gegen Mittag sein. Laura vergaß manchmal den Zeitunterschied. Wieso rief Oscar ihn um diese Zeit an? Ob er wieder einmal breit war? Jetzt würde er ihn aber nicht zurückrufen. Später würde er sich überlegen, ob er nicht zur Sicherheit für ein paar Tage ganz zu Oscar ziehen sollte.

*

Freitag, 17. Dezember 2010

Es war am Freitag vor Heiligabend gegen halb acht Uhr abends, als Kilian März sein Mountainbike im Innenhof des Hauses Heckmannufer Nummer vier abstellte. Er war auf dem Türkenmarkt am Maybachufer gewesen und hatte kurz vor Marktschluss Obst, Nüsse, türkischen Honig und Joghurt gekauft. Auch ein Sigara Börek mit Käse hatte er gegessen, dazu ein Glas süßen Çay getrunken und währenddessen die besondere Atmosphäre dieses Marktes auf sich wirken lassen.

Die Rückfahrt am `Teltow-Kanal` entlang Richtung Charlottenburg war bei diesen winterlichen Straßenverhältnissen sehr abenteuerlich. Vorher wollte er aber noch kurz in der Wohnung seiner Schwester nachsehen, ob für sie Post vom `PAD´` angekommen war. Laura hatte sich vor ihrem Australien-Trip um eine Stelle als Fremdsprachenassistenzkraft beworben und wartete gespannt auf die Antwort aus Bonn.

Kilian schloss sein teures Rad sorgfältig mit dem Faltschloss an dem Fahrradständer an. Hier in Kreuzberg konnte man nicht einmal auf dem Hof eines Mietshauses auf diese Maßnahme verzichten. Er wunderte sich sowieso, dass seine Schwester unbedingt hierher ziehen musste. Dass sie nach dem Abi gerne mit Fink und dessen Freund Fabian in einer WG wohnen wollte, war ja okay. Aber in SO 36? Dabei waren die Wohnungen hier auch nicht mehr viel günstiger als in Charlottenburg, wo er ein kleines Appartement gemietet hatte. Und der Besitzer des Hauses, ein Freund seiner Eltern, hätte auch hier für Lauras WG etwas organisieren können.

Kilian warf einen letzten prüfenden Blick auf das Fahrradschloss und machte sich auf den Weg zur Eingangstür des Hinterhauses. Die dunkel gekleidete Gestalt, die sich im Schutz der Müll-Container verbarg und ihn beobachtete, bemerkte er nicht.

Als der junge Mann auf den Lichtschalter neben den Briefkästen drückte, geschah nichts. Typisch Kreuzberg, dachte er. Der Flur und die Treppe nach oben lagen in völligem Dunkel. Vorsichtig tastete er sich an der Flurwand entlang zur Treppe, hielt sich beim Hochgehen am Geländer fest und erreichte schließlich den ersten Stock. Hier funktionierte die Beleuchtung, stellte er erleichtert fest, nachdem er auf den Lichtschalter gedrückt hatte. Ohne sich noch einmal umzublicken, lief er zügig bis in den vierten Stock und stellte seinen Rucksack vor Lauras Wohnungstür auf den Boden. Er klingelte, aber niemand öffnete. Weder Fabian noch Fink schienen zu Hause zu sein. Als er sich gerade nach vorne beugte, um in einer der Seitentaschen seines Rucksacks nach dem Schlüsselband mit den Wohnungsschlüsseln zu suchen, hörte er im Treppenhaus weiter unten Schritte. Dann hatte er gefunden, was er suchte. An einem orangefarbenen Band mit der Aufschrift ROCKFEST 2010 hingen drei mit farbigen Schlüsselkappen markierte Sicherheitsschlüssel. Laura hatte ihm erklärt, die Schlüssel würden von oben nach unten in der alphabetischen Reihenfolge ihrer Farben in die verschiedenen Schließzylinder passen. Während Kilian März den Schlüssel mit der blauen Kappe in den obersten Zylinder steckte, hörte er die Schritte näher kommen. Er öffnete mit Grün das mittlere Schloss und steckte danach den roten Schlüssel in den letzten Zylinder. Gleich würde sich die Tür endlich öffnen lassen. Ein Mann, gekleidet in schwarzer Armeehose, schwarzem Kapuzenpulli und schwarzer Outdoor-Jacke, erreichte die vierte Etage. Ohne Kilian anzublicken und ohne dessen Gruß zu erwidern, ging er zur Tür der Nachbarwohnung.

Kilian März konzentrierte sich weiter auf die Schließvorrichtung. Er betätigte den Schnapper, drückte leicht gegen die Tür und bückte sich nach seinem Rucksack. Im selben Moment spürte er den kräftigen Stoß gegen seinen Rücken. Sofort verlor er das Gleichgewicht, stolperte über den vollen Rucksack und stürzte mit dem Kopf vorweg in die Wohnung. »Scheiß Kreuzberg!«, fluchte er noch in Gedanken, bevor ihn ein harter Schlag auf den Kopf traf und alles um ihn herum schwarz wurde.

Er wusste nicht, wie spät es war und wie lange er bewusstlos in der Wohnung gelegen hatte, als er wach wurde. Es war stockdunkel. Sein Kopf dröhnte und schmerzte unerträglich. Er hatte das Gefühl, sich jeden Augenblick übergeben zu müssen. Vorsichtig stand er auf und suchte den Lichtschalter. Beim Anblick, der sich ihm bot, nachdem die Lampe eingeschaltet war, wünschte er sich in die Bewusstlosigkeit zurück. Ein Teil der Wohnung sah aus wie nach einem Tsunami. Der Typ, der ihn niedergeschlagen hatte, war offensichtlich kein Junkie, der hier irgendetwas klauen wollte, sondern er schien etwas Bestimmtes gesucht zu haben. Und dabei war er nicht zimperlich gewesen und hatte den Inhalt von Finks Schrank und die Sachen aus seinem Regal einfach auf den Boden geworfen. In der Küche sah es ähnlich aus. Lauras Tür und die Tür zu Fabians Zimmer waren geschlossen. Kilian tastete nach seinem Smartphone. Zum Glück war es noch da. Es steckte im Handyfach seines Wollschals, den seine Mutter selbst entworfen, für ihn gestrickt und ihm zum Geburtstag geschenkt hatte und den er um den Hals trug. Erleichtert registrierte er auch, dass Lauras Wohnungsschlüssel noch im Türschloss steckte.

Sein Portemonnaie war weg, stellte er fest, während er darauf wartete, dass sein Vater sich am Telefon meldete. Auch den Rucksack hatte der Typ mitgenommen. Schade um die Einkäufe.

»Hallo Kilian«, hörte er endlich die Stimme seines Vaters in seinem Smartphone.

»Papa, ich bin in Lauras Wohnung. Jemand hat mich überfallen und ausgeraubt. Und die Wohnung sieht chaotisch aus!«

»Bist du verletzt?«, fragte sein Vater besorgt.

»Nein. Nur mein Kopf dröhnt und mir ist übel«, klagte der junge Mann.

»Vielleicht ist es eine Gehirnerschütterung. Wir gehen auf jeden Fall nachher zum Arzt. – Und was hat er dir geklaut?«

»Portemonnaie und Rucksack. Gott sei Dank sind meine Hausschlüssel nicht weg.« Unbewusst griff er nach dem Schlüsselbund, das er mit einem Band um seinen Hals trug.

»Ruf sofort die Polizei«, wies ihn sein Vater an, »ich setzte mich ins Auto und komme!«

*

Samstag, 19.Februar 2011

Als Hauptkommissar Stern ins Freie trat, kniff er reflexartig die Augen zusammen. Draußen herrschte gleißendes Licht. Die Männer vom Erkennungsdienst hatten inzwischen ihre Spezialleuchten aufgestellt und suchten die nähere Umgebung des Tatortes nach Spuren ab. Vielleicht würden sie auch die Tatwaffe finden. Er schob sich vorsichtig an einem Kollegen vorbei, der gerade mit der Untersuchung der Außentreppe beschäftigt war.

»Den Handlauf scheinen nur wenige der Schüler zu benutzen«, bemerkte der Beamte und sah kurz von seiner Arbeit auf. »Die meisten werden auch Handschuhe getragen haben. Die Zahl der Fingerabdrücke ist überschaubar, die könnten wir bei Bedarf vielleicht zuordnen. Aber auf den Stufen selber haben unzählige Personen ihre Spuren hinterlassen. Die jemandem zuzuordnen wird schwierig.« Er wollte gerade weitermachen, da fiel ihm plötzlich noch etwas ein: »Haben Sie die Kamera schon geseh`n?«

»Welche Kamera? Wo?«

»Na, da oben, über der Kellertür. – Wenn die eingeschaltet war, müsste der Täter auf den Aufnahmen zu sehen sein.«

Jetzt sah Stern sie auch. Obwohl er sich im Stillen darüber ärgerte, dass er die Überwachungskamera nicht selbst entdeckt hatte, sagte er: »Mensch, das wäre ja phänomenal. Etwas Besseres könnte uns kaum passieren. – Danke für den Hinweis und frohes Schaffen noch.«

Oben angekommen entledigte sich der Kommissar seiner Schutzkleidung und der Handschuhe und machte sich auf den kurzen Weg zum Freizeitraum. Die hell erleuchtete Mensa war menschenleer und der Kommissar konnte durch die Fensterfront auf eine sehr große Bühne mit einem professionellen Aufbau blicken. Rechts und links gab es sogar Videowände, wie er sie bisher nur bei Großkonzerten gesehen hatte. Schien wirklich kein Kindergeburtstag zu sein, was die Schüler hier organisiert und durchgeführt hatten. Auch die Qualität der Verstärkeranlage und die Größe des Mischpults, das in einigem Abstand gegenüber der Bühne auf einem Podest stand, ließen diesen Schluss zu. Schade, dass die Veranstaltung so ein Ende genommen hatte.

Hans Stern öffnete die Tür zum Freizeitraum und im selben Moment befiel ihn ein seltsames Gefühl. Obwohl sich in dem Raum sicherlich mehr als zwanzig Menschen aufhielten, hörte er kein einziges Geräusch. Die jungen Leute saßen eng zusammen gedrängt auf Ledersofas oder auf einzelnen alten Sesseln, ein paar Mädchen hielten sich an den Händen fest oder umarmten sich. Die meisten hatten ihr Smartphone in den Händen, schauten mit starrem Gesichtsausdruck auf das Display und ließen die Finger in einer atemberaubenden Geschwindigkeit auf die Tastaturabbildung ticken. Lenkte sie das von dem dramatischen Ende ihrer Veranstaltung ab, auf die sie sich so lange gefreut hatten und in die sie so viel investiert hatten, oder schickten sie einfach nur eine neue Sensationsmeldung in die virtuelle Welt. Stern verstand es nicht.

Der Raum war während der Veranstaltung wohl als Backstage-Bereich genutzt worden. In einer Ecke lehnten zwei Elektro-Gitarren, ein Bass und zwei weitere Gitarrenkoffer. Davor lagen ein Mikrofon und ein Einkaufsbeutel mit Trommelstöcken. Auf einer langen Tischreihe vor der Wand standen Teller, Schüsseln und Tabletts mit Resten von Essen, auf dem Tresen rechts vom Eingang sah Stern zahlreiche Gläser, Becher und Getränkeflaschen. Stern trat ein und ging auf die Stuhlreihe zu. Mit Blick zu der Schülergruppe saßen hier ein Lehrer und eine junge Lehrerin, die auch beide schwiegen, und sein Kollege Grüber, der gerade dabei war, etwas in sein Tablet einzutippen. Alle hoben ihre Köpfe und schauten zur Tür. Auch Grüber, der ihm schweigend zunickte und auf einen freien Stuhl neben seinem wies.

»Morgen«, grüßte der Hauptkommissar die Anwesenden.

Als sein Kollege fertig war mit Eintippen und Stern sich hingesetzt hatte, sagte Grüber: »Das ist mein Kollege, Hauptkommissar Stern. Er leitet die Ermittlungen in dem Fall. — Ist jemandem von euch inzwischen noch etwas Wichtiges eingefallen, irgendeine Beobachtung, die er doch noch an diesem Abend gemacht hat? Bei Christopher Fink oder bei einer anderen Person, die heute hier war?«, fuhr er fort. »Teilt uns das bitte unbedingt noch mit. Die Informationen, die ihr mir bereits gegeben habt, sind jetzt notiert.«

Er wartete einen Moment, schaute noch einmal in die Runde, wobei er den Blickkontakt mit jedem einzelnen Schüler suchte, und sprach dann weiter.

»Ansonsten, wie weit seid ihr mit der Liste? Wenn alle ihre Personalien aufgeschrieben haben, auch E-Mail-Adresse und Handynummer, dann bringt sie mir bitte her und dann könnt ihr auch gehen.«

»Ich bin gleich fertig«, entgegnete ein Mädchen. »Die anderen Namen stehen alle schon drauf.«

Kurz darauf hatte Grüber die Liste geprüft.

»Wir brauchen euch jetzt hier nicht mehr. Haben Sie noch etwas?«, wandte er sich an die beiden Lehrpersonen.

Nachdem sich die beiden kurz angeblickt hatten, erhob sich der Lehrer und erklärte den Schülern erschöpft: »Die Beamten vom Erkennungsdienst haben mir gesagt, dass der ganze Bereich in der Mensa und um die Mensa herum nach Spuren abgesucht wird und abgesperrt bleibt. Das heißt, wir können weder heute Nacht die Anlage abbauen noch morgen Vormittag wie vereinbart aufräumen. Am besten schaut ihr morgen und am Sonntag bei Facebook rein. Wenn es neue Informationen zur Freigabe des Geländes gibt, schreibe ich es rein und wir verabreden einen neuen Termin. Solange die Polizei hier ist, wird sich keiner trauen, hier irgendetwas zu klauen. Kommt gut nach Hause.«

Die Schüler erhoben sich, einige umarmten ihre Lehrerin. »Tschüss, Frau Beck. Tschüss, Herr Märtens. – Auf Wiedersehn«, sagten sie auch zu den beiden Kriminalbeamten. Dann waren sie froh endlich wegzukommen.

Stern blickte auf seine Uhr, 03:07 Uhr. Nur mit Mühe konnte er ein Gähnen unterdrücken. Grüber schien ausgeruhter, was wahrscheinlich an seinem Alter lag. Er war immerhin fast acht Jahre jünger. Ob ich in dieser Situation nach Kaffee fragen kann, dachte der Hauptkommissar. Er hatte auf dem Tresen des Freizeitraumes unter all den Gläsern, Bechern und leeren Flaschen auch eine Kaffeemaschine und eine geöffnete Kaffeepackung entdeckt. Vielleicht würde die junge Lehrerin ihnen einen frischen Kaffee kochen, während Grüber ihn über den Stand beziehungsweise die ersten Ergebnisse der Befragung der Schüler informieren würde. Zögernd trug er seine Bitte vor. Die junge Frau stimmte zu und stand sofort auf. Ihr Kollege blieb mit vor der Brust verschränkten Armen auf seinem Stuhl sitzen, schaute mit versteinertem Blick auf den Boden und reagierte gar nicht.

»Also, die Befragung der Schüler hat nicht so viel gebracht«, begann Kriminaloberkommissar Grüber. »Die meisten von ihnen wirkten sehr mitgenommen und konnten keinen klaren Gedanken fassen. Manche waren auch völlig überdreht und kaum zu bändigen. – Unglaublich! Wenn die immer so sind, möchte ich kein Lehrer sein! Ich glaube, wir müssen die später alle noch mal einzeln befragen.«

»Und was ist mit den beiden, die den Toten gefunden haben?«

»Die wollten ein E-Piano in den Technikkeller zurückbringen. Sie haben das Piano abgelegt und sofort ihren Lehrer gerufen«, antwortete Grüber. »Sie sagen, ihnen ist nichts Verdächtiges aufgefallen.«

Stern blickte den Lehrer an, während sein Kollege weitersprach: »Herr Märtens hat dann gleich die Polizei gerufen.«

Der Hauptkommissar runzelte die Stirn.

»Ist Ihnen etwas Verdächtiges aufgefallen?«, wandte er sich persönlich an den Lehrer. »Vielleicht auch schon vorher, im Verlauf des Abends?«

Märtens schüttelte den Kopf.

»Aber drei Informationen haben wir dennoch, die wichtig sein könnten und uns vielleicht weiterhelfen«, fuhr Grüber fort.

Sterns Gesichtsausdruck spiegelte augenblicklich höchste Konzentration wider.

»Der Tote hat gekifft oder hat andere Drogen genommen und kam schon völlig fett hierher. So
drückten sich die Schüler aus. Und er hatte am
frühen Abend einen heftigen Streit mit einem
dunkelhäutigen Jungen. Die beiden sind sich hier
im Backstage-Bereich an die Gurgeln gegangen
und konnten nur mit Mühe wieder getrennt werden.«

»Und wo ist der Junge?«, fragte Stern sofort
leicht gereizt.

»Der war leider nicht mehr hier. Der ist früher
nach Hause gegangen. – Leider!«, bedauerte Grüber erneut. »Christopher Fink hat den Jungen
ständig mit Digga angesprochen. Und der hat
mehrmals verlangt, dass er damit aufhört, sagen
die Schüler.«

»Kein Wunder, hört sich ja fast genauso an wie
Nigger«, warf Stern ein.

»Und je mehr sich der Jüngere darüber aufreg-
te, umso häufiger wiederholte Fink das Wort. Und
schließlich ist der dunkelhäutige Junge ausgerastet
und hat Fink angegriffen.«

Jetzt schaute der Lehrer auf. »Der Junge heißt
Mike! – Mike kommt aus Ruanda. Bei dem, was
der dort erlebt hat, ist es doch kein Wunder, dass
er so reagiert. War Fink doch selbst schuld!«

»Und dann hat dieser Mike wohl gedroht, wenn
du das noch einmal sagst, bring ich dich um!«,
fügte Grüber hinzu.

»Das sagen manche Schüler bei uns zwanzigmal
am Tag«, schaltete sich jetzt die Lehrerin ein, die

mit einem Tablett und vier Bechern, gefüllt mit Kaffee, zu ihnen trat. »Zu essen kann ich Ihnen leider nichts anbieten, die Jugendlichen haben alles aufgegessen.«

»Kein Problem. Wichtig ist um diese Zeit erst mal ein Kaffee. Vielen Dank, Frau Beck«, entgegnete Stern.

Nachdem Oberkommissar Grüber zweimal kurz an dem Kaffee genippt hatte, fuhr er fort:

»Interessant ist auch der Zeitpunkt von Finks Verschwinden Der Getötete ist vor dem Auftritt seiner Band verschwunden.«

Stern schaute seinen Kollegen verständnislos an.

»Finks Band sollte als Letzte spielen, sozusagen als Höhepunkt des Abends. Und als die Gruppe, die vor ihnen spielte, ihren Auftritt beendet hatte und Finks Band auf die Bühne sollte, war Christopher Fink verschwunden.«

»Haben die ihn denn nicht überall gesucht?«, fragte Stern.

»Doch, natürlich. Und auch angerufen. Aber er ging nicht an sein Handy und draußen war er nirgendwo zu finden.«

»Und keiner hat ihn im Technikkeller gesucht? Wäre das nicht naheliegend gewesen?«

»Doch. Einer aus seiner Band war auch dort. Aber die Tür war zu. Er hat wohl mehrmals an die Tür geklopft und laut gerufen. Dann ist er wieder nach oben gegangen.«

»Und wer war das?«

»Der Schlagzeuger, sagen die Schüler. Aber der ist auch schon weg.«

»Hat die Band dann trotzdem gespielt?«

»Ja, die hatten noch einen zweiten Gitarristen. Aber ihr Auftritt war wohl sehr kurz.«

»Und wann wurde Fink zum letzten Mal gesehen?«

»Als die vorletzte Band mit ihrem Auftritt begann. Da befand sich Christopher Fink noch hier im Backstage-Bereich.«

Stern wandte sich an die beiden Lehrer. »Haben Sie etwas davon mitbekommen?«

»Ich nicht«, antwortete Frau Beck.

»Und Sie?«

»Ich war in der Mensa. Da gab es um diese Zeit ein paar Betrunkene, um die ich mich kümmern musste. Ich hab mich nur gewundert, dass Fink nicht mit auf die Bühne kam, als seine Band an der Reihe war, und sie ohne ihn spielten. Da hab ich erst erfahren, dass er einfach verschwunden war«, erklärte Märtens.

»Okay, machen wir weiter. Wir wissen, dass Sie nach diesem anstrengenden Tag auch nach Hause wollen. Wir werden versuchen, zügig zum Ende zu kommen, müssen aber noch einige wichtige Dinge ansprechen. Zunächst wäre es hilfreich zu wissen, wer außer den Schülern, die eben gegangen sind, heute noch hier war.«

»Das weiß niemand genau«, antwortete Elli Beck.

»Trotzdem müssen wir versuchen, es möglichst genau zusammenzutragen!«

Die junge Lehrerin atmete hörbar aus.

»Da wären zunächst mal mindestens fünfhundert Zuschauer. So viele Karten haben wir nämlich verkauft. – Ob noch einige ohne Karte hereingekommen sind, weiß ich nicht. Dann hatten wir fünf Bands. Das heißt circa zwanzig bis fünfundzwanzig Musiker. Die genaue Zahl kenne ich nicht. Zwei Schüler, beziehungsweise eine Schülerin und ein Schüler, haben die Veranstaltung zusammen moderiert. Fünfzehn Schüler waren im Security-Team, glaube ich.«

Oberkommissar Grüber blickte die Lehrerin skeptisch an.

»Sieben Kollegen und Kolleginnen waren zusätzlich als Lehrer-Aufsicht eingeteilt«, warf der Lehrer ein.

»Außerdem vier bis sechs Eltern vom Förderverein, die das Catering übernommen haben, vier ehemalige Schüler als Licht- und Tontechniker. Dann etwa fünfundzwanzig Schüler und Schülerinnen aus dem Organisationteam. Das heißt im Backstage-Bereich, bei der Garderobe, an der Abendkasse und so weiter«, erklärte Frau Beck.

»Du hast den DJ vergessen.«

»Ach so, stimmt. – Aber der ist doch gegen halb acht schon wieder gegangen«, erwiderte Beck.

Stern hakte gleich ein: »Wieso ist der so früh schon wieder gegangen?«

Märtens antwortete: »Der hatte noch einen andern Job an dem Abend. – Das ist auch ein ehemaliger Schüler von uns, hat vor zwei Jahren hier sein Abitur gemacht. Inzwischen ist er DJ im `Puro` und legt dort jeden Freitagabend auf.«

»`Puro` ist ein Club in der obersten Etage des Europa Centers«, erklärte Elli Beck.

»Ich kenne das `Puro`!«

Die junge Frau schaute den Hauptkommissar erstaunt an.

»Wir müssen sein Alibi trotzdem überprüfen. Schreiben Sie mir seinen Namen auf! Dann machen wir weiter mit der Aufstellung der Anwesenden.«

Jetzt meldete sich der Lehrer wieder zu Wort. Er wirkte präsenter und schien seine Lethargie überwunden zu haben.

»Wir haben das in diesem Jahr zum zweiten Mal gemacht mit dem ROCKFEST. Und alle, die in irgendeiner Form an der Organisation und der Durchführung beteiligt waren, sollen in unserem Schul-Jahrbuch namentlich erwähnt werden und eine Urkunde bekommen. Deshalb gibt es ziemlich genaue Listen mit den Namen aller Schülerinnen und Schüler und aller Lehrerinnen und Lehrer, die mitgemacht haben. Auch von den Eltern, den Musikern und den Technikern hab ich eine Liste. Nur das Security-Team fehlt mir noch. Die Liste hat Patrice Benidt gemacht, der Security-Chef. Auch ein ehemaliger Schüler. – Aber wer als Zuschauer hier war, wissen wir natürlich nicht«, schloss Märtens.

»Hört sich doch schon mal ganz gut an. Und wo sind diese Listen?«

»In einer Datei, in meinem Notebook. – Zu Hause.«

»Das heißt, Sie können uns diese Liste per Mail zuschicken.«

»Wenn Sie mir eine E-Mail-Adresse geben, selbstverständlich«, antwortete der Lehrer.

»Aber wissen Sie auch, wer von den Personen auf der Liste tatsächlich heute hier war?«, fragte Grüber. Er wirkte nach wie vor skeptisch.

»Wenigstens haben wir schon einmal eine Anwesenheitsliste«, versuchte Stern ihn aufzumuntern.

»Wenn ich die Liste ausdrucke und mich am Montag mit Frau Beck und drei vier Schülern zusammensetze, finden wir das heraus«, versicherte der Lehrer

Sterns Handy klingelte. Er schaute auf sein Display. »Der Rechtsmediziner. Ich muss dran gehen. Ich geh mal kurz raus«, entschuldigte er sich, stand auf und verließ den Raum.

*

Tom stand am Fenster in seinem Zimmer. Er wusste, dass es keinen Sinn machte, sich jetzt ins Bett zu legen. Dazu war er viel zu aufgekratzt. Draußen war es stockdunkel und er blickte auf sein Spiegelbild, das durch die Scheibe reflektiert wurde. Die Fenster im Haus gegenüber waren unbeleuchtet. Nur in einer Wohnung flackerte das bläuliche Licht, welches Fernseher im Dunkeln erzeugen. Noch jemand, der in dieser Nacht nicht schlafen konnte. Er setzte seine Kopfhörer auf und drehte die Lautstärkeregler an seiner Anlage hoch.

Vielleicht würde das helfen, die Unruhe zu stoppen, die er immer stärker verspürte. Dabei war alles so gut gelaufen, besser noch als er sich das vorgestellt hatte. Es durfte ihn nur niemand beobachtet haben. Bei dem Gedanken daran wurde ihm abwechselnd heiß und kalt. Aber finden würde man bei ihm zu Hause nichts. Das Versteck war gut. Trotzdem blieb die innere Unruhe. Er wusste, was ihm drohte, wenn die Sache aufflog. Weder seine Familienhelferin noch seine Mutter würden das verhindern können. Ihm beistehen würden sie wohl auch nicht wollen. Dazu würde ihre Enttäuschung zu groß sein.

Nervös tastete er die Innentaschen seiner Jacke ab. Wo waren das Tabakpäckchen und die Blättchen?

Was war das? Er zog den Gegenstand heraus, den seine Hand ertastet hatte. Ungläubig schaute er darauf. Er hatte das Kabel mit dem Headset in der Hand. Jedes Mitglied der Security hatte ein Funkgerät samt einem speziellen Security-Headset erhalten. Er hatte in der Eile vergessen, es nach Ende der Veranstaltung abzugeben. Die Nerven!

»Scheiße!«, fluchte er laut. Patrice Benidt hatte eine Ausgabeliste geführt. – Aber darauf war sein Name abgehakt worden, fiel ihm ein, als er das Funkgerät abgegeben hatte. Gott sei Dank! Er war erleichtert. Keiner würde wissen, dass er das fehlende Headset mitgenommen hatte. Hoffentlich! Das hätte ihm gerade noch gefehlt. Auffallen wegen eines beschissenen Headsets, mit dem er sowieso nichts anfangen konnte.

Ich muss ruhig bleiben, ermahnte er sich. Endlich hatte er Tabak und Blättchen gefunden. Er bemerkte, dass seine Finger zitterten, als er den Tabak auf dem dünnen Blättchen verteilte. Jetzt darf ich mir keinen Fehler mehr erlauben.

*

Bei seiner Rückkehr in den Freizeitraum sah Hauptkommissar Stern, wie die beiden Lehrpersonen sich Schal, Mantel und Handschuhe anzogen, um sich auf den Heimweg zu machen. Grüber hatte mit ihnen offenbar alles, was notwendig war, geregelt und sie entlassen. Seinen Tablet-PC hatte er auch bereits eingepackt.

»Denken Sie bitte daran, uns umgehend die Teilnehmer-Listen zu schicken, Herr Märtens«, wandte sich Stern an den Lehrer. »Das hat hohe

Priorität. Und wir melden uns telefonisch bei Ihnen, wenn wir dringende Fragen haben. – Die Handynummern hast du doch, Ralph?«

»Alles gespeichert«, entgegnete Grüber.

»Und die Telefonnummer vom Schulleiter?«

»Hab ich auch.«

Nachdem die beiden gegangen waren, schlug Stern vor zum LKA zu fahren. Die Informationen, die er von Dr. Groß erhalten hatte, wollte er seinem Kollegen während der Fahrt weitergeben.

*

Wolf Märtens hatte endlich sein Auto erreicht. Er schloss die Fahrertür auf. Plötzlich wurde ihm übel. Er merkte, dass er an der Grenze seiner körperlichen und psychischen Leistungsfähigkeit angekommen war. Er schaffte es gerade noch, sich auf den Sitz fallen zu lassen. Dann saß er bei geöffneter Tür minutenlang bewegungslos in dem Wagen, hielt seinen Autoschlüssel in der Hand und war absolut handlungsunfähig. Er konnte nur nach draußen auf die Straße blicken, die um diese Zeit menschenleer war, und abwarten. In seinem Kopf herrschte völlige Leere. Er hörte das kurze Hupen, als seine Kollegin mit ihrem Auto vorbei fuhr.

Dieser Anblick des toten Jungen mitten im Technikkeller. Die Blutflecke auf dem Teppich. Hätte er noch einmal zu Fink hinein gehen müssen? Nachschauen, ob er vielleicht noch lebte? Stattdessen war er fast panisch geworden. Hatte die Tür zum Keller sofort geschlossen und die Polizei gerufen. War das falsch, fahrlässig? Der Kommissar hatte die Stirn gerunzelt, als ihn sein Kollege darüber informierte. Hatte er sich schuldig gemacht? – Warum musste ihr Projekt ROCKFEST ein solches Ende nehmen, dachte er verzweifelt. Seine Schüler, Elli Beck und er hatten seit Monaten so viel Zeit, Arbeit und Herzblut in die Organisation und die Durchführung des Festes gesteckt. Und dann endete alles in einem Drama.

Ob die Polizei den Täter an ihrer Schule vermuten würde? Ihn zu allererst im Kreis der Schüler und der Lehrer suchen würde? Oder ob sie sich bei ihrer Suche auf die Kreuzberger Drogenszene konzentrieren würden, nachdem sie festgestellt hatten, dass Fink am `Görlitzer Park` wohnte und dass er zum Zeitpunkt der Tat völlig zu gedröhnt war.

Märtens war es nicht entgangen, dass Fink heute am späten Nachmittag, als er mit seiner Gitarre im Backstage-Bereich erschien, etwas geraucht oder etwas genommen haben musste. Er war sehr blass, hatte auffallend rote Augen und seine Pupillen waren winzig. Um ein Haar wäre ihm sogar der Gitarrenkoffer mit seiner teuren Stratocaster, auf die er so stolz war, umgekippt, als er ihn an die Wand lehnen wollte.

Schon am Abend davor zum Aufbau der Bühne und der Technik war er in einem ähnlichen Zustand erschienen. Vielleicht hätte ich etwas sagen müssen, dachte er. Aber er war doch nicht mehr Schüler unserer Schule. Er war doch alt genug, fast erwachsen. Verzweifelt schlug der Lehrer mit der Hand auf das Lenkrad. Er warf einen Blick auf die Uhr. »Ich muss nach Hause«, murmelte er. »Ich muss schlafen. Zumindest muss ich es versuchen.«

*

Es war bereits später Vormittag, als Grüber und Stern sich auf den Weg nach Kleinmachnow machten. Dort, gleich hinter der Berliner Stadtgrenze, wohnten die Eltern von Christopher Fink.

Die Morgenbesprechung war zufriedenstellend verlaufen. Stern, als Leiter der Kommission, hatte neben Grüber noch drei weitere Ermittler zusätzlich erhalten. Die ersten vorläufigen Ergebnisse von KTU und Gerichtsmedizin hatte er an seine Mitarbeiter weitergegeben. Die notwendigen nächsten Arbeitsschritte waren festgelegt und die Aufgaben verteilt worden.

Er hatte angeordnet, dass eine Hundertschaft der Bereitschaftspolizei umgehend damit beginnen sollte, in der Umgebung der Schule nach der Tatwaffe zu suchen. Diese war leider noch nicht gefunden worden. Außerdem waren Kollegen aus der Direktion 4 unterwegs, um die Bewohner der neu erbauten Siedlung gegenüber der Schule sowie der angrenzenden `Bruno-Taut-Siedlung` nach verdächtigen Beobachtungen in der vergangenen Nacht zwischen 22:00 Uhr und 01:00 Uhr nachts zu befragen. Um 22.30 Uhr war Fink noch im Backstage-Bereich gewesen, gegen 0:45 Uhr war seine Leiche entdeckt worden. Oft fielen Täter kurz vor der Tat oder auch kurz nach der Tat irgendjemandem in der Nähe des Tatortes durch ungewöhnliches Verhalten auf. Vielleicht hatten sie Glück.

Der Hauptkommissar überließ Grüber das Steuer und setzte sich auf den Beifahrersitz. Der Kollege würde auch nachher bei der Begegnung mit den Eltern des toten Jungen die Gesprächsleitung übernehmen. Er wusste, dass Stern, immer wenn es darum ging, Eltern die Nachricht von dem Tod ihres Kindes zu überbringen, große Schwierigkeiten hatte. Auch Grüber ging das natürlich nahe, obwohl er selbst keine Kinder hatte. Doch er war bereit, sich zu überwinden. Einer musste es tun. Außerdem wusste er, dass Stern sich bei der nächsten Gelegenheit – und die würde in ihrem Arbeitsfeld mit Sicherheit kommen – revanchieren würde.

Sie bogen gerade von der Clayallee in die Argentinische Allee ein, da klingelte Sterns Handy. Der Kommissar schaute prüfend auf das Display. Seine Gesichtszüge entspannten sich. Er meldete sich mit einem freundlichen Hallo.

»Ja, das müsste klappen«, hörte Grüber ihn sagen. »Wir haben um achtzehn Uhr unsere Besprechung. Danach will ich gehen. – Kaufst du ein?

Ich geb dir dann das Geld zurück. – Super ! Ich freu mich. – Okay, dann bis heute Abend.«

»Deine Tochter?«

»Ja. Sie hat gerade Pause und wollte wissen, wann ich heute Abend nach Hause komme. Sie wollte etwas zu essen kochen.«

Stern behielt sein Handy gleich in der Hand und wählte erneut die Privatnummer des Schulleiters. Niemand hob ab.

Sie haben Ihr Ziel erreicht, war kurze Zeit später die Navi-Stimme zu hören. Sie befanden sich in der Straße An der Stammbahn vor dem Haus mit der Nummer 179. Grüber parkte den Wagen am Straßenrand und schaltete den Motor aus. Die beiden Männer atmeten noch einmal tief durch, bevor sie schweigend ausstiegen.

Sie standen vor einem Einfamilienhaus mit gepflegtem Garten. Zur Straße hin wurde das Grundstück von einem weiß gestrichenen Zaun begrenzt. Die Eingangstür des zweigeschossigen Hauses und die Fensterläden im Erdgeschoss und im ersten Stock waren in einem hellen Blau gestrichen und hoben sich angenehm von der weißen Hausfassade ab. Abgerundet wurde das idyllische Bild durch das mit anthrazitfarbenen Ziegeln gedeckte Dach. Sie würden diese Idylle jäh stören, wussten die beiden Kriminalbeamten.

Grüber drückte auf den Klingelknopf neben der Haustür und aus dem Haus war das Ertönen eines wohlklingenden Gongs zu vernehmen. Kurz darauf wurde die Haustür geöffnet. Eine Frau, etwa Mitte vierzig, sah die beiden Beamten fragend an.

»Ja, bitte?«

»Grüber, Kriminaloberkommissar. Das ist mein Kollege, Hauptkommissar Stern. LKA Berlin. Dürfen wir mal reinkommen, Frau Fink?«

»Wieso?«, fragte die Frau verängstigt, während sie ihren Blick von den beiden Ausweisen der Männer deren Gesichtern zuwandte.

»Das sollten wir besser drinnen besprechen, Frau Fink.«

»Ist was mit meinem Mann?« Zögernd ließ sie die Männer eintreten. »Ich hab doch vor zehn Minuten noch mit ihm telefoniert. Er war doch schon fast in Berlin.«

»Wollen wir uns nicht setzen«, schlug Stern vor.

»Nein«, entgegnete die Frau nervös.

»Frau Fink, wir müssen Ihnen leider mitteilen, dass Ihr Sohn tot ist. Er wurde heute Nacht gefunden. Erstochen«, sprach Grüber so einfühlsam wie möglich.

Sofort wurde die Frau kalkweiß. »Das kann doch gar nicht sein. Christopher hatte doch gestern Abend einen Auftritt mit seiner Band. In seiner alten Schule. Da sind doch Lehrer. Da hat doch keiner ein Messer!«, widersprach sie mit weinerlicher Stimme. »Das muss sich um eine Verwechslung handeln!«

»Frau Fink, es gibt leider keine Zweifel. Ihr Sohn hatte seinen Ausweis dabei. Die Jugendlichen, die ihn gefunden haben, haben ihn gekannt und identifiziert«, schaltete Stern sich vorsichtig ein.

Plötzlich begann die Frau zu schwanken. Stern hatte es kommen sehen. Er umfasste sie mit beiden Armen und konnte gerade noch verhindern, dass sie auf den Boden stürzte. Mit Mühe gelang es ihm, die leblos wirkende Frau auf das größere der beiden Sofas im Wohnzimmer zu legen. Grüber hob ihre Beine an und schob zwei dicke Kissen darunter. Er suchte den Weg zur Küche und kam mit einem Glas Wasser zurück. Die Frau hatte ihre Augen wieder geöffnet. Ihre Pupillen waren vor Entsetzen geweitet. Sie atmete ruckartig. Grüber reichte ihr das Glas und sie trank ein paar kleine Schlucke.

»Frau Fink, haben Sie jemanden, der sich um Sie kümmern kann, wenn wir nachher gehen?«

»Ja, meinen Mann. Der muss jeden Augenblick kommen.«

Als die beiden Kriminalbeamten wieder in ihrem Auto saßen, atmeten sie erneut tief durch. Die Frau hatte einen heftigen Weinkrampf erlitten. Zum Glück hatten sie eine ihrer Freundinnen aus der Nachbarschaft erreicht. Diese war sofort gekommen und hatte versprochen, sich um die Frau zu kümmern.

Sowohl Stern als auch Grüber wussten aus Erfahrung, dass es keinen Sinn gemacht hätte, die Frau in diesem Zustand zu befragen. Deshalb hatten sie stillschweigend darauf verzichtet und wa-

ren gegangen. In dieser wichtigen Phase der Ermittlungen galt es, keine Zeit zu verlieren. Sie
würden sie und ihren Mann für morgen einbestel-
len und anschließend mit den beiden in die
Rechtsmedizin in die Turmstraße fahren.

Grüber startete den Motor. »Danke, Ralph«,
sagte Stern. Dann schloss er für einen Moment
seine Augen.

*

»Hallopapa«, hörte Hans Stern die Stimme von
Maischa, als er gegen zwanzig Uhr am Abend die
Wohnungstür öffnete und die Diele betrat. Sofort
durchströmte ihn eine angenehme Wärme, die
sich in seinem ganzen Körper auszubreiten schien.
Etwas Schöneres hätte ihm nach einem so anstrengenden Arbeitstag nicht passieren können. Er
war nun schon fast fünfundzwanzig Jahre bei der
Kriminalpolizei und mehr als fünfzehn Jahre davon
Ermittler in der Abteilung 1 beim LKA. Trotzdem
gingen ihm brutale Mordfälle immer noch an die
Nieren. Und wenn die Todesopfer Kinder oder
Jugendliche waren, belasteten ihn die Fälle psy-
chisch noch stärker. Er versuchte bewusst, dagegen zu arbeiten, hatte auch schon mehrfach die
Hilfe ihrer Psychologen in Anspruch genommen,
doch ganz konnte er das nie verhindern. Christopher Fink war zwar kein Jugendlicher mehr, aber

er war mit zwanzig Jahren genauso alt wie seine Tochter. Stern hatte heute mehrfach den Gedanken, was wäre, wenn Maischa Opfer eines Gewaltverbrechens werden würde, verdrängen müssen.

Obwohl sie inzwischen eine erwachsene junge Frau war, machte er sich natürlich Sorgen um seine Tochter, wenn sie nachts unterwegs war und dann alleine mit der U-Bahn oder mit der S-Bahn nach Hause fahren musste. Auch der Fußweg vom U-Bahnhof Wilmersdorfer Straße oder vom S-Bahnhof Messe Nord in die Dernburgstraße war nachts nicht ungefährlich.

Aber jetzt war sie zu Hause und an den Geräuschen, die aus der Küche zu vernehmen waren, konnte er erkennen, dass sie gerade dabei war, das Abendessen zuzubereiten. Dabei hörte sie leise Radio, wie er aus dem Geschnatter einer aufgekratzten Radio-Moderatorin schließen konnte.

Stern zog sich seine Straßenschuhe aus, betrat die Küche und umarmte seine Tochter. »Hallo. – Schön , dass wir heute Abend zusammen essen. Das bringt mich auf andere Gedanken.«

Seine Tochter sah ihn fragend an.

»Wir haben wieder mal einen Fall, der mir ganz schön an die Nieren geht.«

»Erzähl.«

»Nee, nee, lass uns jetzt lieber in Ruhe essen!«

»Ich hab mich gewundert, dass du schon weg warst, als ich heute Morgen aufgestanden bin. Da war`s doch erst sechs Uhr«, sagte Maischa.

»Erzähl mir von dir«, entgegnete Stern. »Wie war der Tag im Praktikum? Heute, an einem Samstag?«

»Gut! Wir hatten heute nur Kinder zur Behandlung, weil die samstags nicht in die Schule müssen. Die waren auch ganz entspannt. Das hat mir großen Spaß gemacht.«

Stern konnte sehen, dass seine Tochter den Tisch bereits gedeckt hatte. Zwischen weißen Spaghetti-Tellern, Rotweingläsern und dunkelroten Servietten mit dem Besteck thronte die große Salatschüssel aus Glas, gefüllt mit einer bunten Blattsalatmischung aus Spinatblättern, Radicchio, Lollo bianco, Tomaten und rotem Paprika. Auch mit Lauchzwiebeln hatte sie nicht gegeizt. Neben der Salatschüssel waren eine Flasche Olivenöl, die er von seiner Herbstreise an die italienische Adria mitgebracht hatte, eine Balsamico-Flasche, Gewürzmühlen und bereits geschnittenes und lecker riechendes Weißbrot bereitgestellt. Sogar den Rotwein hatte Maischa schon in den Decanter gefüllt. Ihm lief das Wasser im Mund zusammen.

»Wie weit bist du? Kann ich dir noch etwas helfen?«

»Nee. Aber du kannst nachher abräumen und die Küche klar machen. Ich bin später noch mit Ashton verabredet.«

Stern trat an den Kühlschrank und nahm sich ein Bier heraus. Nachdem er sich ein Glas und einen Flaschenöffner genommen hatte, setzte er sich entspannt an den Tisch, um sich etwas auszuruhen und um seiner Tochter beim Zubereiten der Garnelen zuzuschauen.

»Hat`s dir geschmeckt?«, fragte Maischa eine halbe Stunde später, als der Salat und die Garnelen aufgegessen waren. Nur wenige Scheiben Weißbrot und etwas von dem Rotwein waren noch übrig geblieben.

»Es war köstlich. Das sieht man doch. – Wenn ich wieder an der Reihe bin mit dem Abendessen, muss ich mir Mühe geben.«

Seine Tochter freute sich. »Papa, was hältst du davon, wenn wir uns in einem Fitness-Studio anmelden?«

Stern schaute seine Tochter überrascht an. »Bin ich zu dick geworden?«

»Nein, überhaupt nicht!«, lachte sie. »Aber jetzt im Winter kann man doch draußen kaum was machen. Wenn du jetzt um den `Lietzensee` laufen willst, hast du sofort nasse Füße.«

»Aber ins Fitness-Studio geht man doch höchstens in den Wintermonaten. Wenn der Frühling kommt, zahlt man nur noch seinen Beitrag.«

»Die haben zurzeit ein Familienangebot. Das ist echt günstig. Ein Elternteil zahlt voll, jedes Kind die Hälfte.«

»Und das gilt auch für zwanzigjährige Kinder? Das glaub ich nicht.«

»Doch, glaub`s mir. Entscheidend ist der Verwandtschaftsgrad. Die brauchen neue Mitglieder.«

»Ich glaub, das ist trotzdem nichts für mich.«

Maischa verzog mit gespielter Enttäuschung das Gesicht.

»Okay, ich überleg`s mir. – Bis zum Wochenende.«

Im selben Augenblick, als seine Tochter die Küche verlassen wollte, fiel dem Kommissar noch etwas ein. »Maischa?«

»Ja?«

»Hast du noch zwei Minuten Zeit?«

»Natürlich. Wieso?«

»Du gehst doch freitags abends manchmal ins `Puro`?«

»Jaha«, entgegnete sie überrascht.

»Warst du gestern zufälliger Weise auch da?«

»Ja! – Wieso willst du das wissen?«

»Welcher DJ hat dort gestern Abend aufgelegt?«

Seine Tochter schaute ihn verständnislos an.

»Derselbe wie immer freitags.«

»Bist du dir ganz sicher?«

»Natürlich! Seinen Namen kann ich dir aber nicht sagen. Wieso fragst du danach?«

»Eine letzte Frage hab ich noch, bevor ich dir alles erkläre. Wie lange warst du dort?«

»Ich bin mit Lea kurz nach zehn dort angekommen und wir sind gegen halb eins wieder gegangen, weil ich heute Morgen früh raus musste. Wegen des Praktikums.«

»Und der DJ war die ganze Zeit derselbe?«

»Ja.«

Okay. Ich frage, weil der DJ auch bei dem ROCK-FEST in der Jim-Morrison-Schule aufgelegt hat. Von dort ist er ziemlich früh wieder gegangen. Trotzdem müssen wir sein Alibi überprüfen. Und das hab ich hiermit praktisch getan und du hast es bestätigt.«

»Na, das ist doch suppi«, lächelte Maischa und verließ die Küche.

Zwei Stunden später schaltete Stern das Licht in seinem Schlafzimmer aus. Die Küche war aufgeräumt, Maischa war unterwegs zu ihrem neuseeländischen Freund und er war jetzt seit fast vierundzwanzig Stunden auf den Beinen. Dies und die Wirkung der zwei Gläser Rotwein, die er während des Essens und im weiteren Verlauf des Abends getrunken hatte, ließen ihn hoffen, bald einschlafen zu können.

*

Donnerstag, 13. Januar 2011

Als Wolf Märtens gegen 13:10 Uhr die Mensa betrat, begann diese sich schon langsam zu leeren. Er stellte sein Tablett mit Essen vorsichtig ab und nahm sich die Umhängetasche von der Schulter. Unwillkürlich ließ er seinen Blick durch den großen Raum schweifen. Hier würde in wenigen Wochen ihr Event stattfinden. An der gegenüberliegenden Kopfseite würde eine beeindruckende Bühne mit Aufbauten für Sound und Licht stehen. Ungefähr an der Stelle, an der er sich gerade befand, würden die Schüler die Garderobe und die Eltern die Getränke-Bar aufbauen. Die Fläche dazwischen würde leer geräumt, um, wie im letzten Jahr, ein paar hundert Gästen genug Platz zum Zuschauen, aber auch zum Tanzen und zum Pogen zu bieten.

Jetzt sah der Raum allerdings wenig einladend aus. Die großen Tische mit Platz für zehn Schüler wirkten wie in Panik verlassen. Auf vielen standen noch die zurückgelassenen Tabletts mit Geschirr und Speiseresten herum. Umgekippte, teils ausgelaufene Plastikbecher lagen neben leeren Plastiktüten und Papierknäueln. Auch auf dem Boden befanden sich Flaschen, leere Tetra-Paks und so-

gar Bananen- und Mandarinenschalen. Von den Kollegen der Mensa- Aufsicht war nichts mehr zu sehen.

Märtens wählte sich einen Sitzplatz aus, der ihm durch die großen Glasfenster freien Blick nach draußen gewährte. Dort herrschte Winteridylle. Der Himmel war strahlend blau, der Boden und die zahlreichen schlanken Kiefern auf dem Schulhof waren von frischem, weißem Schnee bedeckt. Jetzt müsste man frei haben, wünschte er sich.

»Mahlzeit«, grüßte Kollege Leder, stellte sein Tablett auf dem Tisch ab und setzte sich auf den Platz gegenüber von Märtens.

»Hier soll euer ROCKFEST stattfinden? − Na, dann müsst ihr vorher aber noch ordentlich sauber machen«, grinste er.

Märtens nickte. » Kannst uns ja dabei helfen.«
Leder schaute leicht irritiert.

Das Klingeln eines Handys unterbrach die beiden Männer. Der Kollege griff in die Tasche seines Anoraks und nahm das Gespräch an.

»Hallo«, grüßte er freundlich, bevor er eine Weile zuhörte. »Okay! − Ja, dann bin ich zu Hause.«

Er steckte sein Smartphone weg und wollte beginnen seine Möhrensuppe zu essen, als sein Telefon erneut läutete.

»Sorry«, entschuldigte er sich bei seinem Kollegen und holte sein Phone noch einmal heraus.

»Hallo. − Hallo? - Hal − lo?!«

Dann schwieg er. Während er zuzuhören schien, bildete sich unwillkürlich eine Reihe von Falten auf seiner Stirn. Langsam erhob er sich. Mit dem Telefon am Ohr verließ er ohne ein weiteres Wort die Mensa. Das Tablett mit der unberührten Möhrensuppe ließ er achtlos zurück.

*

»Hallo, Agnes.« Frau Dr. Lufen hielt die geöffnete Tür ihres Behandlungszimmers mit einer Hand fest, während sie das Mädchen mit der anderen Hand einlud einzutreten. Sie trug wie immer eine weiße Bluse zu einer dunkelgrauen Stoffhose und schwarze Schuhe mit minimalem Absatz. Ihr dunkelblond gefärbtes, halblanges Haar hatte sie zusammen gebunden und ihre schwarze Lesebrille hing an einem Band vor ihrer Brust. Sie lächelte freundlich.

»Nimm Platz.«

Agnes setzte sich auf das braune Ledersofa. Dieses bildete einen rechten Winkel mit dem passenden Sessel, auf dem die Therapeutin immer saß. Ein rechteckiger, flacher Tisch mit einer Glasplatte komplettierte die kleine Sitzgruppe. Außer einem Regal mit Fachliteratur befanden sich keine weiteren Möbel in dem Raum, dessen Wände cremefarben gestrichen waren und gut mit den geölten Holzdielen harmonierten. Drei großforma-

tige, eingerahmte Fotografien, auf denen Meeresmotive, offensichtlich aufgenommen an der Nordsee, zu erkennen waren, schmückten die Wände des ansonsten spartanisch wirkenden Raumes.

»Willst du mir beschreiben, wie es dir in der letzten Woche ergangen ist?«, eröffnete die Therapeutin mit ruhiger Stimme das Gespräch.

»Gut«, antwortete Agnes.

Frau Dr. Lufen wartete.

»Ich hatte die ganze Woche keine Magenschmerzen«, begann das Mädchen zaghaft. »Ich kann wieder besser einschlafen. Ich träume nur noch sehr selten von diesem verdammten Fink und werde seit einiger Zeit nachts auch nicht mehr so oft wach. Und ich bin nicht mehr so aufgeregt, wenn ich herkommen muss«. Agnes versuchte zu lächeln.

»Schön. Ich finde, das sieht man dir auch an. Du siehst gut aus. – Bist du auch zu einem Ergebnis gekommen bei deiner Entscheidung, die du treffen wolltest?«

Die Therapeutin blickte Agnes direkt an. »Willst du mit ihm über die Vergewaltigung reden?«

Das Mädchen zögerte etwas, bevor es antwortete. »Nein, das will ich nicht. Ich glaub, ich kann das nicht.«

»Warum glaubst du das nicht zu können?«

Das Mädchen zögerte wieder einen Augenblick. Es schien nach einer passenden Formulierung zu suchen. »Ich schäme mich«, sagte Agnes schließlich.

Die Ärztin signalisierte Verständnis durch leichtes Kopfnicken, fragte aber: »Musst du dich wirklich schämen für etwas, was ein anderer dir angetan hat?«

In einer der ersten Sitzungen hatte Agnes bei dieser Frage angefangen bitterlich zu weinen. Inzwischen war sie enorm stabilisiert. Die Ärztin registriere, wie sie die Augen niederschlug, weil sie ein wenig Zeit brauchte für ihre Antwort.

Dann hörte Frau Dr. Lufen ihre Patientin sagen: »Ich hätte auch Nein sagen können.«

Die Psychotherapeutin hob die Augenbrauen, sagte jedoch nichts.

»Als Fink mir den Wodka angeboten hat, hätte ich ablehnen können. Dann wäre ich nicht so betrunken geworden, dass ich nichts mehr mitbekommen hab. Dafür schäme ich mich!«

Sie hielt inne und blickte ihrer Therapeutin direkt in die Augen. »Ich will nicht, dass er dieses Bild von mir hat!«

Agnes stand auf der Straße. Die Sitzung war vorbei. Sie war erleichtert. Frau Dr. Lufen hatte ihre Entscheidung akzeptiert, sie mit ihr eingehend analysiert und sie am Ende der Sitzung zu ihren Fortschritten beglückwünscht. Nächste Woche würde sie zum letzten Mal herkommen müssen. Sie war froh darüber. Sie öffnete ihre Handtasche und griff zu ihrem Smartphone. Der Akku war leer.

Verständnislos blickte sie auf das Gerät. Das konnte doch eigentlich gar nicht sein. Egal, sie musste auch gar nicht anrufen. Die wenigen hundert Meter zum `Adenauerplatz` würde sie in fünf Minuten zurückgelegt haben. Am `Fehrbelliner Platz` brauchte sie dann nur einmal umzusteigen.

*

Märtens befand sich auf dem Weg zum Raum 201. Er hatte noch Unterricht. Grundkurs Deutsch, zehnte Klasse, siebte und achte Stunde. Ein Traum für jeden Lehrer. Als er die Treppe zum zweiten Stock hinaufging, konnte er seine Schüler schon lärmen hören.

»Hallo, Herr Märtens«, sprach ihn plötzlich jemand von hinten an. Er drehte sich um. Der Junge, der ihn angesprochen hatte, sah nicht gerade fröhlich aus. Er versuchte zu lächeln, doch mehr als der Anflug eines Lächelns zeichnete sich in seinem blassen Gesicht nicht ab. Der schwarze Kapuzenpulli und der billige schwarze Schal, den er um den Hals trug, betonten seine Blässe. Wolf Märtens kannte ihn. Er wusste aber nicht mehr, wie er hieß, obwohl er im letzten Jahr die Klasse des Jungen ein paar Monate in Deutsch unterrichtet hatte, weil eine Kollegin ihre Elternzeit kurzfristig verlängern musste.

»Hallo. Du hattest mal Unterricht bei mir, das weiß ich, aber ich hab leider deinen Namen vergessen. Sorry.«

Der Blick des Jungen war für Märtens nicht zu deuten. Er antwortete: »Tom heiß ich. Ich geh in die 9/1. Ich wollte fragen, ob ich bei der Technik mitmachen kann?«

Der Lehrer schaute Tom verständnislos an.

»Beim ROCKFEST. – Es gab doch eine Ansage im Schulradio.«

»Ach so, natürlich. Aber das war vor den Weihnachtsferien. Die Technikgruppe ist inzwischen komplett. Das machen vier ehemalige Schüler und zwei Jungen aus der 10/6. Mehr wollen die unter keinen Umständen dazu nehmen. Leider. – Aber komm doch am Mittwoch zu unserm Treffen. Oder sprich die Schüler aus unserem Team an. Wir finden den bestimmt etwas für dich.«

Der Schüler verzog enttäuscht das Gesicht.

»Okay, Mittwoch«, antwortete er emotionslos und dann übertrieben freundlich: »Auf Wiedersehn, Herr Märtens. Einen schönen Tag noch. – Und ein schönes ROCKFEST«, hörte der Lehrer noch, als sich Tom schon einige Meter entfernt hatte. Ein merkwürdiger Junge, dachte Märtens und schüttelte den Kopf. Er beeilte sich, um nicht zu spät zu seinem Unterricht zu kommen.

*

Mittwoch, 19. Januar 2011

»Okay, Leute, lass anfangen«, forderte Ludwig seine Mitschüler auf.

Der Freizeitraum war voller Schüler. Allen war bewusst, dass sie langsam auf die Zielgerade einbogen mit ihren Vorbereitungen.

»Wenn wir die Winterferien abziehen, haben wir nur noch drei Wochen bis zum ROCKFEST. Wir müssen heute unbedingt abchecken, was schon erledigt ist und was wir noch machen müssen. Ich lese einfach unsere TO-DO-Liste vor und die Leute, die verantwortlich waren, antworten. Klar? Ich muss nämlich heute früher weg. Das muss schnell gehen!

»Bands?«

»Gehen klar. Fünf feste Zusagen.«

Märtens hob kurz die Hand und ergänzte: »Es gibt ein weiteres Band-Angebot.«

Die Schüler blickten ihn neugierig an.

»Der neue Sportlehrer Herr Gniffka hat mich angesprochen. Er spielt in einer Blues-Band. Schlagzeug. `Violet Rage` heißt die Band«, las Märtens von einem Spickzettel ab. »Er sagt, wenn *es noch Bedarf gibt, könnten sie ebenfalls auf unserem ROCKFEST spielen.«*

»Cooler Name. Aber das Line-up ist komplett«, bemerkte Ludwig. »Oder?«

Er blickte in die Runde und sah, dass die anderen zustimmend nickten.

»Aber, falls eine Band ausfallen sollte, werden wir Herrn Gniffka ansprechen. – Weiter!«

Er schaute kurz auf seine Uhr.

»Plakate, Flyer?«

»Sind fertig. Flyer werden ab Montag von allen verteilt. Toshe und ich hängen Mittwoch die Plakate auf.«

»Technik?«

»Steht.«

»Security?«

»Steht auch«, antwortete Elli Beck. »Ich hab mit Patrice telefoniert. Sein Team ist komplett. Er hat fünfzehn Leute, drei pro hundert erwartete Besucher. Das sei optimal, sagt er.«

»Und ich habe die Funkgeräte bestellt. Die Firma Actisio unterstützt uns wieder und macht uns einen Sonderpreis«, fügte Märtens hinzu.

»Und was ist mit der Polizei?«, warf Toshe ein.

Wieder antwortete Beck: »Patrice und ich haben verabredet, dass wir die Veranstaltung nach den Winterferien bei der Polizei anmelden. Das reicht.«

Zügig machte Ludwig weiter. Märtens und seine Kollegin wechselten anerkennende Blicke. Ludwig machte das richtig gut. Alle Anwesenden hingen an den Lippen des Oberstufenschülers und arbeiteten konzentriert mit.

Schneller als gedacht war ihr Treffen zu Ende. Wolf Märtens war froh, dass auch heute das Thema Fink nicht mehr angesprochen wurde. Es schien sich erledigt zu haben. Auch Maren hatte es seit dem Treffen damals nicht mehr erwähnt. Zum Glück, dachte Märtens. Ein Problem weniger. Es blieb sowieso noch genug zu tun. Beruhigend war, dass auch die Lehrer-Aufsicht geregelt war. Jörn Leder und Dieter Schaller hatten sich am Montag noch gemeldet. Mehr Leute brauchten sie nicht.

*

SONNTAG, 20. Februar 2011

Kriminalhauptkommissar Stern und sein Kollege Grüber saßen in ihrem gemeinsamen Büro und waren in die Unterlagen vertieft, die sie bereits erhalten hatten. Stern studierte den schriftlichen Bericht, den ihm Leo Groß nach der ersten Ansicht der Leiche zugemailt hatte.

Christopher Fink war mit vier Stichen getötet worden. Die Stiche waren mit enormer Kraft ausgeführt worden. Einer davon hatte die linke Herzkammer getroffen, ein zweiter den linken Lungenflügel durchbohrt, ein weiterer traf eine Arterie, worauf der starke Blutverlust zurückzuführen war. Die Klinge war spitz, nicht sehr lang, hatte aber an beiden Seiten eine Schneide. Weitere Aussagen zur Tatwaffe hatte er nicht gemacht. Der Todeszeitpunkt lag mit hoher Wahrscheinlichkeit zwischen dreiundzwanzig und vierundzwanzig Uhr.

Das könnte hinkommen, dachte Stern. Nach Aussage der Zeugen wurde Fink um 23:15 Uhr vermisst, als der Auftritt seiner Band beginnen sollte.

Er las weiter. Am Hals waren frische Würgemale zu erkennen. Außerdem eine Reihe von Restspu-

88

ren älterer Hämatome an Armen, Beinen und Rumpf, die auf einen länger zurückliegenden Unfall oder Sturz schließen ließen.

Dass Dr. Groß bereits Cannabisrückstände hatte entdecken können, wunderte Stern nicht. Er dachte an den penetranten Geruch in dem Kellerraum. Welche Mengen und ob Fink noch weitere Drogen konsumiert hatte, würde im Anschluss an die Obduktion von den Kollegen in der `Forensischen Toxikologie` untersucht werden.

*

Irgendwann am Sonntagmorgen wachte er auf. Draußen war es fast dunkel. Eine dichte Wolkendecke hing über der Stadt. Hatte er überhaupt geschlafen? Er fühlte sich total erschlagen, unfähig, sein Bett zu verlassen. Doch da war gleichzeitig diese innere Unruhe. Er konnte unmöglich liegen bleiben. Noch einmal einschlafen war unvorstellbar. Die Gedanken an die Ereignisse der vorletzten Nacht rasten durch seinen Kopf, fanden aber keinen Ausgang. Wer hätte gedacht, dass es so kommen würde? Dieser Idiot sollte doch nur einen Denkzettel bekommen.

Er stand auf und ging ins Bad. Vielleicht würde eine kalte Dusche jetzt gut tun. Er spürte, wie es ihn wieder zurück ins Bett zog, ins Warme. Am besten, die Decke über den Kopf ziehen und nie mehr herauskommen, dachte er. Aber das ging nicht. Er musste sich völlig normal verhalten, niemandem durfte irgendetwas auffallen.

Er zog sich aus, öffnete die Tür der Duschkabine und trat ein. Der eisige Strahl traf ihn mit voller Wucht.

*

Das Telefon klingelte und unterbrach die Stille. Grüber nahm ab. »Kriminaloberkommissar Grüber«, meldete er sich vorschriftsmäßig. Dann hörte er eine Weile zu. »Das ist ja großartig, Kollege. Gute Arbeit. Vielen Dank! Okay. Dann noch einen schönen Sonntag. Tschüss.«

Stern schaute den Oberkommissar erwartungsvoll an.

»Das war der Leiter der Einsatzhundertschaft der Bereitschaftspolizei. Die haben die Tatwaffe gefunden.«

»Was? Wo?«

»Gleich hinter dem Sportplatz der Schule, im Holzungsweg, gegenüber der Hausnummer 53. Da hat einer sein Motorrad abgestellt über den Winter und mit einer Plane abgedeckt. Das Motorrad ist so ein Chopper-Modell. Harley oder so. Hab ich jetzt nicht genau gefragt. Jedenfalls hat es zwei Satteltaschen aus Leder, rechts und links neben dem Hinterrad. Und in einer der Taschen steckte das Messer.«

»Und wem gehört die Maschine?«

»Wohl einem Anwohner.«

»Und woher wusste der Täter, dass er unter der Plane die Satteltaschen finden würde?«

»Der muss das Motorrad dort früher schon gesehen haben. Im Sommer und ohne Plane«, antwortete Grüber. »Vielleicht wohnt unser Täter in der Nähe. – Das müssen wir überprüfen. Wir brauchen die Adressen von allen Schülern, die bei der Veranstaltung mitgeholfen haben.«

Sein Chef ergänzte: »Und von den Lehrern auch!«

»Listen mit den Namen gibt es ja. Die wollte der Lehrer uns zuschicken. Vielleicht hat der ja auch Adressen notiert. – Ich ruf den jetzt mal an«, entgegnete Grüber.

Stern nickte mit dem Kopf. Ein winziger Funke war entfacht. Vielleicht würde er die Lunte zum Glimmen bringen.

Sie hatten den Lehrer nicht erreicht. Hans Stern stand vor der Kaffeemaschine, Grüber gab die Adresse der Jim-Morrison-Schule in den Computer ein, da klopfte jemand von außen an die Bürotür.

»Ich habe hier die Druckvorlage für die Zeugenaufrufe«, sagte der Kollege beim Eintreten. »Könnt ihr euch das mal anschauen? Wenn der Text so in Ordnung ist, geht das in den Druck und wir können die Blätter wahrscheinlich morgen noch rausgeben. Wir dachten an hundert Exemplare.«

Stern ließ sich die Vorlage reichen und las:

ZEUGEN GESUCHT

Die Polizei bittet um ihre Mithilfe

In der Nacht von Freitag, den 18. Februar 2014, zu Samstag, den 19. Februar 2014, in der Zeit zwischen 23:00 Uhr und 0:15 Uhr, ist in den Räumen der Jim-Morrison-Schule, Hegewinkel 4, in 14162 Berlin-Zehlendorf, ein Tötungsdelikt begangen worden.

Die Kriminalpolizei fragt:

Wer hat zur Tatzeit in der Nähe der Schule verdächtige Wahrnehmungen gemacht?

Gibt es Taxifahrer, die zur besagten Zeit Fahrgäste im Bereich der Schule aufgenommen haben?

Hinweise nimmt die 1. Mordkommission in der Keithstraße 30 in 10787 Berlin-Tiergarten unter der Rufnummer (030) 4664-911 0 oder jede andere Polizeidienststelle entgegen.

»Ist okay so«, stellte Stern fest. »Nur den Rechtschreibfehler müsst ihr korrigieren. Ihre schreibt man groß. Und überprüft die Kommas noch mal!

Und stellt den Zeugenaufruf auch ins Internet! Dann lesen ihn vielleicht noch mehr Leute.«

Grüber wartete, bis der Kollege wieder gegangen war. »Schau mal hier!«, zeigte er mit der Spitze eines Kugelschreibers auf den Stadtplan auf seinem Monitor, den er im Internet aufgerufen hatte. Der Kollege hat gesagt, das Motorrad war auf dem Holzungsweg abgestellt. Der Weg grenzt direkt an das Sportgelände der Schule. Diesen Weg läuft man, wenn man zum Sprungschanzenweg, zur Onkel Tom Straße oder in die Siedlung jenseits der Onkel Tom Straße will. Das heißt, wir sollten definitiv versuchen, herauszufinden, welche Schüler und Lehrer in diesem Bereich wohnen.«

Stern runzelte die Stirn. »Ich hab mir`s nochmal überlegt. Du hast zwar Recht, aber lass uns damit warten, bis wir die Teilnehmer der Veranstaltung befragt haben. Vielleicht erkennen wir danach ein Motiv und können die Suche etwas eingrenzen.«

Grüber zuckte mit den Schultern.

»Weißt du was? Ich fahr da jetzt hin und schau mir den Fundort der Waffe und die örtlichen Gegebenheiten mal genauer an. Vielleicht gehe ich auch noch mal zum Tatort in den Keller hinunter. Die Kollegen von der Spurensicherung haben einen Schlüssel. Auf jeden Fall nehm ich den Anwohner, dem das Motorrad gehört, unter die Lupe.«

Während der Hauptkommissar das Büro verließ, gab Grüber schon die Nummer der KTU in sein

Telefon ein. Danach würde er es erneut bei Herrn Märtens versuchen.

*

Es klingelte an der Wohnungstür von Wolf Märtens. Verwundert zog er seine Stirn in Falten. Er wollte seine Ruhe haben. Telefon und Handy hatte er vorsorglich ausgeschaltet. Wer konnte das sein? An einem Sonntag um diese Zeit? Die Polizei? Er ging zur Tür und öffnete sie. Sofort begann ein Blitzlichtgewitter auf ihn einzuprasseln.

»Herr Märtens, können wir mit Ihnen sprechen?«, vernahm er eine unangenehm klingende Frauenstimme. Instinktiv warf er die Tür zu. Schnell und fest genug, um zu verhindern, dass jemand seinen Fuß zwischen Türblatt und Rahmen stellen konnte. Woher kennen die meinen Namen? Woher wissen die, wo ich wohne, wunderte er sich.

»Herr Märtens, wir möchten nur ein paar Informationen von Ihnen. Sind Sie doch bitte so freundlich!«

Der Lehrer antwortete nicht.

»Herr Märtens, es wäre besser für Sie, wenn Sie mit uns reden würden!«, klang die Frauenstimme jetzt noch schriller und aggressiv.

»Scheiße!«, meldete sich jetzt seine innere Stimme und löste einen leichten Anflug von Panik

94

in ihm aus. Mit den Hyänen der großen Berliner Boulevard-Zeitungen sollte er sich lieber nicht anlegen. Die würden sonst nicht eher Ruhe geben, bis sie jedes kleinste negative Detail aus seinem Privatleben offen gelegt hätten. Ein Lehrer und ein Mord. Eine hochbrisante Konstellation, die sich in ihren Zeitungen bestens aufmachen und verkaufen ließ. Sollte er doch besser mit ihnen sprechen? Wenn sie auch Fotos von ihm machen durften, konnte er vielleicht mitbestimmen, welche gedruckt und veröffentlicht wurden. Und er brauchte nicht zu befürchten, sie würden so lange nach anderen Quellen suchen, bis sie eins finden würden, was ihn möglicherweise diskreditierte.

Aber wie sah er aus? Er schaute in den Garderobenspiegel. Ein Monster blickte ihm entgegen, blass, unrasiert, eingefallene Wangen, ungewaschenes, fettiges Haar. Wenn er so in der Zeitung erschien, war er für die Leser dieser Blätter der gesuchte Mörder. Er merkte, wie seine Beine ihren Dienst zu versagen begannen, und setzte sich auf den Boden.

»Herr Märtens!«, gleichzeitig klopfte jemand heftig an die Tür. »Herr Märtens?«, dann hörte er Schritte, die sich die Treppe hinunter entfernten. Er blieb sitzen, bis im Treppenhaus nichts mehr zu hören war.

Plötzlich fiel ihm die Geschichte seines Kollegen Thomas Wallroth ein. Der war früher Sportlehrer am Jesse-Owens-Gymnasium. Ebenfalls hier in Zehlendorf. Die Berliner Boulevard-Presse wollte ihn für die tragischen Vorkommnisse verantwortlich machen, die sich während einer Skifahrt mit Schülern der Oberstufe ereignet hatten. In Österreich. Ergebnis war, dass der Kollege zusammenbrach und ein halbes Jahr lang nicht mehr arbeiten konnte. Jetzt unterrichtete er wieder. Aber in Friedenau, am Rheingau Gymnasium, wie Märtens vor geraumer Zeit gehört hatte.

Märtens stand auf und ging in die Küche. Er brauchte dringend eine Zigarette, andere Beruhigungsmittel lehnte er streng ab. Einen frischen Cappuccino würde er sich ebenfalls zubereiten. Mich kriegen die nicht klein, redete er sich selbst Mut zu.

Ein paar Minuten danach drückte er auf die Enter-Taste seines Notebooks und brachte die Mail mit den Namenslisten auf den Weg. Telefon und Handy ließ er vorsorglich ausgeschaltet.

*

Die abendliche Besprechung der 1. Mordkommission verlief verhältnismäßig zügig. Es gab nur wenige neue Informationen auszutauschen. Diese waren jedoch erfreulich.

Grüber hatte von der Kriminaltechnik das genaue Modell des Messers erfahren. Es handelte sich um ein Messer der Böker Manufaktur aus Solingen. Modell `Böker plus Survivor` mit beidseitiger Klinge. Im Internet hatte Grüber eine Abbildung der Waffe mit genauer Beschreibung gefunden und für jeden einen Ausdruck hergestellt. Die Gesamtlänge des Taschenmessers betrug 21,9 cm, die Klingenlänge 8,5 cm, war darauf zu lesen. Das passte zu den Spuren, die ihr Kollege aus der Rechtsmedizin analysiert hatte. Ausdrücklich erwähnt war in der Beschreibung, dass es sich bei dem Messer um einen verbotenen Gegenstand gemäß deutschem Waffengesetz handelte.

Die Kollegen nickten anerkennend.

Danach gab der Oberkommissar bekannt, dass der Lehrer die Namenslisten geschickt hatte und sie morgen mit den Befragungen beginnen könnten. Das war auch mit dem Schulleiter abgesprochen. Grüber war es am späten Nachmittag endlich gelungen, ihn zu erreichen. Er hatte das ganze Wochenende zusammen mit seiner Frau auf ihrer Datsche am `Stechlinsee` verbracht.

Dann ergriff Stern das Wort. Er hatte den Besitzer des Motorrades befragt. Dieser war am Freitagabend auf Verwandtenbesuch bei seinem Bruder in Potsdam-Babelsberg gewesen und hatte dort übernachtet. Dafür gab es neben seiner Ehefrau, die ebenfalls in Potsdam war und das Alibi bestätigte, weitere glaubhafte Zeugen. Er konnte also als Täter ausgeschlossen werden.

Außerdem berichtete Stern, dass er bei seiner Begehung des Schulgeländes etliche Überwachungskameras entdeckt hatte.

»Vielleicht haben wir Glück und der Täter ist von einer dieser Kameras erfasst worden«, schloss er seine Ausführungen. Zufrieden schickte er seine Kollegen kurz darauf in den Feierabend. Sogar rechtzeitig genug, dass diejenigen, die wollten, noch pünktlich zum Beginn des sonntäglichen Tatorts zu Hause sein konnten, stellte er mit einem Blick auf seine Uhr fest.

Er selbst schaute sich den sonntäglichen Krimi nicht mehr an. Klamauk war das für ihn und mit dem Arbeitsalltag von Kriminalbeamten hatte die Darstellung wenig zu tun. Er hatte sich mit Udo im `Lentz` verabredet. Sie würden eine Kleinigkeit essen und das ein oder andere Bier dazu trinken. Außerdem hatte Udo versprochen, sich um Karten für das Heimspiel von UNION gegen Cottbus zu kümmern. Das Spiel fand zwar erst Anfang Mai statt, doch es war gar nicht so einfach, an Karten zu kommen. Das Union-Stadion war bei Heimspielen fast immer ausverkauft und beim Ost-Derby sowieso. Aber Udo hatte angedeutet, er verfüge über beste Verbindungen. Ob das stimmte, würde sich nachher herausstellen.

*

Leise schloss Hans Stern die Wohnungstür auf. Es war schon spät, eine halbe Stunde nach Mitternacht. Er wusste nicht, ob Maischa zu Hause war und eventuell schon schlief. Er wollte sie auf keinen Fall wecken. Udo hatte wieder mal kein Ende gefunden. Der geglückte Erwerb der Karten für das Ost-Derby musste ausgiebig gefeiert werden. Stehplatz, Sektor 3, Block Q, was wollte man mehr. Sie hatten einen amüsanten Abend verlebt.

Die Küchentür stand offen und zu seiner Überraschung sah Stern auf dem Tisch eine leere Weinflasche und ein einzelnes Glas stehen. Dass es sich nicht um die Weinsorte handelte, die er selbst bevorzugte, sah er trotz zahlreicher Biere im `Lentz` auf den ersten Blick. Nanu, dachte er, Maischa trinkt doch sonst so gut wie nie Wein, und erst recht keine ganze Flasche. Leichte Unruhe machte sich in seinem Innern bemerkbar.

Maischas Zimmertür war geschlossen. Zu hören war nichts. Morgen früh würde er sie nicht fragen können. Er musste sehr früh los. Er trat an seinen Schreibtisch, nahm ein Blatt Papier und einen Stift. Er würde ihr auf dem Küchentisch eine Nachricht hinterlassen. Gerade hatte er sich hingesetzt, da hörte er auf einmal, wie seine Tochter aus ihrem Zimmer kam und ins Bad eilte.

Einige Minuten später trat sie in ihr gemeinsames Wohnzimmer. Blass, mit von völlig verschmierter Schminke umgebenen geröteten Augen sah sie ihn an.

»Willst du mir erzählen, was passiert ist?«

Sie fing an zu schluchzen. »Ashton will Interrail machen. Vier Wochen. Den ganzen Mai über. Obwohl ich im Mai noch arbeiten muss!«

»Und mit wem?«, fragte Stern vorsichtig.

»Mit Joshua.«

»Und warum will er nicht zusammen mit dir reisen, wenn du vier Wochen später Zeit hättest?«

»Das wäre ihm zu gefährlich, meint er. − Mit einem Mädchen.« Sie konnte sich gar nicht beruhigen.

Stern runzelte die Stirn.

»Er will nur im Freien übernachten. In Parks oder am Strand. Für Hostels oder Pensionen hat er kein Geld, sagt er. Nicht mal für Campingplätze.«

Stern nahm seine Tochter in den Arm.

»Und am fünfundzwanzigsten Juli fliegt er zurück nach Neuseeland. Das sind nur noch fünf Monate!«

Stern spürte, wie sein Shirt unter Maischas Tränen feucht wurde. Seine Tochter tat ihm Leid. Natürlich verletzte es sie. Ashton wollte die letzten Wochen, die ihnen bis zu seiner Rückreise blieben, nicht mit ihr verbringen, sondern lieber mit seinem Kumpel durch Europa touren. Die Wochen nach seiner Interrail-Tour würden durch die nahende Rückreise Ashtons ebenfalls getrübt sein.

Er konnte nachempfinden, wie es seiner Tochter ging. Er hatte sich als Teenager einmal in eine Austauschschülerin aus Nordschweden verliebt. Drei Monate bevor diese in ihre Heimat zurückkehren musste.

*

100

Montag, 21.Februar2011

Ein Geräusch im Haus hatte ihn geweckt. Es muss-te noch sehr früh sein, denn er hatte seinen Radio-Wecker auf 5:50 Uhr eingestellt und die Musik hatte noch nicht eingesetzt. Schlaftrunken öffnete er langsam die Augen. Die Fenster der anderen Wohnungen waren noch unbeleuchtet. Auf der Neuen Kantstraße war jedoch schon reger Ver-kehr, wie er am Scheinwerferlicht der zahlreichen Autos erkennen konnte. Zum Glück war der Ver-kehrslärm hier am anderen Ende des `Lietzensees` nur sehr leise zu hören. Da war das Geräusch wie-der. Jetzt konnte er es zuordnen. Der Zeitungsbote hatte die Hoftür des Vorderhauses erneut laut zuschlagen lassen.

»Idiot!«, fluchte Hans Stern und warf gleichzei-tig seine Bettdecke zur Seite. Eine halbe Stunde hätte er noch schlafen können, zeigte ihm sein Blick auf den Wecker.

Etwas später saß er angezogen am gedeckten Frühstückstisch, frisch gekochter Kaffee verbreite-te seinen köstlichen Duft und zwei Vollkorn-Toastscheiben, belegt mit Goudakäse und dünnen

Tomatenscheiben, lachten ihn an. Während Stern genüsslich abbiss, schlug er die `Berliner Morgenpost` auf, die er aus dem Briefkasten geholt hatte. Sofort sprang ihm der Aufmacher des Lokalteils in die Augen. Es war ihnen sogar gelungen, ein Foto vom Abtransport der Leiche zu bekommen.

Brutaler Mord in der Jim-Morrison-Schule?
Ehemaliger Schüler tot aufgefunden

In den frühen Stunden des 19.02 wurde in einem Kellerraum der J.M.-Schule die Leiche des zwanzigjährigen Conrad F.*(Name von der Redaktion geändert) gefunden. Die 1. Mordkommission des LKA hat noch in derselben Nacht die Ermittlungen aufgenommen.

Nach bisherigen Erkenntnissen gehen die Ermittler davon aus, dass das Opfer gewaltsam ums Leben kam. Wie genau Conrad F. getötet wurde, wollte die Polizei nicht mitteilen. Ebenso wollte sie aus ermittlungstaktischen Gründen keine Angaben zu den vorgefundenen Spuren machen. Die Spurensuche hatte bis zum späten Sonntagnachmittag angedauert.

Im Institut für Rechtsmedizin in der Moabiter Turmstraße wird die Obduktion der Leiche vorgenommen. Die Ergebnisse sollen spätestens am Donnerstag dieser Woche vorliegen.

Die Hintergründe der Tat sind noch völlig unklar.

Beamte der Mordkommission haben bereits mit der Befragung der Anwohner im Umfeld der Schule begonnen.

Er musste unbedingt daran denken, nachzufragen, ob die Aushänge mit der Bitte um Mithilfe fertig waren. Sie mussten umgehend in der Schule sowie in den naheliegenden Siedlungen angebracht werden.

»Aber nicht jetzt!«, ermahnte sich Stern laut. Der Dienst begann für ihn um 7:15 Uhr. »Jetzt wird erst mal ganz in Ruhe gefrühstückt.«

Genüsslich wollte er wieder in sein Toastbrot beißen, musste aber feststellen, dass er beide Scheiben bereits aufgegessen hatte. Er sollte doch manchmal auf seine Tochter hören und beim Essen keine Zeitung lesen. Gut, dass er noch ein bisschen Zeit hatte.

Das Geräusch der rollenden Müllcontainer auf den Steinplatten des Hinterhofes erinnerte Hans Stern daran, dass er auch bald zur Arbeit musste. 06:40 Uhr zeigte die Küchenuhr an. Er trank den Rest Kaffee, räumte das benutze Geschirr in die Spülmaschine und trat in die Diele. Heute wollte er wieder einmal mit dem Rad zur Arbeit fahren. Maischa hatte Recht, im Winter bewegte er sich zu wenig.

Gut gegen die Kälte geschützt bestieg er ein paar Minuten später sein Bike und machte sich auf den Weg in die Keithstraße. Obwohl der Winterdienst im Dauereinsatz war, konzentrierte er sich auf die Fahrbahn. In den Nebenstraßen gab es hin und wieder Abschnitte, die gefährlich glänzten und eventuell glatt sein konnten. Zum Glück hatten die Reifen seines Mountain-Bikes ein gutes Profil.

Heute hatten sie ein volles Programm, ging ihm unterwegs durch den Kopf. Nach der Morgenbesprechung würden die Eltern von Christopher Fink in die Dienststelle kommen und eingehend befragt werden. Anschließend kam gleich die unangenehmste Aufgabe des heutigen Tages. Sie mussten mit den Eltern in die Rechtsmedizin und ihnen die Leiche ihres Sohnes zeigen. Danach würden sie nach Zehlendorf in die Schule fahren, mit dem Schulleiter und den beide Lehrern sprechen und gemeinsam überlegen, wie sie die Befragung der übrigen Lehrer und der Schüler am effizientesten organisieren konnten. Gut, dass wenigstens die Spurensicherung abgeschlossen war und der Schulbetrieb uneingeschränkt laufen konnte.

Stern bog in die Keithstraße ein, als hinter ihm ein Autofahrer hupte. Er wurde aus seinen Gedanken gerissen und bemerkte, dass er viel zu weit in der Mitte der Straße fuhr. Sofort wich er nach rechts aus, um Platz zu machen. In dem Auto, das ihn jetzt überholte, saß Grüber und zeigte ihm grinsend seinen hoch gestreckten rechten Daumen.

*

Der Montagmorgen begann für die Kolleginnen und Kollegen der Jim-Morrison-Schule sehr ungewöhnlich. Die meisten von ihnen wohnten über die ganze Stadt verstreut in den verschiedenen Bezirken Berlins. Manche lebten auch im benachbarten Land Brandenburg. Sie waren Freitagabend nicht bei der Veranstaltung in ihrer Schule gewesen, sondern hatten es vorgezogen, ihr dienstfreies Wochenende zu Hause zu verbringen. Sie wussten noch nichts von dem Todesfall, der sich in ihrer Schule in der Nacht zu Samstag ereignet hatte.

Diejenigen, die um drei Minuten vor acht mit ihren schweren Mappen unter dem Arm auf den Eingang des Schulgebäudes zueilten, wunderten sich nur, dass eine sehr große Anzahl von Schülern sich um diese Zeit noch auf dem Schulhof befand. Das Gebäude wurde zehn Minuten vor Unterrichtsbeginn für die Schüler geöffnet. Normalerweise traf man um diese Zeit nur noch diejenigen Schüler, die ebenfalls auf den letzten Drücker kamen.

»Was ist denn hier los? Wieso seid ihr noch hier draußen? In zwei Minuten beginnt der Unterricht«, wandte sich eine der vorbei Eilenden an die Schüler. Immer darauf bedacht, nicht langsamer zu werden. Ihr Schulleiter hatte es sich zur Gewohnheit gemacht, montags morgens kurz vor acht am Haupteingang zu stehen, um zu überprüfen, wer zu spät zum Unterricht erschien.

»Heute ist Dienstbesprechung«, riefen drei eifrige Siebtklässlerinnen im Chor. »Der Unterricht beginnt erst um halb neun.«

Pünktlich um acht, gleichzeitig mit dem Ertönen des Gongs, der für gewöhnlich den Beginn des Unterrichts signalisierte, betrat Dr. Ritter das Lehrerzimmer. Unverzüglich wurde das Stimmengewirr der mehr als achtzig anwesenden Erwachsenen leiser. Nicht alle hatten einen Sitzplatz gefunden in dem viel zu kleinen Raum. Teilweise standen sie vor den Postfächern oder lehnten sich mit dem Rücken an die Schrankreihe mit den Schließfächern. Zwei junge Referendare hatten sich demonstrativ auf den Boden gesetzt.

Erst als es im Lehrerzimmer ganz still war, begann Dr. Ritter zu sprechen: »Liebe Kolleginnen und Kollegen, ich will mich zunächst kurz fassen. Der Anlass für unser Zusammentreffen heute ist ein sehr trauriger. Am Wochenende ist am Rande unseres Rockfestes ein ehemaliger Schüler umgebracht worden. Er wurde erstochen.«

Sofort brach das Stimmengewirr wieder los.

»Warum muss auch so was an unserer Schule überhaupt gemacht werden?«, hörte Märtens eine seiner Kolleginnen sagen. »Heutzutage. Bei diesen Jugendlichen!«

Keiner antwortete ihr.

Der Schulleiter wartete einen Moment, bis er weitersprach: »Es handelt sich bei dem getöteten Jungen um Christopher Fink. Die meisten unter uns kennen ihn noch. Für die neuen Kollegen: Christopher Fink war von der siebten Klasse an Schüler der Jim-Morrison-Schule und hat bei uns sein Abitur gemacht. Er hat bei uns nicht nur selbst mit großer Begeisterung und erfolgreich Musik gemacht, sondern hat über einen längeren Zeitraum in einer Band-AG sein Können an jüngere Schüler weitergegeben. Auch Christophers Eltern haben sich sehr an unserer Schule engagiert. Sie waren beide im Eltern-Förderverein und haben zahlreiche Projekte und Veranstaltungen unterstützt.« Er hielt einen Moment inne. »Ich bedauere genau wie Sie alle den Tod unseres ehemaligen Schülers sehr und würde Sie bitten, sich zu erheben, um dem Toten zu gedenken.«

»Vielen Dank«, ergriff der Schulleiter zwei Minuten später wieder das Wort. »Sie werden sicherlich noch einige Fragen haben. Ich bitte um Wortmeldungen.«

Sofort schnellten die Arme von etwa der Hälfte der Anwesenden hoch.

»Herr Schaba, bitte.«

»Können wir denn heute überhaupt Unterricht machen? Müssen wir die Schüler nicht nach Hause schicken? Die sind doch völlig fertig!«

»Natürlich findet heute Unterricht statt! Pünktlich ab 08:30 Uhr. Keinem ist damit geholfen, wenn wir die Schüler nach Hause schicken. Was sollen die jetzt alleine zu Hause? Die Schüler müssen jetzt betreut werden! – Im Übrigen habe ich heute Morgen schon mit dem Schulamt telefoniert.« Er machte eine kurze Pause und schaute in die Runde.

»Erwartet der jetzt Beifall?«, murmelte Märtens und schüttelte verständnislos den Kopf.

»Nach der ersten großen Pause werden zwei kompetente Mitarbeiterinnen des schulpsychologischen Dienstes hier sein. Falls Sie Schüler haben, die besonderer Betreuung bedürfen, schicken Sie sie zum Sekretariat. Aber erst nach der Zwanzig-Minuten-Pause, auf keinen Fall früher!«, fügte er schnell hinzu.

»Das wird doch nur Chaos. Die sind doch alle total aufgeregt. Und ich bin auch völlig fertig!«, protestierte jemand aus dem hinteren Teil des Lehrerzimmers. Aber so, dass er unerkannt blieb.

Der Schulleiter ging nicht auf die Äußerung ein.

»Bevor ich es vergesse. Trotz allem möchte ich mich bei den Kolleginnen und Kollegen, die an der Durchführung des Rockfestes beteiligt waren, im Namen der gesamten Schulleitung bedanken. Vielen Dank!«

»Ich kotze gleich!«, wäre es Märtens fast herausgerutscht. Elli und er waren zusammen mit den Schülern seit mehr als drei Monaten mit dem Projekt ROCKFEST beschäftigt. Außer ihnen beiden waren ganze sieben Kolleginnen und Kollegen am Veranstaltungsabend als Aufsicht anwesend. Die meisten höchstens zwei Stunden. Und jetzt bedankte sich Ritter auf diese Art und Weise. Der kann einfach nicht verwinden, dass er früher bei der Wahl des Vertrauenslehrers regelmäßig weniger Stimmen bekommen hat als ich, besänftigte er sich. – Egal!

Kurz darauf waren die wichtigsten Fragen scheinbar geklärt. Dr. Ritter schloss die Dienstbesprechung und der größte Teil des Kollegiums verließ das Lehrerzimmer, um sich auf den Weg zu den Klassenräumen zu machen.

»Und wie verkraftest du das alles?«

Wolf Märtens sah blass und völlig übernächtigt aus. Graue Bartstoppeln, die er sonst immer penibel abrasierte, betonten seine Blässe und seine eingefallenen Wangen. Er schaute seinen Kollegen Jörn Leder an.

»Überhaupt nicht. Ich hab praktisch seit Donnerstagmorgen kein Auge zugemacht.« Er schluckte trocken. »Donnerstag Unterricht bis fünfzehn Uhr, dann Aufbau der Bühne und der Anlage. Nachts bin ich vor Aufregung ständig aufgewacht, weil ich Angst hatte, jemand könnte in die Mensa einbrechen und die teure Anlage klauen. Freitag Unterricht, abends das ROCKFEST und nachts der Mord. – Ich bin völlig fertig. Gestern hab ich mich den ganzen Tag nicht aus der Wohnung getraut, weil draußen die Medienmeute stand, um mich zu verfolgen, und hier in der Schule kommen jetzt schon die ersten Vorwürfe.«

»Vorwürfe? Von wem?«

»Hör zu, Jörn, ich hab nicht viel Zeit. Ich muss jetzt zur Schulleitung. Die Kripo kommt auch nachher. Ich mach heute keinen Unterricht. Ich werde vertreten. Ruf mich morgen oder übermorgen mal an. Dann kann ich dir alles erzählen.«

Jörn Leder nickte. Dann nahm er das Kursbuch aus seinem Fach, griff nach seiner Tasche und machte sich ebenfalls auf den Weg. Auch er sah blass aus und wirkte mitgenommen.

*

Die beiden Kommissare stiegen aus ihrem Dienstwagen. Sie hatten vor der Schule keinen Parkplatz gefunden und ihr Fahrzeug auf dem Schulhof abgestellt, wo auch erstaunlich viele weitere Fahrzeuge geparkt waren. Schüler waren keine zu sehen. Offensichtlich war Unterrichtszeit.

»Ich staune, dass die Lehrer hier den Schulhof als Parkplatz benutzen«, sagte Stern.

Grüber runzelte die Stirn, sagte aber nichts.

Ein Hinweisschild wies ihnen den Weg zum Sekretariat. Durch die Glaswand konnten sie sehen, dass der Raum leer war, traten aber trotzdem ein.

»Guten Morgen. Kann ich Ihnen helfen?«, hörten sie eine männliche Stimme aus dem Nachbarzimmer.

Kurz darauf erschien in der geöffneten Tür ein Mann. Er trug einen dunklen Anzug, ein weißes Hemd und eine schwarze Krawatte. Sein dichtes, völlig ergrautes Haar ließ ihn etwas älter erscheinen, als er wahrscheinlich war. Er erinnerte Stern an Dietmar Hopp, den bekannten Mäzen von `1899 Hoffenheim`.

»Dr. Ritter. Ich leite die Schule«, stellte er sich vor. »Und wer sind Sie? Sind Sie von der Presse?«

Stern und Grüber schüttelten beinahe synchron ihre Köpfe, nannten ihre Namen und zeigten ihre Dienstausweise.

»Oh, Entschuldigung. Treten Sie ein.«

Er bot den beiden Beamten Platz an einem großen runden Tisch an. »Kaffee kann ich Ihnen leider nicht anbieten. Unsere Sekretärinnen haben sich heute Morgen beide krank gemeldet. Ausgerechnet heute.« Er verzog das Gesicht.

»Macht nichts«, entgegnete Grüber kurz angebunden. Ihm kam das Auftreten des Schulleiters aufgesetzt vor. »Wir sind zum Arbeiten her gekommen und es wartet wahrscheinlich sehr viel Arbeit auf uns.«

»Herr Dr. Ritter, gibt es an Ihrer Schule Video-Überwachung?«, begann Stern.

Der Schulleiter sah ihn überrascht an. »Nicht, dass ich wüsste. Wie kommen Sie darauf?«

»Ich bin gestern noch einmal hier gewesen und habe gesehen, dass nicht nur über dem Eingang zum Technikkeller, sondern auch über den Eingängen zu einigen der anderen Gebäude Überwachungskameras installiert sind. Auch an den Hausfassaden befinden sich ein paar.«

»Ach so. Ich glaube, die funktionieren alle nicht mehr«, entgegnete Dr. Ritter. »Aber unser Hausmeister kann Ihnen da mit Sicherheit mehr zu sagen. Soll ich ihn rufen?« Er griff zum Telefon.

Kurz darauf klopfte jemand an die Tür.

»Juten Tach. Schmitz is meen Name. Ick bin der Hausmeester.«

»Nehmen Sie Platz, Herr Schmitz. Die Herren sind von der Kriminalpolizei.«

Als der Mann das Büro des Schulleiters eine viertel Stunde später wieder verließ, waren die beiden Kommissare ernüchtert. Sein Vorgänger hatte noch eine Dienstwohnung in der Schule gehabt und die Überwachungskameras auf Eigeninitiative hin installiert. Aber das war bereits einige Jahre her. Inzwischen war die Anlage veraltet und nicht mehr funktionstüchtig. Wartung und Reparatur waren teuer, sodass das Schulamt nicht bereit war, dafür Gelder zur Verfügung zu stellen. Herr Schmitz hatte die Kameras trotzdem hängen lassen, um potentielle Einbrecher wenigstens ein bisschen zu verunsichern.

Lediglich im Hauptgebäude der Jim-Morrison-Schule gab es eine funktionierende Alarmanlage. Die reagierte auf Bewegungsmelder und wurde nur nachts scharf gestellt, wie der Hausmeister sich ausdrückte. Möglichkeiten der Bildaufzeichnung bot sie nicht.

»Herr Dr. Ritter, kommen wir zum nächsten Punkt. Wir müssen heute an Ihrer Schule so viele Schüler und Lehrer wie möglich befragen und damit möchten wir so schnell wie möglich beginnen.

Wir würden zu fünft sein. Wo können wir unsere Befragung durchführen?«

Es klingelte zur Mittagspause, als endlich alle organisatorischen Fragen geklärt waren.

*

Stern und Grüber verließen das Schulgebäude mehr als fünf Stunden später. Draußen war es schon dunkel und ein kalter Wind blies ihnen entgegen. Ihre Kollegen waren alle schon zurück zur Keithstraße gefahren. Sie würden bereits an ihren Schreibtischen sitzen und Berichte anfertigen.

»Fährst du?«, fragte Grüber. »Dann kann ich die wichtigsten Fakten während der Fahrt auf meinem Tablet schon einmal zusammenfassen für die Kollegen.«

Er hatte die Schüler befragt, welche als Musiker oder als Techniker bei der Veranstaltung mitgemacht hatten. Stern hatte sich auf Herrn Märtens und Frau Beck sowie auf die übrigen Lehrer und auf die Schüler aus dem Security-Team konzentriert. Die drei anderen Kollegen hatten Helfer und Besucher des Rockfestes befragt.

Stern ließ sich den Wagenschlüssel geben und die beiden Kommissare stiegen ein. Um diese Zeit floss der Verkehr Richtung Innenstadt recht zügig, sodass sie damit rechnen konnten, in spätestens dreißig Minuten mit der anberaumten Besprechung beginnen zu können.

»Jim-Morrison-Schule. – Das hätte es zu meiner Zeit nicht gegeben, dass man ein Gymnasium nach einem Drogen konsumierenden ehemaligen Sänger einer Rockband benannt hätte. Der außerdem höchstwahrscheinlich an den Folgen übermäßigen Drogenkonsums mit siebenundzwanzig Jahren gestorben ist.«

»Die Schule ist eine Gesamtschule«, entgegnete Grüber und sah von seiner Arbeit auf. »Egal, die Zeiten ändern sich. Heutzutage haben Schüler und Eltern offenbar einen größeren Einfluss bei der Auswahl des Namens für eine Schule.«

»Meinst du?«

»Außerdem war Jim Morrison nicht nur Sänger. Er war ein anerkannter Songwriter und Lyriker. Er hat zudem ein Studium der Film- und Theaterwissenschaften erfolgreich abgeschlossen und sogar selbst Filme gemacht. Und, was sicherlich nicht ganz unwichtig ist, er war ein ausgewiesener Kriegsgegner und hat unermüdlich gegen den Vietnamkrieg protestiert.«

»Woher weißt du das denn alles? Du warst doch noch nicht mal auf der Welt, als Jim Morrison gestorben ist«, wunderte sich Stern.

»Die `Doors` sind doch legendär. Die kennt auch heute noch fast jeder. Hör dir doch mal `Riders on the storm` an. Das Stück ist doch Kult. Ich hab als Schüler schon für Jim Morrison geschwärmt.«

»Wenn ich`s mir überlege, unbeschriebene Blätter sind die anderen Größen, nach denen wir unsere Schulen, Straßen und Plätze benennen auch nicht. Albert Einstein soll seine Freundin und Mutter seiner geistig behinderten Tochter erst geheiratet haben, nachdem diese bereit war, das Kind wegzugeben.« Stern musste auf einmal grinsen.

»Quizfrage. Wer ist das? – Nach ihm sind in Deutschland Straßen, Plätze und Schulen benannt. Er war deutscher Bundeskanzler, trank bekanntermaßen recht häufig große Mengen Alkohol und war zu seinen Kindern so kühl und distanziert, dass mindestens einer seiner Söhne sich manchmal Mühe geben musste, um ihn nicht mit Sie anzusprechen.«

»Woher weißt du das denn?«, fragte Grüber ganz ungläubig.

»Das hab ich in einer Fernsehdokumentation gesehen, in der unter anderen auch dieser Sohn interviewt wurde.«

Bevor Grüber antworten konnte, trat Stern urplötzlich auf die Bremse. Die Ampel am `Fehrbelliner Platz` zeigte Rot.

*

»Kollegen, ich weiß, die Zeit ist mal wieder fortgeschritten«, stellte Hauptkommissar Stern mit Blick auf seine Uhr fest. »Aber eine Stunde brauchen wir noch.«

Sein Team saß mit ihm an dem großen runden Tisch im Besprechungsraum und jeder hatte die Befragungsprotokolle des Nachmittags als Computerausdruck vor sich auf dem Tisch liegen.

»Ich denke, wir sollten nur die Informationen vortragen beziehungsweise hier ansprechen, die neu und für unsere laufenden Ermittlungen von Bedeutung sind. Alles andere kann jeder bei Bedarf in den Protokollen selbst nachlesen. – Ralph, gibst du bitte alle Fakten stichwortartig in deinen Rechner ein und überträgst sie mit dem Beamer auf die Projektionswand.«

Oberkommissar Grüber nickte zustimmend und alle warteten hochkonzentriert auf die erste Wortmeldung.

Unmittelbar, nachdem er als Letzter die relevanten Ergebnisse seiner eigenen Befragungen vorgetragen hatte, schaute der Hauptkommissar erneut auf seine Uhr. Sie lagen perfekt im Zeitplan, zehn Minuten blieben ihnen noch. Er entschied, abschließend die Ergebnisse der Sitzung für alle noch einmal mündlich zusammenzufassen. Den Beamer schaltete er aus, damit während seines Vortrages niemand abgelenkt werden konnte. Die Auflistung der neuen Fakten hatte er in seinem Kopf gespeichert. Auf sein Gedächtnis konnte er sich verlassen.

»Kollegen, uns bleiben noch zehn Minuten bis zum wohlverdienten Feierabend«, begann Stern.

»Ich will die Zeit nutzen, um unsere neuen Erkenntnisse abschließend zusammenzufassen:

Punkt 1: Wer hatte Zugang zum Tatort?

Das waren nur Fink, bei dem die Kollegen einen Schlüssel in der Jackentasche gefunden haben, Wolf Märtens, der Musiklehrer, der für das Projekt verantwortlich war, Patrice Benidt, der Chef des Security-Teams, sowie Florian Färber, der Chef des Technik-Teams.
Die drei Letztgenannten hatten ebenfalls einen Schlüssel zur Verfügung. Und ohne Schlüssel lässt sich die Tür von außen nicht öffnen. Es gibt außen keine Klinke, sondern nur einen Knauf.
Außerdem haben natürlich die gesamte Schulleitung und der Hausmeister Generalschlüssel. Aber die waren an dem Abend alle nicht auf der Veranstaltung und haben Alibis.
Ergänzende Zusatz-Info: Die Besucher des Konzerts hatten keinen Zugang zu dem Bereich des Schulhofs, in dem der Tatort lag. Die Ausgänge zum Hof waren von der Security gesichert.

Punkt 2: Was haben wir über Christopher Fink erfahren?

Er wurde zuletzt um 22:45 Uhr von einer Zeugin im Backstage-Bereich gesehen. Lebend.
Er nahm Drogen.
Er dealte. Auch früher schon, als Schüler.

Er war sehr beliebt, besonders bei Mädchen.

Feinde in der Schule sind keinem der Befragten bekannt.

Am Tatabend zeigte er kein nervöses oder sonst irgendwie außergewöhnliches Verhalten. Außer, dass er erhebliche Mengen Drogen genommen hatte.

Deshalb, – und jetzt komme ich zu

Punkt 3: Welche Motive gibt es für die Tat? –

könnte eventuell ein Motiv im Dealer- und Drogenmilieu zu finden sein. In seinem Portemonnaie befanden sich nämlich auch einhundertsechzig Euro Bargeld. Vielleicht hatte er seine Drogen nicht oder noch nicht bezahlt.

Aber auch die üblichen Motive wie Eifersucht oder Rache können die Tat ausgelöst haben. Zu diesem Punkt wissen wir noch nichts. Nur, dass er besonders bei Mädchen gut ankam.

Punkt 4: Wer von den Befragten hat für die Tatzeit ein Alibi?

Das sind erfreulicherweise eine ganze Reihe.«

Jetzt nahm sich Stern seinen kleinen Notizblock zur Hand.

»Zunächst alle Lehrer, die an dem Abend Aufsicht führten und heute zur Befragung bei mir waren.

Gerda Schreiner, Dieter Schaller und Peter Kohler waren schon lange vor Ende der Veranstaltung nach Hause gegangen. Anna Keller, Magda Herrmann und Steffen Winter haben sich zusammen den Auftritt der Band `Smoking Guns` und auch anschließend `The Souxx` angeschaut. Märtens stand ebenfalls eine Weile bei ihnen. Dann musste er aber weg, weil ihm ein paar betrunkene Schüler aufgefallen waren. Er ist mit ihnen nach draußen gegangen und hat sie nach Hause geschickt. Sein Alibi ist demzufolge nicht komplett abgesichert.

Die sechs Musiker der Band `Smoking Guns` standen auf der Bühne und scheiden somit auch aus. Genauso wie Finks Bandkollegen, die sich deren Auftritt zusammen angesehn haben und anschließend selbst auftraten.«

»Und wo waren die Musiker der `Smoking Guns`, nachdem sie gespielt hatten?«, fragte Grüber dazwischen.

»Sie standen im Publikum und pogten zur Musik der `Souxx`. – Okay. Weiter geht`s.

Die vier Mädchen in der Garderobe waren zur Tatzeit alle beschäftigt, weil viele jüngere Schüler nach Hause mussten und ihre Jacken und Mäntel haben wollten.

Die meisten Mitglieder der Security haben ebenfalls Alibis. Sie waren zu zweit unterwegs auf Streife oder standen auf ihren Posten und haben dafür Zeugen.

Und zuletzt die Techniker. Alle sechs waren die ganze Zeit über im Einsatz gewesen und konnten den Saal nicht verlassen.«

»Und was ist mit Elli Beck?« Wieder war es Grüber, der gefragt hatte.

»Die ist höchstens 1,65 m groß. Die müsste sich auf einen Hocker gestellt haben, um als Täterin infrage zu kommen. Aber du hast Recht. Ich hab vergessen, sie zu erwähnen. Sorry. Die hat den Mädchen in der Garderobe geholfen«, entschuldigte sich Stern und fuhr fort: »Alle diese Personen können also als Täter ausgeschlossen werden.«

»Den DJ sollten wir noch hinzufügen.« Grüber schaute in die Runde, bevor er weiter sprach: »Der hat die Veranstaltung kurz nach seinem Auftritt wieder verlassen. Und Mike Kumbela hat ausgesagt, er sei sofort, als seine Band fertig war, gegangen. Die Alibis sind aber noch nicht geprüft.«

»Das Alibi des DJs schon«, warf Hauptkommissar Stern ein und fuhr fort, bevor ihn einer seiner Kollegen unterbrechen konnte: »Meine Tochter war zufällig am Freitagabend mit einer Freundin im `Puro` und hat den DJ dort gesehen. Es war derselbe wie immer freitags. Er hat den ganzen Abend aufgelegt und war noch da, als die beiden Mädchen gegen 0:30 Uhr gegangen sind.«

»Hast du ihr auch Zeugengeld gezahlt?«, grinste Grüber.

Wortlos hielt Stern ihm seine leeren Hände entgegen.

»Ich komme zum letzten Punkt für heute.

Punkt 5: Was bleibt nach der ersten Zeugenbefragung als Nächstes zu tun?

Musiker, Eltern, Lehrer, Security-Mitglieder, die wir heute nicht gesprochen haben, müssen befragt werden.
Es gibt Personen, von denen wir nur die E-Mail-Adresse haben. Die müssen angeschrieben werden per Mail.
Und immer, wenn es ein Zeitfenster gibt, heißt es, Protokolle lesen, Alibis überprüfen, konzentriert Routinearbeit leisten, Kollegen!«
Mit diesen Worten schloss der Hauptkommissar seine Ausführungen und entließ die Kollegen in den Feierabend.

Gegen neunzehn Uhr verließ Hans Stern das Dienstgebäude in der Keithstraße. Er verspürte überhaupt keine Lust, nach diesem anstrengenden Arbeitstag sofort nach Hause zu fahren. Vorher musste er noch ein bisschen abschalten und auf andere Gedanken kommen, sonst würde er den ganzen Abend in seiner Wohnung sitzen und über den Fall grübeln. Maischa arbeitete heute in dem netten kleinen Café in der Nähe des `Charlottenburger Schlosses`. Noch hatte das Café geöffnet. Wenn er sie dort besuchte, einen Milchkaffee trank und ein Stück von dem leckeren, selbst gebackenen Kuchen aß, könnte er dabei sicher gut abschalten. Entschlossen ging er auf das Halteverbots-Schild zu, an dem er sein Fahrrad angeschlossen hatte.

Etwa zwanzig Minuten später stieg er die wenigen Treppenstufen vom idyllisch wirkenden Sommergärtchen in die Innenräume des Cafés `Frau Bäckerin` hoch. Der Gastraum hatte sich schon geleert und Maischa war mit dem Putzen des kleinen Tresens beschäftigt. Im Hintergrund lief die `Gymnopädie` von Satie, ihre derzeitige klassische Lieblingsmusik, in angenehm dezenterer Lautstärke.

»Hallopapa. Da hast du aber Glück gehabt. Ich wollte gerade anfangen, die Kaffeemaschine zu putzen.«

»Na wunderbar. Dann kann ich ja sicher noch einen Milchkaffee bekommen und ein Stück von der leckeren Himbeer-Schoko-Torte.«

»Gerne. Du hast freie Platzwahl«, entgegnete seine Tochter lächelnd.

Kurz darauf brachte sie das Gewünschte. Für sich selbst hatte sie einen Cappuccino und ein Glas Leitungswasser mitgebracht. Sie setzte sich zu ihm an den Tisch.

Stern schaute seine Tochter an und überlegte, während er die Gabel mit einem Stückchen der köstlichen Torte zu seinem Mund führte. Er wollte ihr die furchtbaren Ereignisse in der Rechtsmedizin auf keinen Fall zumuten, wenn sie ihn nach dem Verlauf seines heutigen Arbeitstages fragen würde.

Als Dr. Groß die Leiche von Christopher Fink enthüllt hatte und Finks Eltern ihren Sohn erkannten, hatte plötzlich der Vater das Bewusstsein verloren. Damit hatte niemand der Anwesenden gerechnet, auch Dr. Groß nicht, und Herr Fink war schwer gestürzt. Die Mutter des Jungen hatte einen Nervenzusammenbruch erlitten. Anschließend mussten beide ärztlich versorgt werden. Sie mussten ihr Auto in der Turmstraße stehen lassen und ein Kollege hatte sie später mit dem Dienstwagen zurück nach Kleinmachnow gebracht.

Da Stern auch keine wichtigen Dienstgeheimnisse ausplaudern wollte, stellte er seiner Tochter eine Frage: »Sag mal, hältst du es für möglich, dass jemand seinen ehemaligen Lehrer umbringen würde, wenn er erfahren würde, dass der etwas mit seiner Freundin hatte?«

»Wie jetzt?«, fragte Maischa erstaunt, »ich denke, ein ehemaliger Schüler ist umgebracht worden.«

»Ja schon. Aber rein theoretisch könnte der Schüler den Lehrer mit seinem Messer attackiert haben, mit der Absicht, ihn umzubringen. Und der Lehrer könnte sich gewehrt haben und dann selbst zugestochen haben.«

»Und wie kommst du darauf?«

»Wir haben heute Befragungen in der Schule durchgeführt. Da kam eine Lehrerin, – Typ Zitrone oder besser noch, ausgepresste Zitrone.«

Maischa lachte laut. »Kenn ich!«

»Sie hatte mit der Veranstaltung gar nichts zu tun. Sie war natürlich auch nicht dort gewesen. Aber sie erzählte uns, es sei möglich, dass der verantwortliche Lehrer auf einer Studienreise etwas mit Laura März, der Freundin von Fink, gehabt habe. Vielleicht sei das wichtig.«

»Hä? Und wieso glaubt sie das?«

»Sie hat erzählt, in einer Vertretungsstunde, das sei allerdings schon lange her, sei sie mit einem Kurs im Computer-Raum gewesen. Und von ihrem Platz aus hat sie gesehen, wie eine Schülerin auf ihre Facebook-Seite gegangen ist. Kurz darauf erschien auf dem Monitor ein Foto von dem Lehrer und Finks Freundin, das vermutlich auf dieser Reise aufgenommen worden sei.«

»Na und? Von mir gibt es auch Fotos, auf denen ich mit Herrn König bin. Auf unserer Kursfahrt nach Rom zum Beispiel. Das hat doch überhaupt nichts zu bedeuten.«

»Die Geschichte geht noch weiter. Die Lehrerin trat von hinten näher an den Bildschirm der Schülerin, ohne dass diese es bemerkte, und konnte auch ein paar Kommentare zu dem Foto lesen.«

»Da musste sie sicher aufpassen, dass sie sich nicht den Hals verrenkt hat«, lästerte Sterns Tochter. »Und was stand da?«

»Zum Beispiel: OMG! Und KREISCH!. Aber auch: Ich fass es nicht. Oder: Nein, nicht wirklich!«

»Das beweist doch gar nichts. Und sowieso, ich glaub nicht an deine Theorie.«

»Und warum nicht?«

»Der Schüler.....«

»Ehemalige Schüler«, korrigierte Stern.

»Egal. Jedenfalls, er müsste schon mit dem Vorsatz in die Schule gekommen sein, den Lehrer umzubringen. Niemals! Der wollte an dem Abend in der Schule mit seiner Band auftreten. Da bringt der doch nicht vorher noch schnell mal einen Lehrer um. – Und außerdem, wie sollte er den Lehrer in den Keller locken? Während der Veranstaltung? Und warum hat er mit seiner Racheaktion so lange gewartet?«

Maischa dachte kurz nach.

»Du hast den Lehrer doch am selben Abend noch gesehen. Hatte der Blut an seiner Kleidung? Verhielt der sich seltsam oder verdächtig? Das hättest du doch bemerkt!«

Stern dachte an seine Begegnung mit Märtens im Freizeitraum zurück. Der Lehrer hatte ein schwarzes T-Shirt mit einer weißen Aufschrift ROCKFEST 2011 getragen. Einige der Schüler und seine Kollegin Beck trugen das gleiche T-Shirt. Offensichtlich hatten sie davon für ihre Veranstaltung eine ganze Reihe hergestellt und sicherlich noch ein paar Exemplare vorrätig gehabt. Theoretisch könnte der Lehrer nach der Tat ein neues, sauberes T-Shirt angezogen haben. Dennoch hielt auch Stern ihn nicht für den Täter. Zumal er zumindest für den größten Teil des angenommenen Tatzeitraumes ein sicheres Alibi hatte. Die Diskussion mit seiner Tochter bekräftigte ihn in seiner

Ansicht. Ihre Einwände waren auch ihm schon in den Sinn gekommen.

Trotzdem würde er den Lehrer bei der nächst besten Gelegenheit nach der Sache mit Finks Freundin fragen. Und dieser müsste ihm dann plausibel erklären, warum er ihnen das bisher verschwiegen hatte.

Sterns Tochter warf einen Blick auf die Wanduhr über dem Tresen. »Oh, es ist ja schon bald halb neun. Wir müssen uns beeilen, Papa. Ich bin in einer halben Stunde mit Freunden im `Kant Kino` verabredet.«

»Kein Problem«, entgegnete Stern und stand auf. Er merkte, dass er langsam müde wurde und Lust auf sein Sofa bekam. Er griff in seine Hosentasche, nahm sein Portemonnaie heraus, legte zehn Euro auf den Tisch und umarmte seine Tochter.

»Danke, Papa, und schönen Abend noch.«

»Ciao, Bella«, verabschiedete er sich lächelnd.

Entspannt machte er sich auf den kurzen Weg nach Hause.

*

Dienstag, 22. Februar 2011

Jörn Leder war wach und wälzte sich seit geraumer Zeit in seinem Bett hin und her. Schuld daran war nicht die Taube in dem Kastanienbaum vor seinem Schlafzimmer. Das hatte andere Gründe. Sara hatte bereits vor drei Wochen ihr Bett geräumt und schlief seitdem nachts im Gästezimmer in der Mansarde.

»Ich weiß nicht, was mit dir seit Tagen los ist«, hatte sie geschimpft. »Du drehst dich neuerdings nachts hundert Mal rum. Und ich werd jedes Mal wach. So lange du nicht zum Arzt gehst und dir ein wirksames Schlafmittel verordnen lässt, kann ich nicht mehr mit dir in einem Zimmer schlafen!«

Ein Schlafmittel würde nichts bringen, das wusste er.

Inzwischen hatte sich eine zweite Taube dazu gesellt und der Geräuschpegel nahm zu. Leders Wut auf die gurrenden Vögel ebenfalls. Er stand auf, öffnete die Tür zum Balkon und trat hinaus. Die Tiere saßen in der Krone des mächtigen Baumes und ließen sich nicht stören. Leder griff nach dem Besen, den er sonst zum Entfernen des Schnees auf dem Balkon benutzte, und schlug damit kräftig in das Astwerk der kahlen Kastanie. Das hatte gewirkt. Mit aufgeregtem Flügelschlagen suchten die erschrockenen Tiere das Weite.

Ich wünschte, alle Probleme ließen sich so leicht lösen, dachte er beim Schließen der Balkontür. Beim Blick auf die Uhr sah er, dass es bereits zehn vor sechs war. Er legte sich nicht mehr hin.

*

»Mann, wo warst du denn gestern, Alter?«, wurde Tom von seinem Kumpel Carsten begrüßt. Sie trafen sich auf dem Weg zum Kunsthaus, wo sie in der dritten und vierten Stunde Unterricht hatten.

»Die Schule war voller Bullen. Die wollten jeden verhören, der beim ROCKFEST war, egal ob man mitgemacht hat oder nur als Zuschauer da war. Auch die Lehrer wurden verhört, sogar der Märtens und die Beck. – Du hast doch auch mitgemacht?«

Tom spürte, wie ihm flau im Magen wurde. Am liebsten hätte er sich umgedreht und wäre sofort wieder gegangen. Aber dann würde die neue Sozialarbeiterin zu Hause anrufen. Nicht noch mehr Stress, dachte er.

Vielleicht war es der Polizei gar nicht aufgefallen. Woher sollten die wissen, dass er mitgemacht hatte. Er hatte sich auf keine der Listen von Märtens geschrieben. Nur Patrice hatte seine E-Mail-

Adresse. Außerdem war er vor ein paar Minuten Herrn Märtens begegnet und der hatte nichts gesagt. Alles wird gut, redete er sich ein. Es liegt nur an dir selbst.

Das Klingelzeichen ertönte. Die beiden Schüler begannen zu laufen.

*

»Du, Hans, ich hab mal überprüft, ob gegen Christopher Fink bei uns irgendwas vorliegt«, wandte sich Grüber an seinen Chef.

»Und?«

»Nichts. Absolut Fehlanzeige. – Aber etwas anderes Interessantes hab ich gefunden. Am 17. Dezember 2010 wurde jemand in Finks Wohnung am Heckmannufer überfallen, niedergeschlagen und ausgeraubt.«

Neugierig schaute Stern seinen Kollegen an. Dann ließ er sich den Sachverhalt, den die Kollegen der zuständigen Direktion ins Netz gestellt hatten, detailliert schildern.

»Was wäre,«, schloss Grüber seine Ausführungen, »wenn der Überfall gar nicht dem Opfer Kilian März gegolten hätte, sondern Fink? Vielleicht lag nur eine Verwechslung vor. Und am Freitag hat derselbe Täter wieder zugeschlagen. Und diesmal den Richtigen erwischt. Mit tödlichem Ausgang.«

Stern schaute skeptisch. »Wenn es so gewesen wäre, frage ich mich nur, wie konnte der Täter das Versteck für die Tatwaffe finden?«

»Reiner Zufall.«

»Was sagt dir dein Gefühl?«, wollte der Hauptkommissar wissen.

»Keine Ahnung. Doch ich denke, wir müssen diese Geschichte im Auge behalten.«

»Gut. Übernimm du das und informiere mich, wenn du etwas Neues in Erfahrung bringst. Ich muss jetzt noch einmal hoch zur Staatsanwältin.«

*

Tom drückte die Zigarette aus, schloss das Fenster seines Zimmers und fuhr den Rechner hoch. Er musste sich dringend abreagieren. Wie das am besten ging, wusste er. Gerade wollte er die Seite öffnen, als das Signal für eingehende Nachrichten ertönte. Das kann warten, dachte er. Doch ein plötzlicher Impuls ließ ihn sein Postfach öffnen.

*

Grüber griff zum Telefon und wählte die Nummer der Direktion 5. Dann lauschte er dem Freizeichen.

Nach dem fünften Klingeln wurde der Hörer am anderen Ende der Leitung abgenommen.

»Direktion 5, VB II, Kommissar Peters«, war eine ruhige Stimme zu vernehmen.

»Kriminaloberkommissar Grüber hier. LKA, Erste Mordkommission.«

»Oh«, der Beamte von der Verbrechensbekämpfung wirkte überrascht. »Wie kann ich Ihnen helfen, Herr Kollege?«

»Wir ermitteln gerade in einem Fall in Zehlendorf, Tötungsdelikt. Und ich habe mehr oder weniger zufällig euren Zeugenaufruf im Netz entdeckt. Vor circa zwei Monaten ist in einer Wohnung am Heckmannufer in Kreuzberg eine Person überfallen worden und brutal zusammen geschlagen und ausgeraubt worden. Und bei dieser Wohnung handelt es sich um die Wohnung unseres Opfers. Vielleicht gibt es da einen Zusammenhang zwischen den beiden Fällen.«

»Können Sie mir das Aktenzeichen nennen?«

Kurz darauf hörte Grüber den Kollegen sagen: »Tut mir Leid. Da gibt es keine neuen Erkenntnisse. In der Wohnung wurden damals keinerlei Hinweise auf die Person des Täters entdeckt. Das Raubopfer gab an, das Gesicht des Täters überhaupt nicht gesehen zu haben. Auch die übrige Täterbeschreibung war sehr vage. Und Zeugen? Fehlanzeige. Eine Mitbewohnerin war zu der Zeit in Australien und die anderen beiden Mieter waren nicht zu Hause. Auch von den Hausbewohnern hat keiner die Tat bemerkt und etwaige andere

Zeugen haben sich bis heute nicht bei uns gemeldet.«

»Wie heißt denn der männliche Mieter, der außer Christopher Fink in der Wohnung lebt?«

»Christopher Fink war der Mieter, dessen Zimmer damals völlig verwüstet wurde und dem einige Gegenstände geklaut worden sind. Der war zu dem Zeitpunkt wohl verreist. Jedenfalls war er für uns nicht erreichbar. Der andere Mieter heißt Fabian Banik, auch ein Student. Er hat Glück gehabt, genauso wie das Mädchen. Ihre Zimmer waren zum Zeitpunkt des Überfalls verschlossen.«

Banik? Der Name ist mir in dem Fall schon mal begegnet, war sich Grüber sicher. Nur wo?

»Banik hat uns auch erzählt, dass in Finks Zimmer ein Notebook, ein Tablet und ein I-Pod fehlen würden. Vielleicht ist der Täter dumm genug, die Sachen bei Ebay anzubieten«, sprach der Kollege weiter. »Wir beobachten die Angebote systematisch. Außerdem arbeiten wir auch eng mit Händlern zusammen. Sie informieren uns sofort, wenn ihnen Diebesgut angeboten wird. Sollten wir etwas in Erfahrung bringen, werden wir uns bei Ihnen melden.«

»Gut. Erst mal vielen Dank und ich drücke euch die Daumen. Vielleicht bis bald.«

»Ich mach auf jeden Fall eine Aktennotiz, auch für meine Kollegen. – Schönen Tag noch.« Dann hatte er aufgelegt.

Oberkommissar Grüber überlegte einen Augenblick, bevor er zu dem Hefter mit den Namenslisten der ROCKFEST-Teilnehmer griff.

*

`DER POLIZEIPRÄSIDENT IN BERLIN`

las Tom nur. Im selben Moment spürte er, wie sein Herz in seinem Brustkorb heftiger zu schlagen begann. Wie ferngesteuert stand er auf, tastete seine Hosentaschen ab nach dem Tabakpäckchen und trat zum Fenster. Konnten die ihm was? Er sah die Szene noch einmal vor sich. Er war ganz alleine gewesen, hatte genau aufgepasst, dass niemand gesehen hatte, wie er hineinging. Auch als er herauskam, hatte ihn niemand gesehen. Die konnten gar nichts wissen. Er musste nur dichthalten.

Zurück am Schreibtisch überflog er die E-Mail. Dann las er sie noch einmal ganz langsam. Er sollte am Donnerstag, den 24. Februar um 17:00 Uhr im Dienstgebäude des Landeskriminalamtes erscheinen. Keithstraße 30, 1. Stock, Zimmer 115. Die Keithstraße kannte er. Die war in Schöneberg, irgendwo in der Nähe des Wittenbergplatzes.

Er sollte als Zeuge befragt werden. Komm runter, Alter, ermahnte er sich. Er würde ihnen sagen, dass er nichts gesehen hatte, und dann war er aus dem Schneider.

*

Genau um 17:00 Uhr klopfte jemand von außen an die Tür zum Büro der beiden LKA-Ermittler.

»Herein«, riefen Stern und Grüber beinahe gleichzeitig und blickten von ihren Akten auf.

»Guten Tag«, sagte der etwa fünfzigjährige Mann leicht unsicher, während er eintrat. »Mein Name ist Jörn Leder. Wir hatten miteinander telefoniert.«

»Schön, dass Sie es trotz des Verkehrs pünktlich geschafft haben, Herr Leder. Nehmen Sie bitte Platz. Dann können wir sofort anfangen.«

Der Mann zog seinen Anorak aus, nahm seinen Schal ab und hängte beides über die Rückenlehne des Stuhles, bevor er sich hinsetzte und die beiden Kriminalbeamten erwartungsvoll anschaute. Er sieht blass aus, dachte Grüber. Vielleicht lag das an seinen grauen Bartstoppeln. Aber er wirkte auch angegriffen, erschöpft. Waren nicht gerade erst Winterferien gewesen? Fuhren Sportlehrer in den Winterferien nicht zum Skilaufen und kamen gut erholt und gebräunt zurück, um sich von ihren Schülerinnen anhimmeln zu lassen? Bleib sachlich, rief er sich selbst zur Raison.

»Herr Leder, Sie sind Lehrer an der Jim-Morrison-Schule?«, begann Stern.

»Ja, Sport- und Deutschlehrer.«

Grüber mischte sich ein: »Ich hab mir die Lehrerliste auf Ihrer Schul-Homepage angeschaut. Da steht, Sie unterrichten auch Darstellendes Spiel.«

Leder sah den Kriminalbeamten überrascht an.

»Sie sind aber gut informiert.«

Das war genau der Effekt, den Grüber erzielen wollte. »Das gehört zu unserem Job.«

»Studiert hab ich das Fach nicht, aber ich hab es unterrichtet. Wir hatten an meiner alten Schule in Kreuzberg keinen Kollegen, der das machen wollte. Ich hab während meiner Studentenzeit lange in einer Theatergruppe mitgemacht. Und Deutsch als Hauptfach. Deshalb sollte ich das übernehmen. Ich finde das Fach interessant.«

»Okay. Ist für unsere Ermittlungen nicht von Bedeutung«, unterbrach Stern den Lehrer. »Sie waren gestern krank, Herr Leder?«

»Nein. Wie kommen Sie denn darauf?«

»Wir waren gestern an Ihrer Schule und haben Zeugenbefragungen durchgeführt. Aber Sie sind nicht bei uns erschienen, obwohl Ihre Sekretärin mehrere Lautsprecherdurchsagen gemacht hat.«

Grüber sah von der Tastatur seines Rechners auf und blickte den Lehrer aufmerksam an.

»Ich bin montags nur in den ersten beiden Stunden in der Schule. Anschließend bin ich für zwei Stunden im `Cole Sport Center`, im Hüttenweg, und danach in der `Onkel Tom Halle`. – Von dort bin ich nach meinem Unterricht gleich nach Hause gefahren. Von Ihrer Befragung hab ich nichts mitbekommen.«

»Okay. Kommen wir zum Freitag. – Herr Leder, wir müssen uns ein möglichst genaues Bild vom Verlauf der Veranstaltung machen und sind deshalb auch auf kleinste Details angewiesen, die die Teilnehmer uns mitteilen können. Darum bitte ich Sie, nehmen Sie sich Zeit und versuchen Sie, uns Ihre Beobachtungen so genau wie möglich darzulegen. Auch vermeintlich Unwichtiges.«

Nachdem Jörn Leder um 17:55 Uhr das Dienstzimmer 115 wieder verlassen hatte, fragte Stern seinen Kollegen erstaunt: »Woher wusstest du, dass Leder in der Nähe der Schule wohnt?«

»Köpfchen.« Grüber grinste. »Das hab ich an seiner Telefonnummer festgestellt. Alle Anschlüsse in der Gegend beginnen mit 813 oder 814.«

Der Hauptkommissar nickte anerkennend mit dem Kopf.

Trotzdem hatten sie nicht viel erfahren, was sie der Lösung ihres Falles näher gebracht hätte.

Leder, der letzte Kollege auf der Aufsichts-Liste von Märtens, den sie noch nicht befragt hatten, war am Freitag gegen 17:30 Uhr in der Schule erschienen und gegen 24:00 Uhr, kurz nachdem die letzte Band ihren Auftritt beendet hatte, gegangen. Wann genau er zu Hause angekommen war, konnte er nicht sagen. Es gab auch keine Zeugen dafür. Seine Freundin und er hatten getrennte Schlafzimmer. Sie war auch nicht mehr wach gewesen, als er nach Hause gekommen war.

Wo er sich während der Tatzeit aufgehalten hatte, wusste er nicht ganz genau. Allerdings hatte er sich daran erinnert, dass er eine ganze Weile vorne am Eingangstor zum Schulhof gewesen war, weil betrunkene Jugendliche auf der Straße vor dem Tor Lärm machten beziehungsweise Ärger zu machen drohten. Das könnte zur fraglichen Zeit gewesen sein. Julian Eicke, einer der Security-Chefs, hatte über Funk um Verstärkung gebeten.

Grüber hatte sich den Punkt notiert. Bei der Befragung des ehemaligen Schülers würden sie daran denken und sich diese Auskunft bestätigen lassen.

Aufgefallen war dem Lehrer im Laufe des Abends nichts Besonderes. Er hatte nicht einmal mitbekommen, dass Christopher Fink nicht mit auf der Bühne gestanden hatte. Persönlich kannte er Fink nicht.

Zwar waren sie sich gelegentlich auf dem Schulgelände begegnet, aber der Oberstufenschüler hatte nie Unterricht bei Jörn Leder gehabt.

Eine, wenn auch ernüchternde Erkenntnis hatte ihnen die Befragung des Lehrers dennoch gebracht. Grüber hatte gegen Ende der Befragung gefragt: »Herr Leder, Sie wohnen in der Nähe der Schule?«

»Ja, im Quermatenweg. Wieso?«

»Auf dem Weg von der Schule zu Ihrer Wohnung fahren Sie doch sicher regelmäßig über den Holzungsweg?«

Der Lehrer nickte mit dem Kopf.

»Dann wissen Sie auch, dass im Holzungsweg regelmäßig ein Motorrad abgestellt ist, auch jetzt im Winter.«

Der Gesichtsausdruck des Lehrers veränderte sich. Er schien eine Gefahr zu spüren.

»Sie meinen die Harley? – Ja, das weiß ich«, antwortete er zögernd. »Aber wieso fragen Sie mich das?« Er wirkte jetzt hoch konzentriert.

»Wir haben in einer der Gepäcktaschen der Maschine die Tatwaffe gefunden. Das Motorrad ist aber mit einer Plane abgedeckt. Woher wusste der Täter, dass er dort Gepäcktaschen finden würde, fragen wir uns.«

»Verdächtigen Sie etwa mich?«, platzte es aus Leder heraus. »Weil ich im Quermatenweg wohne und durch den Holzungsweg nach Hause fahre? – Wenn das so ist, sage ich überhaupt nichts mehr. Dann muss ich mir wohl einen Anwalt suchen!«

Die beiden Kriminalbeamten sahen sich schweigend an.

»Wir verdächtigen Sie keineswegs, Herr Leder. Wir versuchen nur durch unsere Zeugenbefragungen möglichst viele Antworten zu erhalten, die uns in unserem Fall weiterbringen. Vielleicht haben Sie eine Idee, wer von den Satteltaschen an dem Motorrad wissen könnte.«

Der Lehrer hatte sich wieder beruhigt.

»Da werden Sie viel Arbeit haben. Das könnten hunderte von Personen sein. Ach so, und dazu die ganzen Anwohner.«

Auf die überraschten Blicke der beiden Beamten hatte Leder dann erklärt: »Allein bei mir haben in acht Sportkursen mindestens zweihundertzwanzig Schüler Unterricht. Für alle steht zu Beginn des Schuljahres im Spätsommer vier Wochen lang Ausdauertraining auf dem Programm. Die meisten Sportkollegen und -kolleginnen halten es ähnlich. Und etwa 75 Prozent der Ausdauerläufe führen über den Holzungsweg. Und dann entweder zur `Krummen Lanke` oder wir laufen um unsere Schule herum. Das ist kürzer.«

Stern hatte sich nachdenklich am Kopf gekratzt. Der Fall war eher noch unübersichtlicher geworden. Eine Nadel im Heuhaufen schien leichter zu finden zu sein als die Person, die das Messer in den Satteltaschen der Harley versteckt hatte.

»Vielen Dank, Herr Leder. Sie haben uns mit Ihren Informationen weitergeholfen. Ich hab im Moment keine Fragen mehr an Sie.«

Auch Grüber schüttelte demonstrativ den Kopf.

»Dann können Sie jetzt gehen, Herr Leder. Falls Ihnen noch etwas einfällt, rufen Sie uns an. Wenn wir noch Fragen haben sollten, melden wir uns ebenfalls bei Ihnen.«

Schweigend erhob sich der Lehrer. Irgendetwas schien ihm durch den Kopf zu gehen, während er seinen Anorak anzog und dann nach seinem Schal griff. Er sagte aber nichts mehr. Kurz darauf verließ er wortlos das Büro der beiden LKA-Beamten.

*

Wolf Märtens wachte von dem Klingeln auf. Er hatte so tief geschlafen, dass er sich erst einmal orientieren musste. War das der Wecker? Musste er schon aufstehen und zur Schule?

Halb sieben. Wieso waren in allen Wohnungen um ihn herum die Fenster schon beleuchtet. Jetzt erst begriff er. Nicht der Wecker, sondern das Telefon klingelte unaufhörlich. Jemand musste nach Dauerklingeln aufgelegt und dann erneut gewählt haben. Die Nummer des Anrufers war ihm unbekannt. Trotzdem nahm er ab und meldete sich mit seinem Namen.

»Oberkommissar Grüber, LKA. Habe ich Sie gerade bei der Arbeit gestört?«

Wie hat er das denn jetzt gemeint, fragte sich Märtens und blieb die Antwort schuldig.

»Herr Märtens«, wurde Grüber wieder sachlich, »wir müssen einen Fabian Banik sprechen. Christopher Fink wohnte mit dem in einer WG und hat offensichtlich auch mit ihm zusammen Musik gemacht. Sein Name befindet sich auf der Liste mit den Musikern des Rockfestes, die Sie uns geschickt haben.«

»Und wieso rufen Sie mich dann an?«

»Die WG besitzt offensichtlich keinen Festnetzanschluss. Jedenfalls hat die Auskunft keine Nummer. Haben Sie vielleicht eine Handynummer von Fabian Banik?«

»Da haben Sie Glück. Wir haben kurz vor dem ROCKFEST ein paar Mal telefoniert. Ich hab die Nummer zwar nicht gespeichert, aber in meiner Anrufliste müsste sie zu finden sein.«

Fünf Minuten später wählte Oberkommissar Grüber erneut und hörte das Freizeichen von Fabian Baniks Handy.

*

Mittwoch, 23. Februar 2011

Kriminalhauptkommissar Stern und Kriminaloberkommissar Grüber verließen den Besprechungsraum im ersten Stock des LKA-Dienstgebäudes am
Mittwochmorgen als Erste. Sie brannten darauf,
endlich mehr über Christopher Fink zu erfahren.
Sie waren sicher, nur so würde der Schlüssel zu
dem Geheimnis seines rätselhaften Todes zu finden sein. Was sie bisher über Fink wussten, war
einfach zu wenig und zu allgemein, es fehlte an
Substanz. Der junge Mann, der ihnen diese hoffentlich liefern konnte, saß zu ihrem Erstaunen
bereits auf dem Gang und wartete auf sie. Er war
nicht alleine gekommen. Begleitet wurde er offensichtlich von seinem Vater. Die beiden glichen sich
wie aus dem Gesicht geschnitten.

»Herr Fabian Banik?«, wandte sich Stern an den
jüngeren der beiden Männer, der mit Ja antwortete. »Wir hatten gerade unsere morgendliche Besprechung. Sie müssen sich bitte noch einen Augenblick gedulden, aber in fünf Minuten sind wir
so weit. Dann können wir anfangen«, erklärte er,
nickte auch dem Vater freundlich zu und folgte
Grüber in ihr Büro.

Sein Kollege ließ sofort seinen Rechner hochfahren. Auf einer Datei hatten sie schon eine Reihe von Fragen gesammelt, die sie dem Mitbewohner Finks stellen wollten.

*

»Das waren effiziente Aktionen von dir«, lobte Stern seinen Kollegen, während er an den Tisch trat. Er stellte sein Tablett mit dem Pott Kaffee und den zwei Hälften eines Käsebrötchens ab und nickte anerkennend mit dem Kopf. Es war inzwischen 10:30 Uhr und die beiden Kommissare machten ihre wohlverdiente Frühstückspause. Sie waren die Einzigen in der Kantine und genossen die Ruhe, die um diese Zeit hier sonst nicht die Regel war.

»Erst entdeckst du den Bericht von dem Raub in Finks Wohnung in unserem Netz und erkundigst dich so nebenher, wer sein Mitbewohner ist, dann erinnerst dich daran, dass dir sein Name schon einmal auf einer Liste der Teilnehmer des Rockfestes begegnet ist, und schließlich gelingt es dir, an seine Handynummer zu kommen, und du lädst ihn vor. – Kompliment!«

»Ja, das hat sich wirklich gelohnt.«

Grüber war zufrieden. Sie hatten von Fabian Banik erfahren, dass Fink seit geraumer Zeit in größerem Stil gedealt und tausend Euro Schulden bei seinem Lieferanten gehabt hatte. Im Dezember war er im `Görlitzer Park` überfallen und zusammengeschlagen, aber nicht beraubt worden. Kurz darauf hatte ein Unbekannter Fabian Banik in der Nacht aus dem Bett geklingelt und versucht, gewaltsam in die Wohnung einzudringen. Er war auf der Suche nach Fink gewesen und hatte beim Weggehen wütend Konsequenzen angedroht.

Daraufhin waren sich beide Kommissare sicher gewesen, dass der Überfall auf Kilian März, den Fabian Banik auch erwähnt hatte, Fink gegolten hatte. Es machte also Sinn, an der Sache dran zu bleiben. Eine Verbindung zwischen Finks Problemen im Drogenmilieu und dem Tötungsdelikt, das sie aufzuklären hatten, war nicht ausgeschlossen. Mehr wollten sie jedoch nicht spekulieren.

Fabian Banik hatte ihnen außerdem erzählt, dass seit dem Tatabend Finks teure Fender-Gitarre verschwunden war. Ob der Täter sie statt der tausend Euro, die Fink seinem Boss schuldete, mitgenommen hatte? Möglich wäre es. Seltsam nur, dass er das Portemonnaie mit den einhundertsechzig Euro zurückgelassen hatte. – Oder hatte die verschwundene Gitarre mit ihrem Fall überhaupt nichts zu tun? Vielleicht hatte der völlig bekiffte Christopher Fink sie einfach irgendwo abgestellt, wo sie bisher noch niemand gefunden hatte.

Grüber biss herzhaft in sein Salamibrötchen. Die offenen Fragen mussten warten. Ihre Frühstückspause war schließlich zeitlich begrenzt. Am Nachmittag würde ihnen genügend Zeit für Büro- und Routinearbeiten bleiben.

*

In der Mensa der Jim-Morrison-Schule hielten sich nach dem offiziellen Ende der Mittagspause mindestens noch achtzig Schülerinnen und Schüler auf. Tom befand sich auch unter ihnen. Es hatten sich an diesem Tag so viele Lehrkräfte krank gemeldet, dass nicht für jede Klasse ein Vertretungslehrer zur Verfügung stand. Deshalb waren in der siebten Stunde drei Klassen gleichzeitig in die Mensa beordert worden, wo sie sich unter der Aufsicht von Frau Koslowski selbst beschäftigen sollten. Die meisten taten dies, indem sie, alleine oder in kleinen Gruppen, auf die Displays ihrer Smartphones schauten oder mit ihren Fingern darüber strichen, um die gewünschten Seiten oder Dateien aufzurufen. Bis vor kurzem waren Handys an der Jim-Morrison-Schule noch verboten gewesen, denn es war häufig vorgekommen, dass Schüler bestimmte Lehrer während des Unterrichts provoziert hatten, um deren Reaktion darauf heimlich aufzunehmen und anschließend zu verschicken. Aber letztlich hatten die Lehrer eingesehen, dass das Einhalten dieses Verbotes an einer Schule mit tausend Schülerinnen und Schülern weder zu kontrollieren noch durchzusetzen war.

Frau Koslowski hätte es schon aus dem Grund nicht durchsetzen können, weil sie sich gar nicht in der Mensa befand. Mit der Erklärung, sie müsse unbedingt noch etwas kopieren und sei in fünf Minuten wieder da, war sie unmittelbar nach dem Beginn der Stunde sofort wieder gegangen. Die Schüler, die trotz des Lärms in der Mensa ihre Ansage verstanden hatten oder mitbekommen hatten, wie sie verschwand, hatten die Gelegenheit sofort genutzt, kleine Rangeleien zu beginnen oder ebenfalls zu verschwinden.

Tom nahm sein Handy aus der Hosentasche, um eingehende Nachrichten zu überprüfen. Er sah, dass eine E-Mail eingegangen war. Es war eine Rundmail, Absender war Patrice Benidt.
Tom las:

Betrifft: Fehlendes Headset

Hallo Security-Team,
als Julian heute die Funkgeräte bei der Firma zurückgeben wollte, hat ein Mitarbeiter festgestellt, dass ein Security-Headset fehlt.

So ein Teil kostet siebzig Euro!!!!

Bitte durchsucht zu Hause noch einmal ganz genau eure Rucksäcke und die Kleidung, die ihr am Freitagabend getragen habt. Julian und ich haben das schon getan. Leider ohne Erfolg. Vielleicht hat einer von euch aus Versehen vergessen, das Teil abzugeben, und findet es ja noch.

Falls wir das Headset bis Freitag, 04. März, nicht zurückgegeben haben, müssen wir es aus der ROCKFEST-Kasse bezahlen.

Viel Erfolg beim Suchen

Patrice Benidt

»Scheiße!«, fluchte Tom leise.

Er konnte sich unmöglich melden. Außerdem hatte er das Headset längst weggeworfen. Dann müssen die die siebzig Euro eben bezahlen, eingenommen haben sie ja genug, versuchte er sich zu beruhigen, während er sein Postfach wieder schloss. Er packte sein Handy weg, stand entschlossen von seinem Stuhl auf und griff nach seinem Rucksack.

»Erst mal eine rauchen«, murmelte er vor sich hin.

Frau Koslowski war noch nicht zurück. Sie würde sein Fehlen ohnehin nicht bemerken.

*

Elli Beck öffnete am frühen Abend die Tür zu Trattoria `Stella Alpina` zehn Minuten nach der vereinbarten Zeit. Sie war rechtzeitig in Schöneberg losgefahren und auch gut durchgekommen mit dem Auto, aber in der Suarezstraße war absolut kein freier Parkplatz zu finden gewesen und sie hatte ein paar hundert Meter entfernt in der Bismarckstraße parken und den Weg zurück zum Restaurant laufen müssen. Sie ärgerte sich ein wenig, denn Unpünktlichkeit konnte sie nicht ausstehen. Sie legte Wert darauf, immer pünktlich zu sein.

Wolf Märtens saß schon an einem der viereckigen Holztische in dem gemütlich wirkenden Lokal. Sie selbst war noch nie hier gewesen. Gute Wahl, dachte sie. Der Gastraum gefiel ihr. Er war rechteckig geschnitten und nicht besonders groß. Schätzungsweise fünfzehn viereckige Tische mit jeweils zwei oder vier schönen Holzstühlen waren so in dem Raum verteilt, dass die Gäste nicht zu dicht gedrängt sitzen mussten, der Raum aber trotzdem nicht überdimensioniert wirkte. Der Fußboden aus breiten geölten, aber nicht lackierten Holzdielen und die blaukarierten Tischdecken schufen eine typisch italienische Atmosphäre. Diese wurde noch betont durch offene Holzregale, gefüllt mit unzähligen Weinflaschen vor den weißen, grob verputzten Wänden. Nur an der Wand neben dem kleinen Tresen, schräg gegenüber vom Eingang, stand kein Regal. Dort hing eine große Schiefertafel, auf der in Kreideschrift die Tagesspezialitäten aufgelistet waren. Auffallend fand Elli Beck, dass auf den ersten Blick im Service nur Männer arbeiteten. Alle ebenfalls typisch italienisch und alle sahen gut aus. Auch schön, dachte Beck.

148

Einer der Kellner stand gerade bei ihrem Kollegen und wollte offensichtlich seine Getränkebestellung aufnehmen. Als Märtens sie erblickte, bat er den Kellner einen Moment zu warten. Dann hatte Elli Beck den Tisch erreicht.

»Hallo Elli. Ich wollte mir gerade Wein bestellen. Magst du auch Weißwein?«

Elli nickte, während sie sich setzte.

»Vino de la Casa? Der ist trocken und schmeckt gut hier.«

»Okay.«

Nachdem der Ober unterwegs war, um ihre Getränke zu holen, vertieften sich beide schweigend in die Speisekarte. Auch während des Essens vermieden sie es bewusst, den Tod von Christopher Fink und die schwierige Situation, in der sich alle befanden, anzusprechen. Eigentlich wollten sie heute hier bei einem guten Essen einen schönen Abend verleben und die erfolgreiche Durchführung ihres Rockfestes feiern. Ähnlich wie im letzten Jahr, als sie sich im `Café Aroma` in Schöneberg getroffen hatten. So war es jedenfalls geplant gewesen, doch dann war alles anders gekommen.

Als der Ober das Geschirr und das Besteck abräumte, ließ sich das Thema ROCKFEST nicht mehr länger hinausschieben.

»Hast du die Ereignisse der letzten Tage einigermaßen verkraften können?«, fragte Märtens seine junge Kollegin.

»Naja, es geht so. Ich bin froh, dass mein Freund mich unterstützt hat, so gut es ging. Er ist sehr einfühlsam und hat versucht, mich zu trösten. – In der Nacht zu Samstag hab ich kein Auge mehr zu gemacht. Das hat mir alles so leidgetan. Christopher war doch gerade mal zwanzig Jahre alt. – Und seine Eltern! Wie sollen die das nur jemals verkraften?« Sie nahm ihr Weinglas und trank einen kleinen Schluck.

»Und in der Schule ist das natürlich zur Zeit auch nicht einfach. Besonders die Kolleginnen sprechen mich immer wieder an und wollen alles ganz genau wissen. Dich zu fragen trauen sie sich nicht.« Sie schaute Märtens an und der Anflug eines Lächelns huschte über ihr Gesicht. »Zum Glück bin ich ab Montag weg.«

»Wie weg?«, wunderte sich Märtens.

»Ich nehm an einer Fortbildungs-Veranstaltung teil. In der `Sportschule am Kleinen Wannsee`. Fünf Tage mit Übernachtung. Thema: `Mädchen-fußball in der Schule`.« Wieder konnte sie lächeln. »Ich will im Sommer eine Fußball-AG für Mädchen anbieten.«

»Und? Weiß die Kripo schon davon, dass du weg bist?«

»Nein. In der ganzen Aufregung hab ich natürlich vergessen, denen Bescheid zu sagen. Aber mich verdächtigen sie sowieso nicht. Weshalb auch? Und wenn sie noch Fragen haben, Wannsee ist ja nicht aus der Welt. Ich ruf den Kommissar morgen an.«

Beck hielt kurz inne. »Und wie geht`s dir?«

Nachdem Märtens seine Kollegin gefragt hatte, ob sie ihn auf dem Heimweg in ihrem Auto bis zum `Heidelberger Platz` mitnehmen würde, bestellte er für sich noch einen halben Liter Wein. Dann begann er zu erzählen.

*

Donnerstag, 24. Februar 2011

Zusammen mit zahlreichen anderen Fahrgästen stieg Tom an der Haltestelle vor dem `KaDeWe` aus dem Bus der Linie M 29. Er orientierte sich kurz, ging über den Zebrastreifen zur anderen Straßenseite und überquerte den `Wittenberg-platz`. Viele Menschen strömten um diese Zeit, eingepackt in warme Mäntel, Mützen und dicke Schals, dem Eingang des U-Bahnhofes zu. Dem alten Straßenmusiker neben dem U-Bahneingang schenkten die meisten nicht die geringste Beachtung. Dabei war er ein wahrer Meister auf seinem Akkordeon. Er erinnerte Tom an seinen Großvater, bei dem er zusammen mit seiner Mutter als Kind oft die Ferien verbracht hatte. Vielleicht gefielen ihm die Klänge deshalb so gut. Tom wäre am liebsten stehen geblieben und hätte ein wenig zugehört. Doch dazu hatte er nicht die nötige Ruhe.

Er musste noch ein kleines Stück die Kleiststraße hinunter gehen und bog dann in die Keithstraße ein. Er wurde ein wenig langsamer. Er war viel zu früh. Außerdem bemerkte er, wie seine Nervosität immer größer wurde, je näher er dem Gebäude mit der Hausnummer dreißig kam. Ihm war inzwischen klar geworden, dass er es beim LKA mit Spezialisten zu tun haben würde, die jede Ungereimtheit in seinen Aussagen sofort bemerken würden. Er musste sich jedes Wort genau überlegen, wenn er unbeschadet aus der Sache herauskommen wollte. Tötungsdelikt. Die ganze Schule hing voller Zettel. Zeugenaufruf stand groß darauf und Tötungsdelikt. Dieses Wort war fett gedruckt. Aber was sollten sie ihm können. Niemand hatte ihn gesehen, also konnte ihn auch niemand mit dem Fall in Verbindung bringen.

»Sie haben dich nicht vorgeladen, weil sie irgendetwas gegen dich in der Hand haben oder weil sie dich verdächtigen! Du sollst als Zeuge aussagen. Genau wie alle anderen aus der Schule auch. Sogar die Lehrer wurden alle befragt«, hörte er seine eigene Stimme sagen, während er an der Kurfürstenstraße darauf wartete, dass das Licht der Ampel auf Grün sprang. Aber pass genau auf, was du antwortest, wenn sie dir ihre Fragen stellen, ermahnte er sich in Gedanken.

Um 16:50 Uhr konnte er nicht länger auf dem Plastikstuhl im ersten Stock des Dienstgebäudes sitzen bleiben. Auch eine weitere Zigarette auf der Straße vor dem Haus würde ihn nicht beruhigen können, wusste er. Seine Hände schwitzten und sein Herz schlug wie nach einem der verhassten Dauerläufe mit Leder. Er steckte sein Smartphone in die Hosentasche, stand auf und ging die wenigen Schritte zur Tür mit der Zahl 115. Vorsichtig klopfte er an.

»Herein«, hörte er eine Männerstimme im Inneren des Raumes rufen. Langsam drückte er die Klinke nach unten.

Als er die Klinke das nächste Mal herunterdrückte, um den Raum wieder zu verlassen, fühlte er sich total erleichtert. Die beiden Kriminalbeamten waren freundlich zu ihm gewesen und er hatte nicht den Eindruck gehabt, dass sie ihn mit ihren Fragen hereinlegen wollten oder dass sie ihn der Tat verdächtigten.

Sie wollten nur von ihm wissen, ob er Fink persönlich kannte, was er sofort verneint hatte. Auch auf die Frage, ob er ihnen sonst irgendetwas zur Person von Fink sagen könne, etwas, was er vielleicht von anderen gehört hatte, hatte er den Kopf geschüttelt. Dann wollten sie von ihm wissen, welche Aufgaben er beim ROCKFEST übernommen hatte. Die Antwort darauf hatte er noch wörtlich im Kopf, denn mit dieser Frage hatte er gerechnet.

»Ich war bei der Security und musste den Ausgang 1 der Mensa überwachen, damit keiner der Konzertbesucher auf den Schulhof konnte. Das war nämlich streng verboten, weil die dort rauchen oder heimlich Alkohol trinken wollten. – Manchmal wurde ich auch abgelöst. Dann bin ich entweder in der Mensa geblieben und hab den Bands zugehört oder ich bin in den Backstage-Bereich gegangen. Dort haben wir etwas zu essen und zu trinken bekommen.«

Auch seine Einsatzzeiten und die Zeiten, in denen er Pause gehabt hatte, hatte er ihnen genannt. Das war nicht schwierig gewesen. Angefangen hatte er um 18:15 Uhr und die Ablösungen waren immer im 45-Minuten-Rhythmus erfolgt. Auf die Frage, ob er bei seinem Einsatz zwischen 22:45 Uhr und 23:15 Uhr etwas Besonderes beobachtet hätte, vielleicht auch auf dem Schulhof, hatte er mit Nein geantwortet. Nur als einer der Kommissare plötzlich von ihm wissen wollte, wo er wohnte, war er ein bisschen nervös geworden und hätte fast angefangen zu stottern. Taylorstraße 16, hatte er geantwortet und den Kommissar erschrocken angesehen. Hoffentlich war dem das nicht verdächtig vorgekommen.

Das war`s schon gewesen. Dann hatten sie ihn nur noch gebeten, sich bei ihnen zu melden, falls ihm noch etwas einfallen würde, und dann hatten sie ihn entlassen.

Zurück auf dem langen, verlassenen Flur hörte Tom, wie das Telefon zu klingeln begann. Er beeilte sich, hinunter auf die Straße zu kommen.
Jetzt erst mal eine rauchen und dann schnell zur Bushaltestelle am Wittenbergplatz.

*

Der Oberkommissar schaute nachdenklich in Richtung Tür, durch die der Schüler das Dienstzimmer gerade verlassen hatte. Dann nahm er den Hörer ab. »Grüber«, meldete er sich knapp. Auf dem Display war die Handynummer der Kollegin Gold zu lesen gewesen. Nachdem er eine ganze Weile zugehört, ein paar kurze Fragen gestellt und anschließend wieder aufgelegt hatte, wandte er sich an Stern:

»Kollegin Gold und Kollege Berg sind noch in Potsdam an der Uni. Die Befragung der beiden jungen Männer, die das Security-Team am Freitag geleitet haben, hat sich wohl ein bisschen verzögert. Aber den beiden ist leider an dem Abend nichts Besonderes aufgefallen. Ein paar kleinere Rangeleien vor der Bühne und auf der Straße vor der Schule ein paar Betrunkene, die gerne hinein wollten und ziemlich laut waren. Aber das sei normal bei so einer Veranstaltung. Sie haben auch bestätigt, dass Leder auf ihren Funkruf hin zum Tor gekommen ist. Das sei garantiert nach dreiundzwanzig Uhr gewesen. Aber die genaue Uhrzeit wissen sie nicht mehr. Eine Person, die ihnen verdächtig vorgekommen wäre, haben sie nicht wahrgenommen. Fink haben beide immer nur kurz gesehen. Als er kam, am frühen Abend, und ein-, zweimal im Backstage-Bereich, als sie sich etwas zu essen und heißen Tee oder Kaffee geholt haben. Aber das war noch vor zehn Uhr abends. Beide haben auch erzählt, dass sie den Eindruck hatten, Fink sei ziemlich breit gewesen. – Die beiden Kollegen schaffen es übrigens zeitlich nicht mehr rechtzeitig zur Abendbesprechung. Die Straßen in Potsdam sind durch den Berufsverkehr völlig verstopft.«

»Okay«, entgegnete der Hauptkommissar nach kurzem Zögern, »dann fällt die Besprechung heute Abend aus und wir beide machen Feierabend.«

Grüber hob zustimmend den Daumen seiner rechten Hand. Dass ihm einige Antworten ihres Zeugen von vorhin wie auswendig gelernt vorkamen, würde er seinem Chef gegenüber morgen ansprechen.

*

Samstag, 26. Februar 2011

Arbeitswochen mit siebzig und mehr Stunden Dienst waren für die Frauen und Männer vom LKA keine Besonderheit, wenn sie Bereitschaftsdienst und einen aktuellen Mordfall zu lösen hatten. Dass sie dabei an die Grenzen ihrer körperlichen und mentalen Belastungsfähigkeit kamen, war nicht ungewöhnlich. Deshalb wunderte sich Hans Stern an seinem freien Wochenende nach zwei Wochen Bereitschaftsdienst auch nicht darüber, dass es bereits 9:30 Uhr war, als er aufwachte. In der Wohnung war es ganz still. Seine Tochter war übers Wochenende mit Freunden zum Snowboarden nach Oberwiesenthal gefahren. Er selbst musste sich mit dem Skifahren noch etwas gedulden. Erst Ende März stand sein Skiurlaub in den Dolomiten an. Hoffentlich hatten sie dann noch Schnee und hoffentlich hatten sie ihren Fall bis dahin gelöst.

Stern stand auf. Der Schlaf hatte ihm gut getan. Er fühlte sich ausgeruht und voller Tatendrang. Er würde heute Morgen einen langen Spaziergang am `Lietzensee` entlang und weiter zum `Charlottenburger Schloss` machen, eine große Runde im

Schlosspark drehen und auf dem Rückweg im `Café Manstein` einkehren. Dort würde er lange und ausgiebig frühstücken und danach in aller Ruhe ein paar Zeitungen vom Wochenende lesen. Doch vorher werde ich zu Hause einen frischen Cappuccino trinken, nahm er sich vor.

Während aus der Küche das sonore Brummen seiner Cappuccino-Maschine zu vernehmen war, zog er sich zügig an.

Kaum hatte er die Unterführung unter der Neuen Kantstraße erreicht, klingelte sein Handy. Ein Blick auf sein Display verriet ihm, dass der Anruf aus dem LKA kam. Er hatte zwar ausdrücklich darum gebeten, bei wichtigen Neuigkeiten zu ihrem Fall telefonisch informiert zu werden, doch mit einem Anruf gleich am Samstagvormittag hatte er nicht wirklich gerechnet.

»Hans Stern«, meldete er sich. »Guten Morgen.«

»Guten Morgen, Herr Hauptkommissar, Kommissar Müller hier. Entschuldigen Sie die Störung.«

Als Stern nichts erwiderte, sprach Müller weiter: »Sie wollten doch persönlich über wichtige Neuigkeiten in Ihrem Fall informiert werden. Es gibt eine wichtige Neuigkeit.«

»Okay, ich höre«, entgegnete Stern knapp.

»Wir haben einen Anruf aus der Direktion 5 erhalten. Die Kollegen haben uns darüber informiert, dass sich ein gewisser Kilian März, der am

17.12.2010 in einer Wohnung am Heckmannufer 4 überfallen und ausgeraubt wurde, bei ihnen gemeldet hat. Er hat den Täter gesehen und wiedererkannt.«

»Was? Das gibt's doch nicht!«, rief Stern ungläubig. »Der hat doch angeblich ausgesagt, dass er niedergeschlagen worden ist und sich an nichts mehr erinnern kann. – Außer dass der Mann groß und kräftig war und schwarze Kleidung trug.«

Nicht nur da oben scheinen sich die dichten Wolken ein bisschen zu lichten, dachte er anschließend bei einem Blick zum Himmel. Die Wahrscheinlichkeit war groß, dass die Neuigkeiten, die ihm sein Kollege übermittelte hatte, sie in ihrem Fall ein großes Stück weiter brachten.

Kilian März war auf dem Markt am Maybachufer gewesen. An einem Obst- und Gemüsestand hatte er ein paar Kilo Blutorangen gekauft. Der türkische Verkäufer half ihm anschließend beim Verstauen der Orangen in seinen Einkaufsbeutel. Dabei rutschte der Jackenärmel des Verkäufers hoch und gab den Blick frei auf ein echt goldenes Armband, in das die Initialen M.Y. eingearbeitet waren. Und auf dem Handgelenk des Mannes war das gleiche Armband, ebenfalls mit den Initialen, als Tattoo gestochen, in schwarz.

Urplötzlich hatte Kilian März die Überfallszene vom Dezember 2010 wieder vor sich gesehen. Er wird von hinten heftig gestoßen – stolpert über seinen Rucksack – fällt – dreht sich im Fallen instinktiv zur linken Seite, um nicht mit seinem Gesicht frontal gegen die Flurwand zu prallen, – sieht im Augenwinkel des rechten Auges die Faust mit dem schwarzen Handschuh auf seinen Kopf zu schnellen – und in dem schmalen Spalt zwischen Handschuhrand und Jackenärmel das goldene Armband – und darunter das Tattoo, beides mit den Buchstaben M. Y.!

Die Streife, die nach dem Anruf von Kilian März sofort zum Markt fuhr, berichtete, der Inhaber des Markstandes, ebenfalls ein Türke, habe seinem Mitarbeiter für die Tatzeit des Überfalls ein Alibi gegeben. Die Polizisten hatten jedoch die Personalien der beiden Männer aufgenommen und sie für Montag 13:00 Uhr zur Vernehmung in den Abschnitt 53 in Kreuzberg bestellt.

»Melden Sie Oberkommissar Grüber und mich sofort für Montag im Abschnitt 53 an. Wir müssen bei der Vernehmung dabei sein und die beiden anschließend auch in die Mangel nehmen!«, wies er Müller sofort an. »Vielen Dank für den Anruf.«

Inzwischen schoben sich sogar ein paar Sonnenstrahlen durch die Wolkenlücken, registrierte Stern im Weitergehen zufrieden.

*

Montag, 28. Februar 2011

Frisch und ausgeruht erschienen die Mitglieder der 1. Mordkommission am Montagmorgen um halb acht zu ihrer Montagsbesprechung im Besprechungsraum. Auch Staatsanwältin Helene Schröck war gekommen, um sich ein Bild vom aktuellen Stand der Ermittlungen zu machen.

Die Neuigkeiten über die Fortschritte auf der Suche nach dem Tatverdächtigen des Überfalls in Kreuzberg kamen bei den übrigen Ermittlern gut an, denn sie bedeuteten auch für ihren Fall eine mögliche neue Spur.

Die Kollegen Gold und Berg berichteten von ihrer Befragung der beiden Security-Mitglieder in Potsdam, die sie leider in ihrer Ermittlungsarbeit nicht weiterbrachte. Das sah auch die Staatsanwältin so.

»Oberkommissar Grüber und ich werden gegen Mittag nach Kreuzberg fahren«, gab Stern kurz vor Ende der Sitzung bekannt. »Wie lange die Befragung dort dauern wird, ist schwer einzuschätzen. Und noch was! Nach der Mittagspause hab ich eine Augenzeugin herbestellt, die etwa zur Tatzeit in der Nähe der Schule eine unliebsame Begegnung mit einer verdächtigen Person hatte. Sie hat den Zeugenaufruf gelesen und heute in aller Frühe bereits hier angerufen. Kollege Watzke, übernimmst du die Befragung der Dame?«

Watzke nickte. »Ich sage unten beim Empfang Bescheid.«

»So, dann wünsche ich euch frohes Schaffen«, verabschiedete er sein Team und blickte die Staatsanwältin an. Frau Schröck schien keine weiteren Fragen zu haben und stand ebenfalls auf.

»Du wirkst ja fast euphorisch«, sagte Grüber auf dem kurzen Weg zu ihrem Büro. »Glaubst du wirklich, der Obstverkäufer ist auch unser Täter?«

»Ich weiß es nicht. Aber wir werden es in Erfahrung bringen. Da bin ich mir sicher. Und wenn er`s nicht ist und wir ihn ausschließen können als Täter, ist das schließlich auch ein Ergebnis. Dann können wir uns auf jemand anderen konzentrieren.«

»Da hast du Recht«, stimmte Grüber zu.

*

Murat Yakin saß mit mürrischem Gesicht an dem rechteckigen Tisch in einem der Vernehmungsräume des Polizeiabschnitts 53 der Direktion 5. Die Unterarme hatte er auf die Tischplatte gelegt und die Finger beider Hände ineinander verschränkt. Ohne eine Regung zu zeigen fixierte er die beiden Beamten, die ihn vernehmen sollten. Sie saßen ihm gegenüber und belehrten ihn vor dem Beginn ihrer Befragung über seine Rechte.

Stern und Grüber waren nicht mit in den Vernehmungsraum gegangen. Sie beobachteten die kleine Gruppe zunächst von außen durch eine verspiegelte Glasscheibe. Diese ließ nur den Blick in den Raum zu, der Tatverdächtige konnte sie nicht sehen. Wenn sie den richtigen Zeitpunkt für gekommen halten würden, wollten die beiden Kommissare zur Vernehmung dazustoßen.

Murat Yakin nannte nur widerwillig seine Personalien und verhielt sich auch wortkarg und unfreundlich beim Beantworten der einleitenden Fragen der Kollegen. Erst als sie ihn mit den konkreten Anschuldigungen Körperverletzung, Raub, Einbruch, Diebstahl sowie Sachbeschädigung konfrontierten, konnten sie ihn aus der Reserve locken.

»Was soll das? Isch war das nischt, Lan!«, schrie er wütend.

»Herr Yakin, wir haben einen Zeugen. Der hat Sie erkannt. Seine Beschreibung passt ganz genau. Dichtes, kurz geschnittenes, schwarzes Haar.«

»Hat jeder Türke«, fiel er dem Beamten ins Wort. »Und jeder Araber und jeder Grieche.«

»Etwa 1,85 Meter groß«, sprach der Kollege ruhig und scheinbar völlig unbeeindruckt weiter. Er tat schon länger hier in Kreuzberg Dienst. Solche Verhör-Situationen war er gewohnt.

»Kräftig, etwa 90 bis 100 Kilogramm schwer.«

164

Dass der Kollege ein erfahrener Verhörspezialist war und mit der präzisen Beschreibung eine List angewandt hatte, bemerkte Murat Yakin nicht. Trotzdem rief er sichtbar empört:

»Was ist das für eine Beschreibung, Alter? Isch fass es nischt. Dann müsst ihr halbe Männer aus Kreuzberg festnehmen!«

»Herr Yakin, bitte sprechen Sie mich nicht mit Alter und Du an. Ich bin Kriminalkommissar Schulze. Mein Name steht auf meinem Namenschild.«

»Hä? Isch versteh nisch.«

»Herr Yakin, der Täter trug am rechten Handgelenk ein massives goldenes Armband, in welches zwei Buchstaben eingearbeitet waren, nämlich die Initialen M. wie Murat und Y. wie Yakin.«

»Oder Metin, oder Mehmet, oder Yusuf, oder Yasin. Willst du noch mehr Namen? – So ein Armband bekommst du in der Türkei zur Verlobung. Davon gibt es eine Million«, zischte er hämisch.

»Und genau in der Höhe des Handgelenks trug er das gleiche Armband als Tattoo«, ergänzte der Kollege, jetzt scheinbar gelangweilt. »Herr Yakin, zeigen Sie mir doch mal Ihr rechtes Handgelenk.«

Yakin konnte seine Nervosität nicht länger verbergen. »Das ist kein Beweis. Ich hab Alibi. Ich hab auf Markt gearbeitet. Maybachufer. Von eins bis acht Uhr. Mein Chef hat das Ihren Kollegen schon gesagt. Aber ihr wollt mich verhaften. Klar. Isch bin Türke!« Er war jetzt völlig aufgebracht. »Für euch bin isch Kanake! Genau wie mein Chef.«

Die beiden Kriminalkommissare schauten sich an und nickten mit dem Kopf.

»Los, lass uns reingehen!«, sagte Stern.

*

Die ältere Dame stieg zielstrebig die Stufen zum Eingang des LKA-Gebäudes in der Keithstraße hinauf. Sie öffnete einen Flügel der schweren Eingangstür, orientierte sich kurz und steuerte dann die Empfangsloge an.

»Guten Tag, mein Name ist Rosen«, begrüßte sie die Polizeibeamtin hinter dem Tresen. »Ich habe Ihren Zeugenaufruf in Zehlendorf gelesen.«

Als sie den fragenden Blick der angesprochenen Beamtin registrierte, ergänzte sie: »Es geht um den jungen Mann, der in der Jim-Morrison-Schule in Zehlendorf umgebracht wurde. Sie haben nach Zeugen gesucht, die in der Tatnacht verdächtige Beobachtungen gemacht haben.«

Die Frau am Empfang schien immer noch nicht genau Bescheid zu wissen.

»Ich habe heute Morgen mit Hauptkommissar Stern telefoniert. Ich bin angemeldet.«

Jetzt begriff die Beamtin. »Einen Moment bitte«, sagte sie und griff zum Telefonhörer.

»Hinze hier. Bei mir am Empfang ist eine Dame, die möchte eine Zeugenaussage bei euch machen. Zu dem Fall in der Zehlendorfer Schule. Sind Stern und Grüber wieder da? – Soll ich sie dann zu dir schicken? – Okay.« Sie legte auf.

»Frau Rosen, mein Kollege erwartet Sie in seinem Büro. Gehen Sie bitte hier die Treppe hinauf, erster Stock, rechte Seite, Zimmer 118, Kriminalkommissar Watzke.«

»Vielen Dank«, sagte Frau Rosen, bevor sie sich auf den Weg nach oben machte.

*

Murat Yakin erschrak, als plötzlich zwei weitere Beamte im Vernehmungsraum standen. Stern wollte die Schrecksekunde nutzen und fragte sofort: »Und wieso hatten Sie in der Zeit zwischen 17:00 Uhr und 20:00 Uhr Ihr Handy plötzlich ausgeschaltet?«

Grüber war überrascht. Der Angesprochene begann zu stammeln. Gleichzeitig schweifte sein Blick unruhig durch den Raum, als würde er nach einer Möglichkeit suchen zu fliehen.

»Keine Ahnung«, antwortete er schließlich.

»Aber ich hab eine Ahnung!« Stern wurde jetzt lauter. »Sie arbeiten für Ihren Chef nicht nur als Obstverkäufer auf dem Markt, Sie sind außerdem sein Geldeintreiber! Sie verprügeln in seinem Auftrag Leute, die ihm Geld schulden!«

Stern ließ seine Worte wirken. Dass sie seiner Phantasie entsprungen waren und dass er dafür nicht den geringsten Beweis besaß, konnte der Angesprochene nicht wissen.

»Und als es am besagten Freitag dunkel wurde, haben Sie sich am Heckmannufer in der Nähe des Hauses Nummer vier versteckt und haben auf Christopher Fink gewartet. Der hat für Ihren Chef große Mengen an Drogen verkauft und noch nicht dafür gezahlt. Das wissen wir aus unseren Ermittlungen. Und damit ein plötzlicher Anruf auf Ihrem Handy Sie nicht verraten sollte, haben Sie es vorsorglich abgeschaltet.«

Stern machte erneut eine Pause.

Murat Yakin sah ihn an. Er hatte sich offensichtlich wieder gefangen. »Herr Kommissar, isch bin nisch der dumme Türke, Lan, der alles zugibt, wenn man ihn anschreit.«

Er begann überheblich zu grinsen. »Ich habe an diesem Freitag von dreizehn bis achtzehn Uhr auf dem Markt am Maybachufer gearbeitet. Wenn Sie es noch mal genau wissen wollen. Und dann bin ich zusammen mit meinem Chef zu seinem Laden in Spandau gefahren. Und um zwanzig Uhr hatte ich Feierabend. – Mein Chef sitzt nebenan und sagt das Gleiche aus. Kann ich jetzt gehen?«

Die vier anwesenden Beamten wussten, dass sie keine Möglichkeit hatten, ihn festzuhalten, obwohl sich alle sicher waren, dass Murat Yakin sie belogen hatte.

»Wir werden das überprüfen«, sagte Schulze.

Die nächste gefühlte Niederlage erfolgte für Stern und Grüber unmittelbar im Anschluss. Sie

168

hatten Yakin nach seinem Alibi für den späten Abend des Rockfestes an der Jim-Morrison-Schule gefragt. Yakin hatte sie verständnislos angeschaut und dann gefragt: »Wieso brauche ich schon wieder ein Alibi?«

Dann begann er erneut zu grinsen. »Sie meinen Freitag, den 18. Februar?«

Er griff in seine Jackentasche und holte sein Smartphone heraus. Nach wenigen Klicks präsentierte er den verblüfften Beamten eine Reihe von Video-Aufnahmen von einer großen Hochzeitsfeier in Schöneberg.

»Am 18. Februar hat meine Nichte Ayse geheiratet. Ich habe auf der Hochzeitsfeier mit meiner Band Musik gemacht.«

Auf einer der passenden Videosequenzen zu dieser Aussage waren vier Männer auf einer kleinen Bühne zu sehen und zu hören. Der Sänger der Band, gekleidet in einen für Sterns Geschmack etwas zu engen weißen Anzug, war Murat Yakin.

»Die Feier ging bis zwei Uhr nachts. Und wir haben bis zum Schluss gespielt. Es waren über dreihundert Gäste dort. Sie können Sie gerne alle befragen.« Murat Yakin stand auf und ging.

»Werden wir!«, bemerkte Stern frustriert. Mehr blieb nicht zu sagen.

»Überrascht bin ich nicht«, begann Grüber. Der Türke war gegangen, ebenso wie ihre beiden Kollegen, die sich anderen Fällen zu widmen hatten.

»Bei dem Überfall auf März hat der Täter – und ich glaube immer noch, das war Yakin – dem jungen Mann das Portemonnaie geklaut und das ganze Zimmer verwüstet. Wahrscheinlich auch auf der Suche nach Geld. Und dann soll er Fink überfallen und dessen Portemonnaie mit einhundertsechzig Euro einfach dagelassen haben? Klingt doch unlogisch!«

»Nicht, wenn du berücksichtigst, was die Schüler zu der Suche nach Fink ausgesagt haben. Einer war doch zum Technikkeller gegangen und hat von außen an die Tür geklopft und gerufen. Wäre also möglich, dass Yakin bei der Tat gestört wurde. Und um nicht entdeckt zu werden, musste er eilig die Flucht ergreifen. – Er konnte ja nicht wissen, ob noch jemand kommen würde mit einem Schlüssel für die Kellertür.«

»Da hast du auch wieder Recht. Aber Yakin war nicht der Täter. Das wissen wir nun. – Ich frage mich allerdings, und zwar nicht erst seit eben, wie der Täter in den Keller gelangen konnte. Ob der eventuell Fink gekannt hat?«

»Das werden wir herausfinden!«

»Sag mal, woher wusstest du denn, dass Yakins Handy in der fraglichen Zeit ausgeschaltet war?«, fragte Grüber staunend, als die beiden Kommissare sich wieder auf dem Weg zu ihrem Auto befanden.

Stern sah seinen Kollegen an: »Überhaupt nicht. Das war gebluft. Ist mir auf dem Weg hierher eingefallen. Ich hätte es auf jeden Fall an seiner Stelle so gemacht. Und ich dachte, er würde vielleicht darauf hereinfallen.«

»Clever!«

»Aber ein Schuss in den Ofen! Das Alibi durch seinen Chef hat den Typen zu sicher gemacht.«

»Ich bin davon überzeugt, dass beide lügen«, betonte Grüber noch einmal. »Aber das ist jetzt nicht mehr unser Bier.«

»Sag mal, hast du auch Appetit auf Kaffee und Kuchen?«, fragte Stern. »Wenn wir schon einmal in Kreuzberg sind, könnten wir zu meiner Lieblingsbäckerei in der Oranienstraße fahren. Dort gibt es leckeres türkisches Gebäck, selbst hergestellt in der angrenzenden Backstube. Und einen guten Milchkaffee machen die uns auch.«

»Tamam«, antwortete Grüber und Stern staunte nicht zum ersten Mal über seinen Kollegen.

*

Zurück in ihrem Büro fiel der Blick des Hauptkommissars auf einen roten Ordner auf seinem Schreibtisch. Der hatte noch nicht dort gelegen, als sie zu der Vernehmung nach Kreuzberg aufgebrochen waren.

`Zeugenaussage zum Morrison-Fall` stand handgeschrieben auf einem weißen Blatt Papier, welches Watzke mit einer Büroklammer an den Ordner geheftet hatte. Die Sprachregelung für den Fall hatte sich gleich zu Anfang ihrer Ermittlungsarbeit gebildet.

Stern nahm den Hefter, öffnete ihn und überflog die Personalien der Zeugin.

»Die Zeugin ist hier gewesen«, weihte er seinen Kollegen ein. »Watzke hat sie befragt und mir das Protokoll hierher gelegt. Hör mal zu, ich lese die Aussage vor:

`Am Freitag, den 18. Februar 2011, bin ich gegen dreiundzwanzig Uhr mit meinem Hund raus gegangen. Normalerweise gehen wir immer über den Holzungsweg, dann den Hegewinkel hinunter bis zur Straße Am Waldfriedhof und zurück. An diesem Abend standen aber vor dem Eingang der Schule viele Jugendliche auf der Straße, die ziemlich laut waren. Einige waren mit Sicherheit auch angetrunken. Deshalb habe ich ein Stück vor den lärmenden Jugendlichen wieder umgedreht.*

Als ich wieder in den Holzungsweg einbog, kam mir ein Mann entgegen gelaufen, ziemlich schnell.

Kurz bevor er mich erreichte, bemerkte er, dass er nicht ausweichen konnte, weil am Straßenrand die Autos geparkt waren. Und dann hat der mich mit seinen Händen einfach umgestoßen und ist über mich gesprungen und ist ohne zu zögern weitergelaufen. Als ich endlich wieder auf die Beine gekommen bin, war er weg.

Beschreiben würde ich den Mann, wie folgt:

Er war sicher 1,85 Meter bis 1,90 Meter groß, schlank, aber kräftig. Er wirkte durchtrainiert. Er war ganz schwarz gekleidet, fast wie eine Uniform. Schwarze Armeehose, schwarze Outdoor-Jacke, schwarze Wollmütze und darüber die Kapuze eines schwarzen Kapu-

172

zenpullis. Sein Gesicht konnte ich nicht erkennen. Deshalb kann ich auch sein Alter nicht einschätzen. Aber zwei Sachen sind mir aufgefallen. Der Mann war zwar gekleidet wie die Jugendlichen heutzutage, aber er bewegte sich eher wie ein Erwachsener, nicht mehr so leichtfüßig, nicht mehr so geschmeidig. Er lief auch nicht sehr schnell und er humpelte ganz leicht. Seine Laufbewegung sah irgendwie unrund aus, als hätte er eine Verletzung am Fuß oder am Knie`.«

Stern beendete seinen Vortrag.

»Na, die Frau hat ja eine Beobachtungsgabe. Und genau beschreiben kann sie auch noch. Solche Zeugen müsste man immer finden.« Grüber hatte inzwischen auf seinem Rechner den Stadtplan von Berlin geöffnet und blickte konzentriert auf den Bildschirm.

»Sie war bis vor zwei Jahren Sportlehrerin. Da muss sie einen Blick für Bewegungsabläufe haben. Und Deutsch hat sie auch unterrichtet«, gab Stern weiter, was er vorhin gelesen hatte. Er trat zu seinem Kollegen und schaute ebenfalls auf das Straßennetz in der Umgebung der Schule.

»Ich frage mich, warum ist der Mann nicht Richtung Sprungschanzenweg gelaufen, nachdem er die Tatwaffe versteckt hatte?«, überlegte Grüber laut, »sondern in die entgegengesetzte Richtung?« Dann fuhr er fort: »Es könnte höchstens sein, dass er sein Auto irgendwo in dieser Richtung geparkt hatte. – Oder er wohnt irgendwo dort, in einer dieser kleinen Straßen in der `Bruno-Taut-Siedlung`.«

»Wer weiß, ob es sich bei dem Mann überhaupt um unseren Täter gehandelt hat.« Stern kratzte sich nachdenklich am Hinterkopf. »Vielleicht war es einfach ein Zufall und der Kerl war ein Wohnungseinbrecher auf der Flucht. Oder er hatte sich gerade an einem der parkenden Autos zu schaffen gemacht, als die Frau mit ihrem Hund um die Ecke bog.«

»Das glaub ich nicht!«

»Bisher war doch der einzige Erwachsene, der für die Tat infrage gekommen wäre, Murat Yakin. Auf den würde auch die Beschreibung passen. Aber den können wir hundertprozentig ausschließen«, gab Stern zu bedenken.

»Es sei denn, er hätte einen Zwillingsbruder.« Grüber grinste. Er hatte inzwischen die Seite auf seinem Rechner wieder geschlossen.

»Sollte ein Scherz sein«, erklärte er auf Sterns entsetzten Blick.

*

Mit einer Flasche Rotwein unter dem Arm und reichlich Zutaten für einen köstlichen italienischen Salat in seiner Einkaufstüte betrat Hans Stern am Abend seine Wohnung. Dass er hier eine der wichtigsten Informationen für den Verlauf ihrer weiteren Ermittlungen bekommen würde, konnte er zu diesem Zeitpunkt noch nicht ahnen.

»Hallopapa.«

»Oh, du bist schon zurück. Das freut mich aber!«

»Ja. Wir waren bis halb vier auf der Piste und kurz vor halb acht war ich schon zu Hause.«

»Und? Wie wars?«

»Cool! Müssen wir auch mal machen. Für einen Wochenendtrip ist Oberwiesenthal echt optimal.«

»Bin ich dabei. – Und wie hat sich Ashton auf dem Snowboard angestellt?«

»Ashton war nicht mit.«

Oh, dachte Stern, fragte aber nicht weiter nach. Er betrat die Küche, stellte die Weinflasche und die Tüte mit dem Einkauf auf den Tisch und machte sich sofort daran, den Salat zuzubereiten. Seine Tochter hatte schon zu Abend gegessen und wollte ihm nicht in der Küche Gesellschaft leisten. Sie zog es vor, in ihr Zimmer zu gehen. Als Stern gerade dabei war, die Tomaten zu schneiden, hörte er, wie Maischa begann, ihre Gitarre zu stimmen. Auch nicht schlecht, ein kleines Hauskonzert, dachte er.

Nachdem Stern sein Abendessen beendet und das Geschirr und die übrigen Utensilien weggeräumt hatte, kam Maischa wieder in die Küche. Sie hatte ihre graue, ausgebeulte Jogginghose und ein völlig verwaschenes dunkelblaues Sweatshirt an, an den Füßen trug sie handgestrickte Socken, ein Geschenk ihrer Mama. Stern erkannte, dass sie den Abend zu Hause verbringen wollte.

»Wenn du jetzt deinen Feierabend genießen willst, musst du es sagen, Papa.«

Sie schaute ihn fragend an. Als er abwartete, fuhr sie fort: »Ansonsten hab ich vielleicht eine wichtige Information für dich. Für deinen Fall.«

»Du?«, fragte Stern ungläubig. »Lass hören!«

»Auf der Fahrt war ein Junge dabei, der kennt Christopher Fink.«

Sterns Augen weiteten sich.

»Der hat mal ein paar Monate in der Band von Christopher Fink mitgespielt. Nicolai heißt der.«

Maischa räusperte sich. »Und als die Jungs abends mal wieder Wodka getrunken haben und einer anfing von dem Mord in der Jim-Morrison-Schule zu sprechen, hat Nicolai erzählt, dass Fink in der Schule mal ein Mädchen aus der neunten Klasse mit Wodka völlig betrunken gemacht hat und dann mit ihr geschlafen hat. – Ekelhaft!«

Maischa verzog angewidert ihr Gesicht. »Wusstet ihr das schon? Das war in einem Proberaum in der Schule, nach einer Bandprobe. – Das ist doch strafbar, oder? Das Mädchen war doch erst vierzehn oder höchstens fünfzehn!«

»Wenn einer Anzeige erstattet oder wenn es rauskommt, ist es strafbar. Aber das war offensichtlich nicht der Fall. Gegen Christopher Fink liegt bei uns nichts vor. Und bisher hat uns auch noch niemand etwas davon gesagt. – Seltsam. Davon müsste doch irgendjemand an der Schule etwas mitbekommen haben. Das bleibt doch nicht unbemerkt! Gut, dass du mir das sofort erzählt hast.«

Stern stand auf. »Ich muss mal eben telefonieren.«

Seine Tochter ging zurück in ihr Zimmer und schloss die Tür.

»Ralph? Entschuldige, dass ich dich um diese Zeit zu Hause anrufe. Aber das musst du einfach wissen!«

Stern schilderte seinem Kollegen, was er soeben von seiner Tochter erfahren hatte. Nach kurzem Abwägen kamen die beiden Männer zu dem Schluss, Märtens zu diesem Thema nicht telefonisch zu befragen. Sie würden morgen früh sofort zu seiner Schule fahren und ihn, wenn es sein musste, aus dem Unterricht holen lassen. Auch dem Schulleiter würden sie gründlich auf den Zahn fühlen.

*

Dienstag, 1. März 2011

Wolf Märtens saß im Lehrerzimmer im zweiten Stock. Hierher zog er sich seit Tagen in jeder großen Pause und während seiner Freistunden zurück. Der Raum war mit Computern ausgestattet und stand den Lehrern zum Arbeiten außerhalb ihrer Unterrichtsstunden zur Verfügung, doch er wurde nur von wenigen Kollegen genutzt. Die Computer waren alt und langsam, die Internetverbindung brach oft zusammen und die Heizung in dem Raum funktionierte auch nicht richtig.

Auch jetzt war Märtens hier wieder alleine. Er war froh darüber. Den fragenden Blicken und den unausgesprochenen Fragen der Kollegen mochte er sich nicht mehr aussetzen. Er hatte den Eindruck, alle waren froh, nicht in seiner Haut zu stecken, was er sogar verstehen konnte. Einige signalisierten Anteilnahme, aber wirkliche Unterstützung verspürte er nicht. Weder durch das Kollegium noch von Seiten der Schulleitung. Selbst Kollege Leder hatte ihn in der Schule nicht noch einmal angesprochen, geschweige denn, zu Hause angerufen. Märtens hatte sein Telefon schon lange wieder eingeschaltet. Die Medienmeute hatte ihn erstaunlicherweise genauso schnell, wie sie aufgetaucht war, auch gleich wieder in Ruhe gelassen. Der Tod eines Zwanzigjährigen gab heutzutage nicht mehr genug Sensationspotential her.

»Herr Märtens, bitte kommen Sie sofort ins Sekretariat! – Herr Märtens, bitte sofort ins Sekretariat kommen!«, hörte er plötzlich die Stimme der Sekretärin aus der Lautsprecheranlage tönen. Und unmittelbar darauf folgte: »Achtung! Eine Ansage für die Schüler der 8/5. – Der Musikunterricht bei Herrn Märtens in der dritten und vierten Stunde entfällt heute. Bitte begebt euch nach der Pause umgehend in den Freizeitraum!«

Auch diese Durchsage wiederholte die Sekretärin noch einmal.

»Hä? Spinnt die?«, brabbelte der Lehrer vor sich hin. »Ich bin doch da.«

Kopfschüttelnd stand er auf, verstaute seine Thermosflasche in seiner Umhängetasche und machte sich auf den Weg nach unten.

Im Sekretariat wurde er zu seiner Überraschung von den beiden Kriminalbeamten vom LKA erwartet. Sie standen bei Dr. Ritter.

»Guten Morgen, Herr Märtens. Wir müssen Sie dringend noch einmal sprechen«, empfing ihn der ältere der beiden Beamten.

Der Schulleiter fügte hinzu: »Sie können mein Büro nutzen. Da sind Sie ungestört. Ich muss jetzt zum Unterricht. Ich bin in etwa fünfzig Minuten wieder zurück.«

»Herr Märtens, wussten Sie,«, begann Hauptkommissar Stern, nachdem die Tür geschlossen war und sich die drei Männer an den Besprechungstisch des Schulleiters gesetzt hatten, »dass Christopher Fink an Ihrer Schule eine minderjährige Schülerin vergewaltigt hat?«

Stern hatte diese Formulierung bewusst gewählt.

Märtens wurde blass. Er hatte es geahnt, diese Sache würde ihn noch in Schwierigkeiten bringen. Er schluckte. Nach kurzem Zögern antwortete er:

»Nein, gewusst habe ich es eigentlich nicht.«

Abwartend schaute er die beiden Beamten an.

»Was heißt eigentlich?«, wollte Grüber wissen.

Wieder zögerte der Lehrer einen Augenblick und suchte nach der passenden Formulierung.

»Ich habe erst vor ein paar Wochen mehr oder weniger zufällig davon gehört, aber nur als Andeutung.«

Dann schilderte er den beiden Ermittlern die Szene, die sich bei ihrem ersten Planungstreffen im Freizeitraum zugetragen hatte. Auch von seinem Gespräch mit Anna Keller unterrichtete er die Kommissare.

»Und vorher haben Sie oder irgendein anderer Kollege von diesem Vorfall überhaupt nichts mitbekommen?« Stern wirkte erstaunt.

»Glauben Sie, die Schüler verraten ihren Lehrern etwas, wenn sie wissen, welche Konsequenzen das nach sich zieht? – Die meisten Jugendlichen in diesem Alter vertrauen sich doch nicht mal ihren Eltern an. Selbst nach so einer Sache.«

Stern nickte. Das war ihm bekannt.

»Haben Sie eine Vermutung, wer das Mädchen gewesen sein könnte, an dem sich Christopher Fink vergangen hat?«, fragte Grüber.

Märtens nickte. »Eine Vermutung hab ich, ja.«

»Und?« Grüber wurde ungeduldig.

»Nachdem Maren diese Bemerkung gemacht hatte, hab ich natürlich auch selbst überlegt, ob an dem Gerücht etwas dran sein könnte. Und wenn ja, wer die Betroffene sein könnte. – Im Dezember des vorletzten Jahres fehlte plötzlich die Sängerin unserer damaligen Schulband. Sie spielte außerdem noch E-Piano und war für die Band sehr wichtig. Ich hab mich mehrmals bei ihrer Klassenlehrerin erkundigt, weil die Band auf unserem ersten ROCKFEST auftreten wollte und vorher dringend noch ein paar Mal proben musste. Die meisten waren noch Anfänger. Erst ging ihre Krankschreibung bis zu den Weihnachtsferien, was schon ein langer Zeitraum war. Doch das Mädchen blieb auch nach den Weihnachtsferien weiter krank gemeldet. Und dann meldete ihre Mutter sie ganz von der Schule ab, ohne weitere Begründung. Jetzt geht sie, wie ich gehört habe, aufs Jesse-Owens-Gymnasium.«

Der Lehrer atmete tief ein, bevor er weitersprach.

»Die Schulband lief damals als AG und wurde von Christopher Fink geleitet. Der ging zu der Zeit in die Oberstufe und machte das ehrenamtlich.«

»Und das kam Ihnen damals nicht merkwürdig vor?«, hakte Grüber nach.

»An einer Schule mit mehr als tausend Schülern und über hundert Lehrern passieren täglich Merkwürdigkeiten. Von den wenigsten kriegt man als einzelner Lehrer etwas mit, erst recht keine Details. Ich hatte keine Ahnung, dass ihr Schulwechsel etwas mit Fink zu tun hatte. Ich dachte, glaube ich, damals, sie wollte einfach auf ein Gymnasium wechseln. Sie war nämlich eine sehr gute Schülerin.«

Stern unterbrach: »Wie ist denn der Name von diesem Mädchen?«

»Agnes Abel. Ich weiß nicht, ob wir noch irgendwo die Adresse von ihr haben. Aber wenn nicht, kriegen Sie die mit Sicherheit in der Jesse-Owens-Schule. Die ist hier in der Nähe. — Mehr weiß ich leider nicht. Kann ich jetzt gehen? Die Schüler der 8/5 freuen sich sicher, wenn sie in der vierten Stunde doch noch Musikunterricht haben.«

Sein Lächeln gelang nicht wirklich.

Den beiden Kommissaren war gar nicht zum Lächeln zumute. »Herr Märtens, es gibt noch ein Thema, das wir mit Ihnen besprechen müssen, bevor wir Sie gehen lassen können.«

Erschrocken schaute der Lehrer die Beamten an.

»Warum haben Sie uns verschwiegen, dass Sie ein Verhältnis mit Christopher Finks Freundin hatten?«

Einen Versuch ist es wert, dachte Stern, obgleich er wusste, dass es sich möglicherweise nur um ein Gerücht handelte, und er keinerlei Beweise für diese Anschuldigung hatte.

»Damit haben Sie möglicherweise ein Tatmotiv!«, setzte er den erstaunten Lehrer zusätzlich unter Druck.

»Ich hatte kein Verhältnis!« Der Lehrer reagierte sauer. »Und erst recht kein Motiv!«

»Und warum haben Sie uns die Sache verschwiegen?«

»Weil es keine Sache gibt und weil die Angelegenheit mit dem Tod von Christopher überhaupt nichts zu tun hat. – Laura März hat eine Nacht auf meinem Zimmer verbracht. Das ist fast ein Jahr her. Und mehr werden Sie von mir darüber nicht erfahren! Jedenfalls nicht ohne einen Anwalt!«

Urplötzlich stand der Lehrer auf und verließ ohne ein weiteres Wort das Büro des Schulleiters. Stern und Grüber ließen ihn gehen.

»Vergiss es! Wir müssen auch los.«

Das Gespräch mit Dr. Ritter hatte sich erledigt.

»Lass uns gleich zum Jesse-Owens-Gymnasium fahren«, schlug Grüber vor. »Das liegt sowieso auf unserem Weg. Nicht weit von hier, Clayallee, Ecke Tannenwinkel.«

Wenige Minuten später bogen die beiden Kriminalbeamten mit ihrem Wagen langsam in die

Straße Am Tannenwinkel ein. Sie hatten Glück. Unmittelbar hinter dem Haupteingang der Schule fuhr gerade jemand weg und ein Parkplatz wurde frei. Der Weg zum Sekretariat war kurz. Erneut stellten sie sich einer freundlichen Schulsekretärin vor. Stern eröffnete das Gespräch:

»Wir müssen dringend eine Schülerin sprechen, die Ihre Schule besucht.«

Die Sekretärin schaute ihn interessiert an.

»Das Mädchen heißt Agnes Abel.«

»Wissen Sie auch, in welche Klasse sie geht?«

Sie legte ihre Finger startbereit auf die Tastatur ihres Rechners. Vielleicht wollte sie den Stundenplan des Mädchens aufrufen.

»Ich glaube, sie müsste inzwischen in die zehnte Klasse gehen«, antwortete Stern, nachdem er kurz überlegt hatte.

»Oh, da haben Sie Pech«, schaltete sich jetzt ihre Kollegin ein. »Die Schüler aus unseren zehnten Klassen sind zurzeit alle für zwei Wochen im Betriebspraktikum.«

Seine Tochter hatte auch ein Praktikum gemacht, als sie in der zehnten Klasse war, fiel Stern ein. Sie war damals ziemlich begeistert gewesen. Besonders hatte ihr gefallen, dass man sie im Betrieb wie eine junge Erwachsene behandelt hatte und dass sie überwiegend eigenverantwortlich arbeiten durfte. Das ist ganz anders als in der Schule, hatte sie oft betont. Dennoch war sie damals froh gewesen, noch zwei Jahre Zeit zu haben bis zum möglichen Einstieg in das reguläre Arbeitsleben.

»Ist es Ihnen möglich, die Adresse des Betriebes herauszufinden, in dem Agnes Abel ihr Betriebspraktikum macht?«, setze Stern gerade an, als die erfahrene Sekretärin nach ein paar Klicks auf der Tastatur ihres Rechners bedauerte:

»Oh, da haben Sie offensichtlich zum zweiten Mal Pech. Agnes macht ein Praktikum als Klavierbauerin. Und der Betrieb ist in Regensburg. Aber die Adresse, die Telefonnummer und die E-Mail-Adresse des Betriebes kann ich Ihnen geben.«

*

Abel stand auf dem sorgfältig polierten Messing-Klingelschild im dritten Stock des Mietshauses in der Halberstätter Straße in Wilmersdorf. Und darunter: Anne und Agnes. Einen Vater gibt es offensichtlich nicht, dachte Stern bei sich. Der Hauseingang war offen gewesen. Die Kriminalbeamten hatten freiwillig auf den Aufzug verzichtet und den Weg über die mit einem roten Teppich dekorativ verzierte Holztreppe genommen. Nach einer kurzen Verschnaufpause drückte Grüber den Klingelknopf.

Die Frau, die sofort nach dem ersten Ton des Gongs öffnete, sah die beiden Beamten argwöhnisch an. Stern und Grüber zeigten unaufgefordert ihre Dienstausweise und Stern sagte freundlich:

»Frau Abel? Hauptkommissar Stern. Wir haben eben miteinander telefoniert. Das ist mein Kollege, Oberkommissar Grüber. Dürfen wir hineinkommen?«

Die Frau machte Platz und führte sie in ein mit wenigen Möbelstücken geschmackvoll eingerichtetes, sehr geräumiges Wohnzimmer. Der Boden war mit teurem Parkett ausgelegt. Die Wände, an denen mehrere große gerahmte Schwarz-Weiß-Fotos hingen, waren in einem ganz dezenten Creme-Ton gestrichen. Das Highlight der sorgfältig ausgesuchten Einrichtung bildete zweifellos ein schwarzer Bechstein Flügel, der wirkungsvoll im hinteren Teil des Raumes platziert worden war.

Frau Abel, der Sterns bewundernder Blick auf das teure Musikinstrument nicht entgangen war, erklärte: »Agnes spielt darauf.«

»Ist sie das?«, fragte Grüber und bewegte seinen Kopf in Richtung eines der eingerahmten Fotos an der Wand. Ein blondes Mädchen in einem schwarzen Kleid war darauf zu erkennen. Sie saß vor dem Flügel, schien gerade mit ihrem Spiel beginnen zu wollen und blickte freundlich in die Kamera.

»Ja, das ist Agnes. Das war vor zwei Jahren. Da spielte sie auf der Geburtstagsfeier meines Vaters. Sie spielt sehr gut und hat den Flügel von meinem Vater geschenkt bekommen. – Aber bitte setzen

186

Sie sich doch. Darf ich Ihnen etwas zu trinken anbieten?«

Beide Männer baten um ein Glas Mineralwasser. Sie wussten, dass das bevorstehende Gespräch mit Frau Abel länger dauern könnte.

»Frau Abel«, eröffnete Stern das Gespräch, nachdem sie am Esstisch im Wohnzimmer Platz genommen hatten, »ich habe am Telefon bereits erwähnt, dass wir in einem Tötungsdelikt ermitteln. Im Zuge unserer Ermittlungen haben wir erfahren, dass das Opfer Christopher Fink und Ihre Tochter sich kannten.«

Auf dem Gesicht der Mutter war ein kurzes Zucken zu erkennen.

»Außerdem haben wir auch herausbekommen, dass Fink Ihre Tochter im Dezember 2009 vergewaltigt haben soll. Wissen Sie davon?«

Stern wartete auf eine Reaktion der Frau.

»Wer behauptet das?«

»Das dürfen wir Ihnen nicht sagen. Aber es sind mehrere Personen. Und einige Hinweise sprechen dafür, dass es stimmt.«

»Muss ich Ihnen die Frage beantworten?«

»Wir ermitteln in einem Tötungsdelikt. Deshalb sind Sie dazu verpflichtet. Es sei denn, Sie fürchten, sich oder Ihre Tochter zu belasten. In dem Fall können Sie von Ihrem Auskunftsverweigerungsrecht Gebrauch machen.«

Frau Abel zog ihre Augenbrauen zusammen.

»Belasten? Wieso belasten?«

Sie schien zu überlegen.

»Was soll die Vergewaltigung meiner Tochter überhaupt damit zu tun haben? Das liegt doch fast eineinhalb Jahre zurück!«

Sie griff nach ihrem Wasserglas und trank es leer.

»Also stimmt es, was wir vermutet haben?«

Sie nickte zaghaft. »Ich habe es selbst erst zwei Monate später erfahren. Ich wollte den Typen auch anzeigen!«

Sie schien sich jetzt dazu durchgerungen zu haben, Sterns Frage zu beantworten.

»Er hat sie wohl gezwungen Unmengen an Wodka zu trinken. Das ist sie doch gar nicht gewöhnt. Sie trinkt doch sonst überhaupt keinen Alkohol. Und als sie betrunken genug war und sich nicht mehr wehren konnte, hat er sie vergewaltigt. An Einzelheiten konnte sich Agnes nachher gar nicht mehr erinnern. – Zum Glück! Für sie war es das erste Mal. – Furchtbar!« Sie hielt inne.

»Und wie haben Sie schließlich davon erfahren?«, fragte Grüber.

»Leider war ich an dem Wochenende nicht zu Hause. Mein Lebensgefährte ist Fußballtrainer und hatte seit ein paar Wochen eine Stelle in Hannover. Ich hatte ihn für ein paar Tage besucht.«

»Und der Vater von Agnes?«, schaltete sich Stern ein.

Frau Abel suchte den direkten Blickkontakt mit Stern. »Der hat uns verlassen, als Agnes sechs Jahre alt war. Der ging nach Brasilien. Er hat dort eine Stelle als stellvertretender Schulleiter an einer deutschen Schule angenommen. Sehr gut bezahlt. Das wollte er sich nicht entgehen lassen. Das war ihm wichtiger als Frau und Kind.«

Sie erhob sich plötzlich.

»Der ist für mich gestorben!«, fügte sie energisch hinzu. »Mit dem habe ich seitdem nie mehr wieder ein Wort gesprochen. − Sie entschuldigen mich bitte? Ich bin gleich wieder da.«

Sie verließ das Wohnzimmer und kam kurze Zeit später mit einer ungeöffneten Flasche Mineralwasser zurück. Nachdem sie ihr Glas erneut gefüllt und auch Grüber und Stern nachgeschenkt hatte, fuhr sie fort:

»Als ich aus Hannover zurückkam, erzählte Agnes mir, sie sei krank und könne nicht zur Schule gehen. Ich hab sie zum Arzt geschickt und sie wurde sofort bis zu den Weihnachtsferien krankgeschrieben. Ich hab mich gewundert. Und ich habe natürlich bemerkt, dass Agnes auf mein Nachfragen nur sehr ausweichend antwortete. Schließlich habe ich gedacht, der Arzt wird schon wissen, was er tut. Dann wurde Agnes zu Hause immer verschlossener, sprach kaum noch, wollte nicht mehr aus ihrem Zimmer kommen, nur noch im Bett liegen bleiben. Ich kam überhaupt nicht mehr an sie heran und hab mir immer größere Sorgen gemacht. Da hab ich unseren Hausarzt persönlich aufgesucht. Aber er hat sich auf seine ärztliche Schweigepflicht berufen.«

Die beiden Kommissare blickten sich erstaunt an. Beide hatten sie nicht gewusst, dass die ärztliche Schweigepflicht auch gegenüber den Eltern und Erziehungsberechtigten von nicht volljährigen Kindern bestand.

»Am Abend hat er mich dann zu Hause angerufen und gesagt, dass er lange mit sich gerungen habe. Aber er hat selbst eine Tochter im Alter von Agnes und glaubte schließlich, es verantworten zu können. Er riet mir dringend, mit Agnes eine Psychotherapeutin aufzusuchen, und nannte mir ein paar Namen von Ärztinnen mit psychiatrischer Facharztausbildung, die er kannte und die einen guten Ruf hatten. Ich sollte sehr behutsam versuchen, Agnes von der Notwendigkeit dieses Schrittes zu überzeugen. Er selbst wollte dies ebenfalls versuchen.«

Frau Abel machte eine Pause. Sie atmete tief durch und trank anschließend von ihrem Wasser. Sie wirkte erschöpft. Das Gespräch schien sie sehr anzustrengen. Das Telefon klingelte. Sie entschuldigte sich und verließ den Raum erneut. Grüber und Stern schauten sich an, sprachen aber nicht. Ihnen war es gar nicht recht, dass Frau Abel bei ihren Schilderungen unterbrochen worden war. Hoffentlich würde sie es sich nicht anders überlegen und ihnen nach ihrer Rückkehr wichtige Details vorenthalten.

Wenige Minuten später öffnete sich die Wohnzimmertür und Frau Abel kehrte zu ihrem Platz zurück. Sie wirkte ein wenig entspannter.

»Gott sei Dank ist es mir tatsächlich gelungen, Agnes zu überzeugen. Aber sie hat mir zwei Bedingungen gestellt. Die erste war, sie wollte die Schule wechseln. Das konnte ich zu diesem Zeitpunkt zwar noch nicht verstehen, aber ich stimmte zu. Die zweite Bedingung war für mich schwieriger zu erfüllen. Agnes wollte, dass niemand, absolut niemand, davon erfahren dürfe, dass sie eine Psychotherapie mache. Andernfalls würde sie die Therapie sofort abbrechen. Ich bin schweren Herzens darauf eingegangen.« Sie räusperte sich.

»Aber was mich am meisten belastet hat, war die Tatsache, dass sie sich strikt weigerte, mit mir darüber zu reden, was vorgefallen war. Das hat mir beinahe das Herz gebrochen. Ich bin doch ihre Mutter.«

Sie musste kurz inne halten und schluckte.

»Erst Wochen später, nachdem sie schon etliche Therapiestunden gehabt hatte und es ihr spürbar wieder etwas besser ging, bat sie mich, sie zu einer ihrer Sitzungen zu begleiten. Jetzt erst hab ich von der Vergewaltigung erfahren. Für eine Anzeige erschien es mir inzwischen zu spät. Es gab keinerlei Beweise dafür und Zeugen gab es auch nicht. Glaubte ich bisher zumindest.«

Ihr prüfender Blick ging zu den beiden Beamten. Diese schwiegen jedoch.

»Außerdem hatte mich Agnes vor dem Besuch bei der Therapeutin auf meine Schweigepflicht hingewiesen. Ich musste ihr ausdrücklich versprechen, alles, was ich hören würde, absolut vertraulich zu behandeln. – Das hab ich auch getan.«

Frau Abel schaute die beiden Kriminalbeamten abwechselnd an. Sie schien erleichtert, am Ende ihrer Darstellung angekommen zu sein. Stern versuchte zu lächeln, während er fragte:

»Und wie geht es Ihrer Tochter jetzt?«

»Ich habe den Eindruck, ganz gut. Sie hat ihre Therapie beendet. Ihre Ärztin und sie selbst waren beide der Meinung, das sei angebracht. Außerdem hatte die Krankenkasse auch nicht mehr Sitzungen bewilligt. Ich glaube und hoffe, sie braucht auch in Zukunft keine mehr. Nur ihre Medikamente soll sie noch eine Weile nehmen und langsam ausschleichen lassen. Agnes spricht wieder mehr, sie spielt wieder regelmäßig Klavier, in der neuen Schule kommt sie auch gut klar. Ich bin ganz zuversichtlich. – Zurzeit macht sie ein Praktikum. Als Klavierbauerin, bei Freunden in Regensburg. Sie ist ganz begeistert.«

»Seit wann ist sie in Regensburg?«, fragte Grüber.

»Seit Sonntag vor acht Tagen. Sie wollte alleine fahren und hat den Zug genommen. Am Sonntagnachmittag ist sie losgefahren und am Samstagmittag kommt sie wieder zurück. Eben hat sie angerufen und ihre Ankunft angekündigt.«

Grüber überlegte kurz.

»Frau Abel, wissen Sie zufällig, ob Agnes am Freitag vor ihrer Abreise auf dem ROCKFEST in der Jim-Morrison-Schule war?«

»Niemals! Mit Sicherheit nicht!«, antwortete sie wie aus der Pistole geschossen. »In diese Schule setzt meine Tochter keinen Fuß mehr. Das können Sie mir glauben!«

Würde ich gerne, muss ich aber nachprüfen, dachte Grüber, sagte es aber nicht.

»Und Sie waren das gesamte Wochenende über in Hannover?«, fragte er stattdessen.

»Ja, wie ich schon sagte, ich war bei meinem Freund.«

Stern erhob sich. »Vielen Dank, Frau Abel. Sie haben uns sehr geholfen. Falls wir noch weitere Fragen haben sollten, melden wir uns bei Ihnen.«

Nach dem Alibi für den Freitagabend würden sie das Mädchen selbst fragen, dachte Stern, als sich die Wohnungstür hinter ihnen schloss.

*

Marieluise Gold meldete sich per Handzeichen noch einmal zu Wort. Es war kurz vor neunzehn Uhr und das Ende der abendlichen Besprechung stand kurz bevor.

»Ich habe den Nachmittag mit Aktenstudium verbracht und die Aussage von Frau Rosen gelesen. Ich hab auch etwas Interessantes dazu gefunden, was ich Ihnen gerne zeigen wollte, weil ich es für wichtig halte.«

Die Kollegen sahen sie interessiert an.

Sie schaltete den Beamer ein und öffnete auf dem Monitor ihres Rechners die Homepage der

Jim-Morrison-Schule. Nach einem weiteren Klick konnten die Anwesenden eine Lageskizze der Schule betrachten. Die einzelnen Gebäudetrakte bildeten ein nahezu perfektes Quadrat und umrahmten den großen, mit altem Baumbestand bewachsenen Schulhof. Nach vorne zur Straße hin lag das vierstöckige Hauptgebäude mit den Klassenräumen sowie dem Verwaltungstrakt, der Mensa und dem Freizeitraum im Erdgeschoss. Links davon schloss sich in einem rechten Winkel die große doppelstöckige Turnhalle an, in deren Kellergeschoss sich der Technikkeller befand. Die Rückseite des Schulhofes wurde begrenzt von einem Kunsthaus, einem Musikhaus und der Theaterwerkstatt. Diese drei Gebäude waren kleiner und standen separat nebeneinander. Naturwissenschaften und Arbeitslehre war auf dem Gebäudeteil zu lesen, der den Schulhof auf der rechten Seite begrenzte.

Auf der linken Seite außerhalb des Gebäudeensembles befand sich das großzügige, von einem Zaun umgebene Sportgelände, das direkt an den Holzungsweg grenzte.

»Wenn der Täter vom Technikkeller aus um die Turnhalle herum direkt auf den Sportplatz gelaufen ist, konnte er von dort unbemerkt zu dem abgestellten Motorrad gelangen.«

Mit Hilfe ihres Laser-Pointers zeichnete Gold den möglichen Laufweg auf der Projektion des Lageplanes nach. Zwischen Turnhalle und Kunsthaus war ein Fußweg zu erkennen, der zum Sportplatz führte.

»Ich bin doch sonntags noch mal da gewesen und hab mir die ganze Umgebung angeschaut. Vom Sportplatz aus führt ein großes Tor zur Straße. Das ist aber abgeschlossen und kann nicht per Hand geöffnet werden. Außerdem ist es mindestens drei Meter hoch. Und der Zaun ist auch mindestens 2,40 Meter hoch. Da ist es schwierig rauszukommen«, gab Stern zu bedenken.

»Für dich vielleicht. Aber für einen Täter, der jünger ist und voller Adrenalin?«, widersprach Grüber mit einem leichten Grinsen.

»Vielleicht sind ja auch Löcher in dem Zaun«, bemerkte Marieluise Gold und wartete kurz ab.

»Mein Freund spielt jeden Samstag mit seinen Kumpels Basketball auf einem Schulhof in Schöneberg. Die haben mit einem Bolzenschneider einfach ein Loch zum Einstieg in den Zaun geschnitten.«

»Schöner Umgang für eine Kriminalkommissarin.«

Die anwesenden männlichen Kollegen lachten und Marieluise Gold wurde rot.

»Mein Freund war das natürlich nicht.«

»Du siehst, die Gestalt, die Frau Rosen am Tatabend gesehen hat, war wohl doch kein Einbrecher, sondern könnte unser Täter gewesen sein«, bemerkte Grüber im Anschluss an die Sitzung. Er und Stern waren auf dem Weg zu ihrem Büro.

»Nach Golds Darstellung halte ich es nun auch für möglich. Aber für heute ist Feierabend. Morgen ist auch noch ein Tag.«

Wie auf Kommando musste er gähnen.

*

Hans Stern fluchte innerlich. Er fuhr schon zum zweiten Mal um seinen Block und immer noch war nirgendwo ein Parkplatz frei geworden. Die Dernburgstraße war um diese Zeit meistens völlig zugeparkt und alle Leute waren zu Hause und verließen ihre Wohnungen offenbar nicht mehr. Deshalb fuhr er auch ungern mit dem Wagen zur Arbeit, wenn es absehbar war, dass es bis zu seiner Rückkehr spät werden würde. Aber am Morgen hatte es nach Regen ausgesehen.

Ein Paar kam ihm auf dem Bürgersteig entgegen. Sie waren aus dem Restaurant `Mashala` gekommen, hatte Stern gesehen und augenblicklich auf die Bremse getreten. Die beiden stiegen in ihren Wagen, der am Straßenrand geparkt war. Glück gehabt, dachte er.

Kaum hatte Hans Stern die Wohnungstür geöffnet, klingelte das Telefon. Schnell zog er seine schmutzigen Straßenschuhe aus, eilte ins Wohnzimmer und ergriff den Hörer.

»Stern«, meldete er sich, leicht außer Atem.

»Annette hier! – Du erinnerst dich? Deine Ex-Frau und Mutter deiner Tochter«, zog sie ihn auf und lachte. Offenbar war sie bester Laune.

Er war nicht in der Stimmung für Scherze und konnte gar nicht lachen. Trotz der großen Entfernung registrierte sie dies sofort.

»Störe ich gerade?«

»Nein. Ich bin nur eben erst zur Tür hereingekommen.«

»Um diese Zeit? Bei euch ist es doch schon fast neun. Hast du gerade einen schwierigen Fall?«

Stern zögerte. »Wir ermitteln in einem Tötungsdelikt. Das Opfer ist ein Junge, der genauso alt war wie Maischa. Grüber und ich mussten seiner Mutter die Nachricht von seinem Tod überbringen.«

»Oh wie furchtbar.«

»Und jetzt haben wir herausgefunden, dass er vor einiger Zeit ein fünfzehnjähriges Mädchen betrunken gemacht und sich an ihr vergangen hat. In der Schule. Das liegt aber……«

»Dann war`s die Mutter!«, fiel ihm seine Ex-Frau ins Wort.

»Hä?«

»Ich würde zur Bestie, wenn jemand Maischa das antun würde! – Du nicht?«

Stern schluckte. »Ich würde auf jeden Fall niemanden umbringen!«, entgegnete er verunsichert und lenkte ihr Gespräch in eine andere Richtung.

»Wie geht es dir? Was macht dein Auftrag in Washington?«

»Alles bestens. Wir kommen sehr gut voran«, begann Annette und schilderte begeistert, welche Fortschritte sie seit dem letzten Telefonat mit Stern bei ihrem Projekt gemacht hatte.

Während Maischas Mutter noch erzählte, hörte Stern, wie die Wohnungstür geöffnet wurde.

»Du, ich höre, Maischa kommt gerade nach Hause. Die kann es sicher nicht abwarten, mit dir zu sprechen. Ich geb den Hörer mal weiter. Viel Erfolg weiterhin. Bis dann.«

»Hallo Mama«, hörte er seine Tochter sagen, bevor sie mit dem Telefonhörer am Ohr in ihr Zimmer verschwand.

*

»Schöne Grüße noch mal von Mama.«

Maischa betrat mit dem Telefon in der Hand das Wohnzimmer.

»Cool! Mama fliegt nächste Woche für drei Tage nach New York. – Da möchte ich auch mal gerne hin.«

»In meinem nächsten Leben werde ich auch Auslandskorrespondent beim Fernsehen und nicht Kriminalbeamter«, entgegnete Stern. »Hattet ihr nicht verabredet, dass du Mama im Sommer in den USA besuchst?«

»Doch. Ende August.«

»Na, dann lässt sich ein New York-Besuch doch bestimmt einrichten«, tröstete Hans Stern seine Tochter. »Und? Wie war dein Tag heute?«

»Das wollte ich dir unbedingt erzählen, Papa.«

Maischa lächelte. »Ich habe heute deinen Kollegen Amtshilfe geleistet.«

Ungläubig schaute Stern seine Tochter an.

»Amtshilfe? Welchen Kollegen?«

»Denen vom Drogendezernat. – Heute Nachmittag kamen auf einmal ein Mann und eine Frau in unser Café und blieben vor dem Tresen stehen. Obwohl noch viele Tische frei waren. Als ich sie gefragt hab, ob ich ihnen helfen könnte, haben die beiden mir unauffällig ihre Dienstausweise gezeigt. Dann haben sie gesagt, aber so, dass es die anderen Gäste nicht hören konnten, sie müssten jemanden observieren. Einen Drogendealer. Der stand mit zwei Kumpels vor dem Basketballplatz, genau gegenüber. Von unserem Fenster aus konnte die Polizei sie beobachten, ohne dass sie etwas bemerkten. Es sah so aus, als ob der Dealer auf Kunden warten würde. Wahrscheinlich Kundschaft von der Schule vorne an der Schlossstraße. Als dann eine Gruppe von vier oder fünf Schülern zu dem Dealer kam und der ein paar Päckchen aus seiner Hosentasche geholt hatte, rief der Polizist `Zugriff` in das kleine Mikro an seinem Headset. Wie in einem Fernseh-Krimi. Plötzlich kamen von überall her Polizisten in Zivil auf die Gruppe zu gerannt.«

»Und? Haben sie den Dealer geschnappt?«

»Natürlich! Der hatte gar keine Chance, zu entkommen. Und von den anderen haben sie Personalien aufgenommen. Die werden sich freuen, wenn ihre Eltern davon erfahren.«

»Was war denn der Dealer für ein Landsmann?«

»Ein Deutscher. – Glaub ich. Sah zumindest so aus. Wieso fragst du? Suchst du auch einen Dealer?«

»Nee. Inzwischen nicht mehr. Und selbst wenn, unser Mann hieß Murat Yakin und ist Türke.«

»Aber das war echt cool. Wir hatten bei uns im Café einen Tribünenplatz und konnten alles genau beobachten. Danach haben sich die beiden Zivilbeamten ausdrücklich bei uns bedankt«, betonte Maischa stolz, als es auf einmal an der Tür klingelte.

»Das ist Ashton«, sagte Maischa. »Er wollte nach der Arbeit vorbeikommen.«

Sie legte das Telefon in die Ladestation zurück und verließ das Wohnzimmer. Kurz darauf hörte Stern, wie sie den Türöffner betätigte. Er würde Ashton noch kurz begrüßen und sich dann schlafen legen. Morgen früh musste er fit sein.

*

Mittwoch, 2. März 2011

Stern saß regungslos an seinem Schreibtisch und dachte nach. Seine Augen hatte er geschlossen, die Ordner vor ihm auf dem Schreibtisch waren zugeklappt. Der Hauptkommissar war unzufrieden. Zudem spürte er eine ständig wachsende Ungeduld. Sie waren jetzt seit zwölf Tagen mit dem Morrison-Fall beschäftigt. – Nicht nur sein fünfköpfiges Team, sondern etliche Mitarbeiter und Kollegen, die sie bis hierher unterstützt hatten. – Trotzdem fischten sie irgendwie noch immer im Trüben. Alle arbeiteten fleißig und akribisch, hatten alle Zeugen befragt, Informationen gesammelt, waren zahlreichen Hinweisen und Spuren nachgegangen. Doch die entscheidende Entdeckung, die entscheidende Spur fehlte noch.

Viele Fäden, an die sie gehofft hatten, anknüpfen zu können, hatten lose Enden gehabt und sie nicht weiter gebracht.

Die Würgespuren am Hals des Opfers waren laut abschließendem rechtsmedizinischen Gutachten ante mortalen Ursprungs und eindeutig Mike Kumbela zuzuordnen gewesen. Doch der Junge aus Ruanda hatte für die Tatzeit ein hieb- und stichfestes Alibi gehabt. Das hatten Kollegin Gold und Kommissar Berg genau überprüft. Er war unmittelbar nach seinem Auftritt von seinem Onkel abgeholt worden. Beide waren mit der U-Bahn in den Wedding gefahren, wo eine Cousine des Jungen bis weit nach Mitternacht ihren Geburtstag gefeiert hatte. Marieluise Gold war es sogar montags im Anschluss an ihre Abendbesprechung noch gelungen, die Videoaufzeichnungen bei der BVG einzusehen. Gerade noch rechtzeitig, bevor sie wieder gelöscht worden waren. Auf dem Bahnsteig des Bahnhofes `Oskar Helene Heim` waren Mike Kumbela und sein Onkel eindeutig zu erkennen gewesen. Und mehrere Gäste hatten an den darauf folgenden Tagen bestätigt, dass der Junge bei der Geburtstagsfeier bis zum Schluss anwesend war.

Genauso wenig war an dem Alibi von Murat Yakin zu rütteln gewesen.

Die Zeugenaufrufe, die sie in der Umgebung der Schule aufgehängt und auch im Internet veröffentlicht hatten, waren auf wenig Resonanz gestoßen. Nur Frau Rosen hatte wichtige Informationen für sie gehabt. Die übrigen Personen hatten nur angerufen und die Gelegenheit genutzt, sich bei der Polizei über den Lärm der Jugendlichen zu beschweren und ihren Unmut darüber zu äußern, dass die Polizei den Täter noch immer nicht gefunden und hinter Schloss und Riegel gebracht hatte.

Nicht zuletzt war die erneute Befragung von Christopher Finks Eltern sehr ernüchternd ausgefallen. Seitdem der junge Mann in Kreuzberg wohnte, hatte er sich kaum noch in Kleinmachnow blicken lassen oder seine Eltern mal angerufen. Sie wussten so gut wie nichts über das Leben ihres Sohnes oder über seinen Umgang. Nur Fabian Banik und Laura März kannten sie persönlich. Von früher.

Solche Phasen gab es für das Team der Mordkommission regelmäßig. Trotzdem fiel es den Ermittlern schwer, sich daran zu gewöhnen oder sich gar damit abzufinden. Missmutig hatte auch Grüber eine Zeitlang in den vorliegenden Berichten und Protokollen herumgeblättert, auf der Suche nach Details, denen sie bisher nicht die nötige Beachtung geschenkt hatten. Stern hörte an dem Klappern der Tastatur, dass sein Kollege etwas in seinem Rechner suchte.

»Ich hab was«, unterbrach Grüber plötzlich die konzentrierte Stille im Raum.

*

Kommissarin Marieluise Gold saß alleine in ihrem Büro. Ihr Kollege Berg war heute früher gegangen. Seit Wochen hatte er einen dringenden Zahnarzttermin und es war nicht möglich gewesen, ihn zu verschieben.

Gold nutzte die Gelegenheit, ohne jede Ablenkung arbeiten und in aller Ruhe etwas Neues ausprobieren zu können. Vor einem halben Jahr hatte sie an einer Veranstaltung des Bundes Deutscher Kriminalbeamter teilgenommen. Ein Fallanalytiker, Kollege der `Operativen Fallanalyse` vom LKA 11, hatte hier im Dienstgebäude einen Vortrag gehalten zum Thema `Ergänzende Methoden in der polizeilichen Ermittlungsarbeit`. Dabei hatte er unter anderem auch über die Bedeutung einer Tathergangs-Hypothese für die Ermittlungsarbeit referiert und zahlreiche Beispiele für die Erfolge dieser Methode erläutert. Soll sie angewendet werden, hatte der Kollege damals erklärt, so lautet zu Beginn die erste Frage immer: `Was könnte vorgefallen sein? `.

Kommissarin Gold formulierte die Frage leicht um. `Wie könnte die Tat am Abend des 18. Februar verlaufen sein? `. Um eine Antwort auf diese Frage zu erhalten, musste sie versuchen, sich ein genaues Bild von den Vorgängen im Technikkeller der Schule zu machen. Dazu hatte sie eine Reihe von Berichten und Protokollen noch einmal gründlich durchforstet und sie teilweise zusätzlich ausgedruckt. Sie stapelten sich vor ihr auf dem Schreibtisch. Auch für das Studium des Bildmaterials vom Tatort, das die Kollegen der Spurensicherung erstellt hatten, hatte sie sich ausreichend Zeit genommen. Ich kann beginnen, entschied sie. Sie schloss ihre Augen und bemühte sich um absolute Konzentration. Dann drückte sie imaginär auf Start.

Eine große und kräftige Person – das hatte die Rechtsmedizin aufgrund der Höhe der oberen Einstichwunde und der Tiefe des Stichkanals herausgefunden – , ganz in Schwarz gekleidet, folgt Christopher Fink am Freitag, den 18. Februar, in der Zeit zwischen 22:45 Uhr und 23:15 Uhr in den Technikkeller der Schule. – Der Grund dafür ist nach wie vor nicht bekannt.

Er hat entweder selbst einen Schlüssel oder Fink öffnet ihm, denn die Kellertür ist von außen nicht ohne Schlüssel zu öffnen.

In dem Kellerraum passiert etwas, was Fink dazu bringt, sein Messer zu ziehen. – Laut KTU-Bericht sind ausschließlich seine Fingerabdrücke auf dem Messergriff. Auch wurde das Messer von Fabian Banik als Finks Messer identifiziert.

Fink steht zu diesem Zeitpunkt unter starkem Drogeneinfluss. – Laut toxikologischem Gutachten der Rechtsmedizin waren sowohl Amphetamin-Rückstände als auch Spuren von THC bei Fink nachgewiesen worden.

Vielleicht hat Finks Reaktion aber auch etwas zu tun mit Daten, die sich auf der Speicherkarte seines Handys befinden und die der Unbekannte von ihm haben will.

Im Zuge der nun folgenden Auseinandersetzung versetzt die unbekannte Person Fink einen heftigen Tritt gegen das rechte Handgelenk. – Der Gerichtsmediziner hat dort ein deutlich sichtbares

Hämatom diagnostiziert. – Fink lässt durch die Wucht des Trittes das Messer fallen. Der Unbekannte hebt es auf. Er trägt – laut KTU – Handschuhe und hinterlässt demzufolge keine Fingerabdrücke auf der Tatwaffe.

Dann sticht er zu. Vier Mal, sehr tief.

Sind dies, wie in mehr als fünfzig Prozent ähnlicher Fälle, Anzeichen für eine Beziehungstat? – Eine homosexuelle Beziehungstat ist nach Aussage von Banik mit an Sicherheit grenzender Wahrscheinlichkeit auszuschließen. Fink war nicht schwul. – Der Täter vielleicht?

Der Täter nimmt Finks Handy und entfernt, laut KTU-Bericht, die Speicherkarte. – Warum?

Gegen 23:15 Uhr klopft der Schlagzeuger von Finks Band mehrmals heftig von außen an die Kellertür und ruft laut Finks Namen. Fink antwortet nicht. Der junge Mann hört auch kein anderes Geräusch aus dem Keller.

Etwa um 0:30 Uhr wird Fink tot aufgefunden.

Der Täter hat sich vorher unbemerkt aus dem Kellerraum entfernt. Handy und Portemonnaie hat er da gelassen, die Speicherkarte von Finks Handy und die Tatwaffe hat er mitgenommen.

Der Täter verlässt das Schulgelände mit hoher Wahrscheinlichkeit über den Sportplatz und versteckt die Tatwaffe in den Satteltaschen eines abgestellten Motorrads auf dem Holzungsweg. Das Motorrad hat er früher schon einmal gesehen, sonst hätte er nichts von den durch eine Plane verdeckten Satteltaschen gewusst.

Im Holzungsweg läuft gegen 23:30 Uhr ein großer, kräftiger, ganz in Schwarz gekleideter Mann auf eine Anwohnerin zu, die mit ihrem Hund draußen ist. Er humpelt leicht. Er stößt die Frau um und läuft in unbekannte Richtung davon.

Die junge Kommissarin öffnete ihre Augen. So in etwa musste die Tat verlaufen sein. Was fehlte, war nur noch das Motiv. Wenn sie das herausgefunden hätten, würden sie den Täter finden. Zufrieden begann sie ihre Unterlagen abzuheften. Sie war gespannt darauf, was ihre Kollegen zu ihrer Version des Tathergangs sagen würden.

*

Stern blickte zu seinem Kollegen.

»Erinnerst du dich an unsere Besprechung nach den Befragungen in der Schule?«, begann Grüber.

Sein Gesichtsausdruck spiegelte äußerste Konzentration wieder.

»Wir haben die Ergebnisse zusammengetragen. Du hast darauf hingewiesen, nur wirklich wichtige Details zu erwähnen. In unserer Zusammenfassung habe ich damals festgehalten: Feinde von Fink an der Schule sind nicht bekannt.«

Hauptkommissar Stern nickte und wartete auf Grübers Fortsetzung.

»Hier im Protokoll einer Befragung lese ich jetzt, ein Schüler hat erwähnt, dass Fink einmal einen

Jungen aus der Schulband geworfen hat, weil dieser seiner Meinung nach zu schlecht war. Der Junge war damals richtig sauer. So hat sich der Zeuge ausgedrückt. – Dieser Vorfall lag allerdings schon sehr lange zurück. Wahrscheinlich hat ihn Kollege Watzke deshalb während unserer Besprechung nicht erwähnt.«

Er atmete tief ein und aus, bevor er unbewusst den Zeigefinger hob.

»Aber das war ein Fehler! Denn auf Watzkes Frage nach dem Namen des Jungen hat der Zeuge geantwortet, er könne sich nicht mehr erinnern. Er wusste nur noch den Vornamen. Und der war Tom. Der Nachname sei irgend so was Polnisches oder Russisches gewesen. – Und jetzt frage ich dich!«

Grüber suchte den direkten Blickkontakt.

»Erinnerst du dich an den Schüler, den wir zur Befragung hierher bestellt haben? Weil wir nur seine E-Mail-Adresse hatten, von dieser Security-Liste?«

Stern nickte ungeduldig mit dem Kopf.

»Der kam hier rein und hat gesagt, ich heiße Tom. Stimmt`s? Und als ich ihn nach seinem Nachnamen gefragt habe, hat er geantwortet, Radoslavjevic. Und als er meinen fragenden Blick registriert hat, hat er seinen korrekten Namen genannt. Erinnerst du dich? Tomislav Radoslavjevic! So wie er ihn in seiner E-Mail-Adresse verwendet. Ich habe gerade im Internet nachgeschaut. Das ist ein serbischer Name, kein polnischer oder russischer.«

Grüber wirkte sichtlich zufrieden.

»Und wenn Tomislav Radoslavjevic der Tom ist, den Fink damals aus der Band geworfen hat, dann hat er uns belogen. Dann kannte er Christopher Fink!«, setzte Stern Grübers Überlegungen fort.

»Die Frage ist, warum hat er uns belogen? Hat er etwas zu verbergen? Oder war er sogar der Täter?«

Stern antwortete sofort: »Das werde ich in Erfahrung bringen. Am Samstagmittag kommt Agnes Abel aus Regensburg zurück. Die will ich unbedingt sofort sprechen. Und danach lasse ich diesen Radoslavjevic hier antanzen. Ich hab Samstag nichts Besonderes vor, ich hab Zeit.«

Grüber atmete erleichtert auf. Er hatte für Samstag eine Karte fürs Olympiastadion.

*

Donnerstag, 3. März 2011

Stern zählte automatisch. Eins, zwei, drei – eins, zwei, drei. Drei Schritte lang einatmen, drei Schritte lang ausatmen. Auf diese Weise verhinderte er zu schnelles Laufen. Er überquerte gerade den Kaiserdamm und befand sich auf dem Weg zum `Charlottenburger Schlosspark`. Maischa hatte Recht, auch im Winter musste man etwas für seine Kondition tun, doch Fitness-Studio war nichts für ihn. Jetzt, wo die Straßen wieder frei von Eis und Schnee waren und die Temperaturen erträglich bis angenehm, stand neben Radfahren Joggen auf dem Programm. Mehr als eine Runde im Park würde er aber heute nicht schaffen. Das merkte er schon jetzt. Konditionsdefizit.

Er hatte sich heute Vormittag frei genommen. Er musste aufpassen. Die ewige Routinearbeit nervte ihn. Ebenso, dass sie noch nicht wirklich ein Erfolgserlebnis feiern konnten. Stattdessen immer nur kleine Fortschritte. Seine Unzufriedenheit durfte er aber dem Team gegenüber nicht zu deutlich zeigen. Da war es besser, durch eine kurze Extra-Auszeit dafür zu sorgen, den Kopf wieder frei zu bekommen und die Energiedepots ein wenig aufzufüllen. Joggen, anschließend gemütlich mit Maischa, die heute auch erst um vierzehn Uhr arbeiten musste, frühstücken und plaudern, danach vielleicht noch ein wenig Zeitung lesen. Dann war er gegen die Mühle der Routinearbeit wieder besser gewappnet. Außerdem hatte er eine freiwillige Zusatzschicht am Samstagnachmittag übernommen, wehrte er aufkommende Gewissensbisse ab.

Er bemerkte, dass er bereits schneller atmen musste, und der kurze Anstieg im Schlosspark lag noch vor ihm. Er würde sich durchbeißen. Aufgeben kam nicht infrage!

*

»Soll ich dir ein paar Videos von gestern Abend zeigen?«, fragte Maischa, während sie nach ihrem gemeinsamen Frühstück das Geschirr abräumte.

»Von Pete Doherty?« Stern wusste, dass seine Tochter am gestrigen Abend auf dem Konzert der `Babyshambles` im Huxleys war. Er wäre selbst auch gerne hin gegangen, hatte aber zu lange gewartet mit dem Kartenkauf und das Konzert war leider schon ausverkauft gewesen.

»Gerne! Wie war`s denn?«

»Cool! Obwohl Pete ziemlich breit war. Aber er hat auch besoffen noch eine übertrieben gute Bühnenpräsenz. Und er hat einfach eine coole

Stimme. Alle Leute waren begeistert!«, schwärmte Maischa.

Während Stern sich die dritte Video-Sequenz der Bühnenshow der `Babyshambles` anschaute – `Dr. No`, ausdrucksstark gesungen von Pete Doherty –, durchzuckte ihn plötzlich ein Gedankenblitz. Unter den zahlreichen Besuchern und Teilnehmern des Rockfestes in der Jim-Morrison-Schule gab es doch sicherlich auch viele, die an dem Abend mit ihren Smartphones Videos oder Fotos gemacht hatten. Sogar Murat Yakin hatte auf der Hochzeitsfeier Videoaufnahmen von sich und seiner Band mit seinem Smartphone machen lassen. – Von wem wusste Stern nicht. Aber mit Sicherheit nicht von seinem Zwillingsbruder, er hatte nämlich keinen.

Vielleicht hatten sie Glück und würden auf diese Weise zusätzliche wichtige Erkenntnisse gewinnen können. Dass ich darauf nicht schon eher gekommen bin, ärgerte er sich.

Ein lauter Knall aus dem Lautsprecher von Maischas I-Phone lenkte seine Aufmerksamkeit wieder auf den Video-Clip. Pete Doherty hatte sein Mikro hoch in die Luft geworfen und es war offenbar gegen die Bühnendecke geprallt. So betrunken, wie er war, schaffte er es danach nicht, das Wurfgerät wieder aufzufangen. Rumms, tönte es erneut laut aus den riesigen Boxentürmen. Die überwiegend jungen Zuschauer amüsierten sich köstlich über die Einlage.

Stern stand abrupt vom Frühstückstisch auf und ging zum Telefon. Er musste in der Jim-Morrison-Schule anrufen.

*

Die Mittagspause lief seit zwanzig Minuten. Die Schüler und die Kollegen, die ihm auf dem Weg zum Hauptgebäude entgegen kamen, schienen inzwischen schon längst wieder mit ihren eigenen Problemen beschäftigt zu sein. Zumindest hatte Wolf Märtens nicht mehr das Gefühl, dass sie ihn fragend anschauten oder hinter seinem Rücken tuschelten, wenn er vorbei gegangen war. Trotzdem zog er es vor, seine Freistunden alleine im Lehrerzimmer im zweiten Stock zu verbringen. Er war immer noch enttäuscht darüber, wie wenig Rückhalt er in dieser für ihn sehr schwierigen Phase seitens des Kollegiums erhalten hatte. Er staunte über Elli Beck. Für sie schien die Angelegenheit erledigt. Sie befand sich auf Fortbildung in der `Sportschule am Kleinen Wannsee` und hatte sich seitdem kein einziges Mal gemeldet.

Märtens schloss die Lehrerzimmer-Tür auf und trat ein. Nachdem er seine Sachen abgelegt und sich einen Becher Kaffee eingegossen hatte, griff er zum Telefon und wählte die Nummer von Hauptkommissar Stern. Vielleicht würde der Hinweis für die Kriminalpolizei wichtig sein und gleichzeitig die kritische Haltung, die die beiden Beamten ihm gegenüber an den Tag gelegt hatten, ein wenig abmildern.

Gerade, als am anderen Ende der Leitung jemand abnahm, öffnete sich die Lehrerzimmertür. Er legte sofort auf, denn Kollegin Huhn, begleitet von einer Gruppe von Oberstufenschülern und wie immer übertrieben gut drauf, war im Begriff einzutreten. Märtens spürte, wie sich seine Nackenhaare hoch stellten. Brigitte Huhn, von ihm auch gerne `A D Huhn S` genannt. – Wie er sie liebte!

»Oh, Wolf. Grüß dich! Arbeitest du gerade? Oder würde es dich nicht stören, wenn wir unsere Besprechung hier machen? Sonst müssten wir extra bis ins Kunsthaus laufen.«

Etwas Bewegung würde dir gut tun, dachte Märtens, sagte es aber nicht. Er verabscheute die Art, wie sie gefragt hatte. Aufgesetzt und völlig unangemessen. Er mochte die Kollegin nicht und die wusste das ganz genau. Keiner hatte ihnen während der Vorbereitung des Rockfestes mehr Schwierigkeiten bereitet als sie. Die Musik während des Kartenverkaufs in der Mensa sei viel zu laut, die Werbung im Schulradio störe ihren Unterricht, die Plakate und Flyer verschandelten die Wände und die Böden im Schulhaus. Ständig hatte sie sich bei der Schulleitung beschwert und Märtens war jedes Mal zum Schulleiter zitiert worden. In Anwesenheit von Schülern gab sie sich jedoch stets betont tolerant und locker, so wie jetzt. Vermutlich war sie eingeschnappt gewesen, dass er sie nicht höchstpersönlich um Unterstützung beim ROCKFEST gebeten hatte.

»Ich arbeite. Ich muss Klassenarbeiten korrigieren und brauche dabei Ruhe. Da müsst ihr euch leider einen anderen Raum suchen, Kollegin.«

Sie hatte ihn verstanden und ließ die Tür krachend zufallen.

Dummes Huhn, dachte Märtens und griff erneut zum Telefon. »Oberkommissar Grüber, LKA«, hörte er nach dem dritten Klingeln.

»Guten Tag. Hier ist Wolf Märtens, Jim-Morrison-Schule. – Mir ist noch etwas eingefallen zu dem Vorfall mit Agnes Abel, nachdem Sie mich vorgestern befragt haben. Ich weiß nicht, ob es wichtig ist, aber ich wollte es Ihnen trotzdem melden.«

Grüber griff zu Block und Stift. »Das werden wir sehen. Ich höre.«

»Genau von dem Zeitpunkt an, als die Sache mit Agnes damals passiert ist und sie nicht mehr zur Schule kam, ist auch ein Schüler nicht mehr zur Band-AG erschienen. Er heißt Tom Radoslavjevic. Vielleicht ist das purer Zufall, aber ich dachte, ich sag`s Ihnen dennoch.«

Als Grüber nichts erwiderte, fuhr Märtens fort:

»Damals hab ich dem keine Bedeutung beigemessen. Als ich von Christopher Fink davon gehört habe, dachte ich einfach, er hätte die Lust verloren. So was passiert oft. Die Schüler merken, dass man intensiv üben muss, um ein Instrument zu beherrschen, und hören dann einfach auf.«

Von dem Rausschmiss aus der Band wussten sie seit gestern. Aber der genaue Zeitpunkt war ihnen nicht bekannt gewesen. Deshalb hatten sie natürlich auch keinen Zusammenhang zwischen dem Rausschmiss und der Vergewaltigung herstellen können. Gab es vielleicht sogar einen Zusammenhang zwischen der Vergewaltigung, dem Rausschmiss von Tomislav Radoslavjevic aus der Schulband und dem Tod von Christopher Fink, überlegte Grüber, sagte davon aber nichts zu dem Lehrer. Dieser schien in diesem Augenblick von selbst darauf gekommen zu sein.

»Jetzt fällt mir plötzlich ein, Tom wollte unbedingt beim ROCKFEST mithelfen. Erst hat er mich persönlich angesprochen und wollte ins Technik-Team und als ich ihm gesagt habe, die hätten genügend Leute, hat er sich bei der Security angemeldet. Und er war auch da. Ich hab ihn während der Veranstaltung mehrfach gesehen.«

Grüber hatte sich alles genau notiert.

»Vielen Dank, Herr Märtens. Gut, dass Sie uns informiert haben. Wenn Ihnen noch etwas einfällt, rufen Sie uns auf jeden Fall immer an. Wir sind dankbar für jede Information. Schönen Tag noch. Auf Wiederhören.«

»Auf Wiederhören.« Märtens legte auf. In der Angelegenheit mit Laura März würden sie jetzt hoffentlich nicht mehr rühren.

*

Etwa eine Stunde nachdem der Lehrer sein Telefonat beendet und den kalt gewordenen Kaffee wieder zurück in den Becher gespuckt hatte, nahm Hauptkommissar Stern auf dem Stuhl hinter seinem Schreibtisch Platz. Er griff sofort zum Telefon und bat die Kollegen der ersten Mordkommission für vierzehn Uhr in den Besprechungsraum. Bis dahin würde auch Grüber aus der Mittagspause zurück sein. Stern griff sich ein Blatt und einen Stift und begann, sich ein paar Stichpunkte für die gleich folgende Sitzung zu machen.

*

Er saß auf einer Bank oberhalb des `Schlachtensees`. Hier war, anders als auf dem stark besuchten Uferweg, um diese Zeit nicht viel los. Nur ein paar Hundebesitzer, die ihre Tiere von den Joggern und Radfahrern weiter unten fernhalten wollten, hatten sich hierher verirrt. Die kannten ihn mit Sicherheit nicht. Er war nervös, kein Wunder. Aber seit Tagen nahm die innere Unruhe ständig zu. Er konnte nachts kaum noch schlafen und fühlte sich am Tage müde und kraftlos. Und dann dieser Schreck.

Die Durchsage, die die Sekretärin kurz vor Ende der Mittagspause gemacht hatte und im Laufe der sechsten Stunde ein paar Mal wiederholt hatte, hatte ihn wie eine Keule getroffen.

»Achtung, eine wichtige Durchsage! – Dr. Ritter bittet alle Schülerinnen und Schüler und die Kolleginnen und Kollegen um Aufmerksamkeit. Alle Personen, die am 18. Februar das ROCKFEST besucht haben und während der Veranstaltung Fotos oder Video-Aufnahmen gemacht haben, werden gebeten, ihre Dateien morgen mit zur Schule zu bringen. Die Kriminalbeamten vom LKA benötigen die Aufnahmen dringend für ihre Ermittlungen. – Vielen Dank!«

Plötzlich hatte ihn Panik befallen und er hatte sich nach der sechsten Stunde krank abgemeldet. Einen Zusammenhang mit der Durchsage schien niemand zu vermuten. Jedenfalls hatte keiner eine Bemerkung in diese Richtung gemacht.

Was, wenn aber die Polizei beim Betrachten der Fotos und Videos von dem Abend irgendetwas entdecken würde, das den Verdacht in seine Richtung lenken würde? Wie lange er sich noch unter Kontrolle haben würde und ihre Fragen beantworten könnte, ohne aufzufallen, wusste er beim besten Willen nicht.

Er spürte, dass er am liebsten nach Hause gehen wollte. Ins Bett legen und die Decke über den Kopf ziehen, wünschte er sich. Die Kopfschmerzen vergessen und dann vielleicht einschlafen und alles hinter sich lassen. Doch es war noch ziemlich früh. – Oder? Zögernd stand er auf. Im selben Augenblick fiel ihm ein, dass heute Donnerstag war, der Tag, an dem seine Mutter am Nachmittag immer für ihn kochte. Er hatte keine Lust, sich von ihr ausfragen zu lassen. Er musste warten! Seine Hand fuhr aus alter Gewohnheit in die Hosentasche. Er hatte Lust auf eine Zigarette bekommen.

*

Hans Stern radelte auf seinem Mountainbike die Kantstraße hinauf Richtung `Lietzensee`. Er wunderte sich selbst über seinen plötzlichen Trainingseifer. Vierzig Minuten Joggen am Vormittag und anschließend Fahrt zur Arbeit und zurück mit dem Fahrrad. Gleichzeitig stellte er fest, dass seine Stimmung wesentlich besser war als bei der morgendlichen Laufeinheit. Der morgendliche Missmut war einer gewissen Zuversicht gewichen, was auf den Verlauf des hinter ihm liegenden Arbeitstages zurückzuführen war. Sie waren weiter gekommen, auch wenn es noch keine konkreten Ergebnisse gab.

Die Besprechung mit dem Team war sehr zufriedenstellend verlaufen. Die Idee, bei den Schülerinnen und Schülern der Jim-Morrison-Schule nach aufschlussreichen Videos und Fotos zu suchen, war auf große Zustimmung gestoßen. Die Kollegen Gold und Berg hatten sich sofort gemeldet, um diese Aufgabe zu übernehmen. Sie waren sichtlich erfreut, wieder einmal aus der Enge ihres Büros hinauszukommen. Watzke würde sie im Anschluss bei der Prüfung der Dateien unterstützen und helfen, die für ihre Ermittlung relevanten Details herauszusuchen.

Weniger begeistert war Kommissar Watzke gewesen, als er mitbekam, wie wichtig die Zeugenaussage war, die er bei der Besprechung zu Beginn ihrer Ermittlungen unerwähnt gelassen hatte. Schuldbewusst hatte er in die Runde und dann zu seinem Vorgesetzten geschaut und sich entschuldigt.

Stern war inzwischen an der Windscheidstraße angekommen und musste links abbiegen. Er wollte ins ‚Lentz‘, um in aller Ruhe noch ein Feierabend-Bier zu trinken. Das hatte er auch seinem Kollegen Watzke zur Beruhigung empfohlen, nachdem er höchstpersönlich einen Teil der Schuld für dieses Versäumnis auf sich genommen hatte und auf seine Äußerung zu Beginn der Besprechung von damals verwiesen hatte.

Kurz vor Ende der heutigen Sitzung hatte sich Marieluise Gold dann noch einmal zu Wort gemeldet.

»Kollegen, ich hab gestern versucht mir anhand der bisherigen Unterlagen ein Bild vom genauen Ablauf der Ereignisse im Keller der Schule in der Tatnacht zu machen. Ich würde euch das Ergebnis mal gerne vorstellen.«

Die Kollegen hatten sich zunächst überrascht angeblickt, bis Grüber die junge Kommissarin ermuntert hatte:

»Klingt interessant. Dann fang mal an!«

Gold hatte ein Din-A4-Blatt aus der vor ihr auf dem Tisch liegenden Mappe genommen und ihre Version des Tatverlaufs vorgetragen. Mit beifälligem Klopfen hatten alle ihre Arbeit honoriert und versichert, das fehlende Motiv herauszufinden.

Morgen würden sie mit Hochdruck daran weiterarbeiten, dachte Stern, während er von seinem Fahrrad stieg und es zu dem Fahrradständer vor der `Gasthaus Lentz` schob. Drinnen war es bereits gut gefüllt wie jeden Abend. Doch für Stammgäste gab es im `Lentz` immer einen Platz.

*

Samstag, 5. März 2011

Seit einer Stunde saß Hauptkommissar Stern in seinem Büro im Dienstgebäude. Er war sauer. Agnes Abels Zug aus Regensburg musste laut Fahrplan um 13:08 Uhr am Hauptbahnhof angekommen sein und er hatte ihr und ihrer Mutter bewusst mehr als eine Stunde Zeit gelassen bis zu der Befragung in der Keithstraße. Inzwischen war der Termin um zwanzig Minuten überschritten, ohne dass sie ihn angerufen hatten. Für 16:30 Uhr waren bereits Tomisalav Radoslavjevic und dessen Mutter ins LKA bestellt. Der Vater wird ebenfalls durch Abwesenheit glänzen, ging es Stern durch den Kopf.

»Bleib locker!«, beruhigte er sich, »sie werden gleich kommen. Du hast noch alle Zeit der Welt.«

Es klopfte zaghaft an die Tür.

»Herein«, sagte er, bemüht sich seinen Unmut nicht anmerken zu lassen. Ein Teenager trat ein. Stern erkannte sie sofort. Sie sah aus, wie auf dem Foto, das er in der Wohnung gesehen hatte. Nur trug sie diesmal kein schwarzes Kleid, sondern Jeans und einen olivgrünen Parka, und sie wirkte größer als auf dem Foto. Sie erinnerte ihn ein wenig an seine Tochter. Schlank, lange blonde Haare, hübsches Gesicht. Nur ihr Gesichtsausdruck wirkte auf Stern befremdlich und war für ihn nicht zu deuten.

»T´schuldigung. Der Zug hatte Verspätung. – Ich bin Agnes Abel.«

Hauptkommissar Stern entgegnete: »Bitte nehmen Sie Platz, Agnes. Ich darf doch Agnes zu Ihnen sagen?«

Er wusste von seiner Tochter, dass die meisten jungen Leute es nicht mochten, wenn Erwachsene sie ungefragt duzten oder einfach mit Vornamen ansprachen.

» Ja.« Sie nickte zustimmend während sie sich setzte.

»Hatten Sie eine angenehme Zugfahrt?«

»Ja, war okay. Bis auf die Verspätung.«

»Wo ist denn Ihre Mutter? Sie wollte doch mitkommen?« Stern war überrascht.

»Ich hab ihr gesagt, sie braucht nicht mitkommen. Ich bin doch kein Kind mehr.«

»Okay. Dann fangen wir gleich an«, begann Stern. Für ihn war es unerheblich, dass Frau Abel nicht erschienen war. Er hatte vorerst keine Fragen an sie. Ihr Alibi war überprüft. Das hatte Watzke übernommen.

»Wie wir Ihnen bereits mitgeteilt haben, ermitteln wir in einem Tötungsdelikt. Im Zusammenhang mit dem Tod von Christopher Fink habe ich auch einige Fragen an Sie.«

Ihre Augen weiteten sich, sie sagte aber nichts.

»Sie kannten Christopher Fink aus Ihrer Zeit an der Jim-Morrison-Schule?«, begann Hauptkommissar Stern sehr vorsichtig.

Sofort senkten sich ihre Mundwinkel. Sie verschränkte ihre Arme vor dem Oberkörper.

»Der Typ existiert für mich schon lange nicht mehr. Zu dem hab ich nichts zu sagen!« Sie sprach sehr langsam.

Stern wartete einen Moment. »Weil er Sie vergewaltigt hat?«

Sie wurde blass. Stern wusste, dass er ganz behutsam vorgehen musste, und schwieg.

»Die Sache ist für mich vorbei. Das hat lange genug gedauert. Dazu sage ich jetzt nichts mehr!«

Wieder wartete der Hauptkommissar etwas.

»Beantworten Sie mir wenigstens mit Ja oder Nein, ob es stimmt?«

»Ja«, antwortete das Mädchen und schluckte.

Stern machte sich eine Notiz.

»Kennen Sie Tomislav Radoslavjevic? Oder Tom, wie er genannt wird?«

Agnes schaute den Kommissar völlig überrascht an.

»Was hat der denn damit zu tun?«

»Wir haben herausgefunden, dass Tom nicht mehr zur Band-AG kam, nachdem die Sache mit Ihnen passiert war. Kann es sein, dass er etwas davon wusste?«

»Nein! – Wie denn? Er war schon lange gegangen. Fink hat ihn an dem Tag aus der Schulband geworfen.«

Urplötzlich tauchte die Szene wieder vor ihr auf.

»Ich fass es nicht! So eine Scheiße!«

Finks wütendes Brüllen ist trotz der lauten Musik deutlich zu hören. Mitten im Song hört er auf zu spielen. Die anderen brechen ebenfalls sofort ab. Nervöse Stille. Alle schauen Fink an.

»Jetzt proben wir den Song schon vier Wochen und du hast ihn immer noch nicht drauf. Jedes Mal hinkst du hinterher! Weil du nicht schnell genug umgreifst!«

Tom zuckt zusammen und schaut verunsichert auf den Boden. Er sagt nichts. Keiner sagt etwas. Alle wissen, `Purple Haze` ist Finks Lieblingsstück. Er will bei ihrem Auftritt unbedingt damit beginnen.

»Das macht keinen Sinn mit dir! Du übst zu wenig! – Wir haben nur noch ein paar Termine zum Proben! Und im Februar ist schon das ROCKFEST. Da sollen wir spielen. Mit dir geht das aber nicht! Du bist einfach zu schlecht!«

Fink scheint sich gar nicht mehr beruhigen zu können.

»Ich krieg das hin. Ich übe ab jetzt jeden Tag. Ich schwöre.«

»Scheiß ich schwöre! Das erzählst du schon seit Wochen, du Looser! Ich blamiere mich nicht mit dir! Was meinst du, wie viele Leute da kommen? Alle meine Kumpels sind da. – Mit dir stell ich mich beim ROCKFEST nicht auf die Bühne! Du bist raus!«

Ungläubig schaut Tom auf Fink. Dann schaut er die anderen alle an. Keiner hilft ihm. Keiner will es sich mit Fink verderben. Alle wollen den Auftritt auf dem ROCKFEST. Das geht nur mit Fink.

»Pack dein Zeug zusammen und verpiss dich! Wir müssen weitermachen.«

Jetzt schaut Fink einen nach dem anderen an. Als sein Blick sie trifft, fragt er: »Oder willst du lieber mit ihm beim ROCKFEST spielen?«

Sie senkt die Augen, sagt nichts.

Tom nimmt seine Gitarre von der Schulter, packt sie schweigend in den Koffer. Dann nimmt er seine Jacke und seine Mütze und verlässt ohne ein Wort zu sagen den Proberaum. Als die schwere Holztür mit einem dumpfen Geräusch wieder zufällt, herrscht immer noch bedrückende Stille.

»Los, lass weitermachen!«, sagt Fink. »Wir haben heute noch viel vor.« Er grinst.

Inzwischen wusste Agnes, was dieses Grinsen zu bedeuten hatte. Ohne dass sie etwas dagegen tun konnte, begann eine weitere Szene in ihrem Kopf.

Sie verlässt das Musikhaus. Ohne Fink. Sie torkelt die drei Stufen der stählernen Treppe hinunter. Sie muss sich am Geländer festhalten, um nicht hinzufallen. Ihr ist schlecht. Sie spürt, dass sie sich übergeben muss. Das muss von dem Wodka sein. Automatisch geht sie auf eine von den Kiefern zu und stützt sich mit den Händen am Stamm ab. Gerade noch rechtzeitig, bevor sich der widerlich schmeckende Strahl wie nach einer Explosion auf den

Boden ergießt. Der nächste folgt unmittelbar darauf.

Und dann sieht sie etwas durch den Tränenschleier vor ihren Augen. Merkwürdig. Unter einem der anderen Bäume liegt ein Gitarrenkoffer auf dem Boden. Sie kneift ihre Augen zusammen. Es ist der Koffer von Tom. Sie erkennt es an dem rot gestrichenen Griff und an dem Konterfei von Jimi Hendrix auf der Oberseite, das unter der dünnen Schneeschicht hindurch schimmert. Er hatte es darauf geklebt, um Fink zu imponieren.

»Wieso lag der Gitarrenkoffer von Tom vor dem Musikhaus. Tom war doch schon lange gegangen?«, vernahm sie auf einmal ganz deutlich ihre eigene Stimme. Dann waren die Bilder plötzlich weg.

Hatte sie gerade gesprochen? Irritiert sah sie Stern an. Dieser hatte die ganze Zeit geschwiegen. Er räusperte sich.

»Möchten Sie etwas trinken?«, fragte er das Mädchen, um seine Verblüffung zu überspielen.

Hatte Agnes Abel ihnen gerade das Motiv geliefert, das in Golds Darstellung des Tathergangs noch gefehlt hatte und das sie mit Hochdruck suchen wollten? Hatte sie ihnen gerade den Täter geliefert? – Hatte Tomislav Radoslavjevic beobachtet, was Christopher Fink mit dem Mädchen gemacht hatte? War er nach seinem Rauswurf gar nicht sofort nach Hause gegangen, sondern hatte draußen auf Agnes gewartet? – Und hatte er sich nach mehr als einem Jahr dann an Fink für alles gerächt?

Der Kommissar hörte das Mädchen sagen:

»Nein danke. Ich möchte jetzt nach Hause.«

»Sie können gleich gehen, Agnes. Ich hab nur noch ganz wenige Fragen. – Waren Sie damals mit Tom befreundet – ich meine zusammen – , als Fink Sie vergewaltigt hat?«

»Nicht so richtig. Ich mochte ihn. Er war ein- oder zweimal bei mir zu Hause, als meine Mutter und ihr Freund verreist waren. Aber sonst haben wir uns nur in der Schule gesehen. Oder manchmal im Haus der Jugend in der Argentinischen Allee.«

»Als Sie damals aus dem Proberaum kamen, haben Sie Tom draußen irgendwo gesehen?«

»Nein, da war niemand. Nur sein Gitarrenkoffer lag da. Das hat mich gewundert.«

»Sagen Sie mir jetzt nur noch, ob Sie vor zwei Wochen auf dem ROCKFEST in der Jim-Morrison-Schule waren.«

»Nein!«, antwortete sie wie aus der Pistole geschossen. »In diese Schule kriegt mich niemand mehr.«

Sie schwieg. Die Befragung schien sie anzustrengen. Sie wirkte zunehmend erschöpft.

Stern hatte mit dieser Antwort gerechnet. Die Frage hatte er nur gestellt, um sicherzugehen. Die nächste Frage dagegen war für ihre Ermittlungen von größter Bedeutung.

»Wissen Sie noch, was Sie am Abend des achtzehnten Februar gemacht haben? Das war zwei Tage vor Ihrer Abreise nach Regensburg.«

Sie überlegte und antwortete merkwürdig unbeteiligt: »Ich war zu Hause. Alleine. Meine Mutter war bei ihrem Freund.«

Stern stand auf. »Okay. Dann können Sie jetzt gehen, Agnes. Vielen Dank für Ihre Aussage. Falls Ihnen noch etwas einfällt, insbesondere, was die Bestätigung Ihres Alibis anbetrifft, rufen Sie uns bitte umgehend an.«

Zwei Stunden später verließ auch Hauptkommissar Stern sein Büro. Tomislav Radoslavjevic und seine Mutter waren nicht erschienen. Mehrmals hatte er versucht, sie telefonisch zu erreichen. Es war ihm nicht gelungen.

*

Montag, 7. März 2011

Staatsanwältin Schröck betrat den Besprechungsraum der Mordkommission am Montagmorgen
um 7:29 Uhr. Die spezielle Stimmung, die heute in
dem Raum herrschte, war sofort spürbar. Alle fünf
Mitglieder des Teams saßen bereits auf ihren Plät-
zen und schienen nur auf sie gewartet zu haben,
um endlich mit der Arbeit beginnen zu können.
Die Staatsanwältin wusste, dass dies ein Zeichen
dafür war, dass ihre Mitarbeiter neue Erkenntnisse gewonnen hatten und diese im Team kommu-
nizieren wollten. Kaum hatte sie ihren Mantel
ausgezogen und sich hingesetzt, ergriff Hauptkommissar Stern das Wort.

»Kollegen, Frau Schröck«, eröffnete er die Sitzung mit einem leichten Kopfnicken, »es gibt in
unserem Fall neue, wichtige Erkenntnisse.«

Er blickte einen nach dem anderen an.

»Ich will nicht voreilig sein und das Fell des Bä-
ren verteilen, bevor er erlegt ist. Aber nach den
neuen Informationen, die ich am Samstag von
Agnes Abel erhalten habe, können wir Tomislav
Radoslavjevic als dringend tatverdächtig einstu-
fen.«

Er blickte erneut in die Runde. Allen Anwesenden war bekannt, wer die beiden genannten Personen waren. Dennoch zeigten nur die beiden jungen Kollegen Berg und Gold eine positive Reaktion. Grüber, Watzke und Staatsanwältin Schröck schienen noch abwarten zu wollen. Ruhig begann der Hauptkommissar, den Verlauf der Befragung ausführlich zu schildern.

Als er geendet hatte, fragte Grüber: »Du glaubst also, der Junge hat von außen beobachtet, was sich im Proberaum zwischen Fink und dem Mädchen abgespielt hat?«

»Ja! Da bin ich mir ziemlich sicher.«

»Gibt es denn konkrete Beweise dafür? – Außer der Tatsache, dass der Gitarrenkoffer des Jungen unter einem Baum lag? Und das allein besagt doch nicht viel.«

Kommissarin Gold schaltete sich ein.

»Ich frage mich, wieso er ihr nicht geholfen hat, wenn er alles beobachtet hat?«

»Der Junge hat mitbekommen, dass die beiden Sex miteinander hatten. Der konnte doch nicht wissen, dass es gegen Agnes` Willen geschah«, erwiderte Stern.

»Und warum soll er dann Fink nach mehr als einem Jahr umgebracht haben?«, schob Grüber eine weitere Frage hinterher. Er wusste, dass Stern ihm dies nicht übel nehmen würde. Das war ihre übliche Methode. Nur so konnten Fehler in ihrer Ermittlungsarbeit von vornherein vermieden werden.

»Weil Fink ihm Agnes weggenommen hat. Egal, ob der Sex freiwillig oder gegen ihren Willen geschah. Und er hat ihn am selben Tag aus der Schulband geworfen. – Das hat auch der Schüler ausgesagt beim Kollegen Watzke. – Damit hat er ihm den Traum von einem Auftritt auf dem ROCKFEST ebenfalls zerstört. Zusammen mit Agnes, vor großem Publikum. Und jetzt taucht dieser Fink plötzlich wieder in der Schule auf und will sich mit seiner eigenen Band feiern lassen. Ausgerechnet auf dem ROCKFEST. Das hat bei Tomislav Radoslavjevic alte Wunden wieder aufgerissen.«

Grüber überlegte. Nicht erst seit dem Telefonat mit Märtens fragte er sich, ob Tomislav Radoslavjevic etwas mit dem Fall zu tun hatte? Warum hatte er sie während seiner Befragung belogen und behauptet, Christopher Fink nicht zu kennen? Seine Antworten wirkten damals seltsam einstudiert, waren irgendwie nichtssagend. Und jetzt hatte sich herausgestellt, dass er möglicherweise die Szene im Proberaum sogar beobachtet hatte.

Sein Chef fuhr fort: »Tomislav Radoslavjevic ist leider der Vorladung für Samstagnachmittag nicht gefolgt. Weder er selbst noch seine Mutter haben den Termin abgesagt. Sie waren auch telefonisch nicht zu erreichen. Deshalb werden wir ihn nach unserer Besprechung in der Schule aufsuchen müssen und hierher bringen. Das machen Grüber und ich persönlich. Das fällt weniger auf, als wenn uniformierte Kollegen mit dem Streifenwagen auf dem Schulhof vorfahren. – Aber vorher hören wir uns noch an, was die Kollegen Berg, Gold und Watzke uns zu berichten haben. Die Kollegen waren das ganze Wochenende über mit der Auswertung von Fotos und Videos von der Veranstaltung in der Schule beschäftigt.«

Der letzte Satz war direkt an Staatsanwältin Schröck gerichtet.

Kommissarin Marieluise Gold erhob sich. Sie war aufgeregt und spürte ihr Herz heftig klopfen. Bevor sie begann, trank sie schnell einen Schluck Wasser aus ihrer Trinkflasche.

»T`schuldigung. – Also wir haben großes Glück gehabt. Es gab während der Veranstaltung eine Schülerin und einen Schüler, die als Fotografen eingesetzt waren und den Auftrag hatten, das ROCKFEST per Fotos zu dokumentieren. Die besten Fotos sollten auf die Homepage der Schule gestellt werden. Von diesen Schülern, aber auch von anderen Besuchern der Veranstaltung, haben wir sehr viele Aufnahmen bekommen. Teilweise sogar mit Datums- und Uhrzeit-Aufdruck. Und es war einiges an Verwertbarem für unseren Fall dabei. Zu den Einzelheiten komme ich später. Filmaufnahmen haben die Schüler leider nicht gemacht. Weil sie keine Kameras hatten, die es ermöglicht hätten, auch die Musik der Bands in angemessener Qualität aufzunehmen, haben sie uns erzählt. Wir haben aber so viele Handy-Videos von den Besuchern der Veranstaltung bekommen, dass es uns fast erschlagen hat. Dennoch ist es uns gelungen, eine Auswahl zu treffen und die große Anzahl der Clips in eine zeitliche Reihenfolge zu bringen. Somit haben wir einen großen Teil der Veranstaltung durch Bildmaterial dokumentiert und einige interessante Entdeckungen gemacht.«

Die junge Kommissarin machte eine kurze Pause und trank wieder einen Schluck Wasser.

»Bei der Auswahl der für uns relevanten Aufnahmen haben wir unser Hauptaugenmerk auf Bildmaterial gelegt, auf dem Musiker und Lehrer zu sehen waren.«

Als Gold den verwunderten Blick von Grüber registrierte, erklärte sie schnell: »Wir dachten, falls es sich bei der Tat um eine Beziehungstat gehandelt hat und das Motiv in Konkurrenz, Eifersucht oder dem Begleichen alter Rechnungen zu finden sein könnte. Personen aus diesen beiden Gruppen standen sicher in den unterschiedlichsten Beziehungen zu Fink. Und garantiert nicht nur in guten Beziehungen.

Außerdem haben wir uns Videos und Fotos genau angeschaut, auf denen Security-Mitglieder zu sehen waren. Der Grund hierfür waren die Zeugenaussagen von Frau Rosen. Sie ist in der Tatnacht in der Nähe der Schule von einem Mann umgerannt worden, dessen schwarze Kleidung einer Uniform ähnelte. Die Mitglieder der Security waren an dem Abend auch so gekleidet.«

Gold schaute in die Runde. Diesmal war kein skeptischer Blick zu sehen. Die Staatsanwältin nickte ihr anerkennend zu.

»Jetzt würden wir Ihnen gerne unsere Video-Dokumentation zeigen und erläutern und anschließend die Auswahl der Fotos vorstellen«, ergriff Kommissar Berg das Wort. »Die Präsentation wird etwa dreißig Minuten dauern.«

Nachdem er das zustimmende Kopfnicken seines Hauptkommissars und der Staatsanwältin abgewartet hatte, schaltete er den Beamer ein, drückte auf die Eingabe-Taste seines Notebooks und nahm seinen Laser-Pointer zur Hand.

*

»Meee-nsch! Kannst du nicht mal zehn Sekunden ruhig sitzen bleiben? – Ohne einen deiner Nachbarn oder mich ständig zu nerven, Tom?«

Jörn Leder stand in der Turnhalle der Jim-Morrison-Schule. Vor ihm saßen achtundzwanzig pubertierende Jungen, die einfach nicht die Klappe halten und ihm zuhören konnten, oder wollten. Aus dem benachbarten Hallenteil drang das Gekreische von ebenso vielen Mädchen, die gerade Völkerball spielten, zu ihnen herüber.

Der Junge fiel zwar immer negativ auf – wenn er denn überhaupt einmal zum Sportunterricht kam und sogar Sportzeug dabei hatte –, aber heute erschien er besonders nervös. Ständig rutschte er auf der Turnbank vor und zurück, kniff seinen Nachbarn in den Arm oder ins Bein oder versuchte, andere Schüler von der Bank zu schubsen. Jetzt sah er seinen Lehrer empört an.

»Ich mach doch gar nichts!«

Leder schüttelte resigniert den Kopf.

»Okay, Tom. Dann spendiere ich dir zur Belohnung dafür, dass du nichts machst, eine Erfrischung.«

Damit hatte Tom nicht gerechnet. Er war völlig überrascht.

»Du gehst jetzt für fünf Minuten nach draußen und gönnst dir auf meine Rechnung eine große Brise frische, kühle, gesunde Luft.«

»Hä? Was soll`n dette?«

Widerwillig stand der Junge auf und setzte sich demonstrativ langsam in Bewegung. Nicht ohne seinem Nachbarn im Vorbeigehen noch schnell auf die Füße zu treten.

»Ey! Fick dich, Lan!« Bülent sprang auf und ballte drohend seine Faust.

»Ich hab`s gesehen, Bülent. Setz dich wieder hin. Tom kann dich nicht mehr nerven. Der geht jetzt erst mal nach draußen.«

Mit einer weiteren Drohgebärde nahm Bülent missmutig wieder auf der Turnbank Platz. Was ist heute bloß los, dachte Leder und merkte, wie seine Kopfschmerzen wieder einsetzten.

*

»Um 18:00 Uhr öffnete Julian Eicke, einer der Security-Chefs, das Haupttor zum Schulhof und ließ die wartenden Jugendlichen herein«, begann Kommissar Berg seinen Vortrag.

»Wie man sehen kann, wurden ihre Rucksäcke sorgfältig auf Alkohol, Waffen und sogar auf Haarspray kontrolliert«, erklärte er zu den laufenden Video-Aufnahmen.

Die Anwesenden schauten sich die Szene interessiert an.

»Anschließend gingen die Besucher zum Einlass ins Schulgebäude, wo ihre Karten noch einmal kontrolliert wurden.

Kurz nach 18:15 Uhr begann der DJ mit seinem Programm.

Um 19:00 Uhr startete die erste Band, `The Best`.«

Auf der Projektionswand sah man, dass die Mensa um diese Zeit schon gut gefüllt war mit überwiegend jüngeren Schülern. Auch ein paar Eltern und Lehrer befanden sich bereits in dem Raum. In einem Kamera-Schwenk durch die Mensa waren die beiden Ausgänge zum Schulhof zu sehen. Sie waren durch Security bewacht. An der ersten Tür war Tomislav Radoslavjevic deutlich zu erkennen.

»Halt mal an«, bat Stern plötzlich.

»Von dem Platz aus konnte Radoslavjevic auch die Tür vom Backstage-Bereich nach draußen im Auge behalten. Oder? Ralph?«

»Und den Eingang zum Technikkeller«, erwiderte Grüber. »Wenn er die Tat geplant haben sollte, war das ein strategisch günstiger Platz.«

»Wir haben uns dann auf den möglichen Tatzeitraum konzentriert.« Kommissarin Gold stand auf und ließ sich den Laser-Pointer geben, bevor sie fortfuhr.

»Um 22:45 Uhr stand die Band `Smoking Guns` auf der Bühne.«

Auf der Videosequenz sahen die Anwesenden, wie der Bassist der Band gerade an sein Mikro ging und ansagte, das nächste Stück sei von ihrer ersten CD.

»Sie spielten bis circa 23:15 Uhr. Auf dieser Aufnahme erkennt man auch die übrigen Mitglieder von Finks Band. Sie stehen hier in der Mitte und applaudieren begeistert. Und die vier Personen, die hier zusammen auf der linken Seite stehen und ebenfalls klatschen, sind Lehrer.«

Der Lichtpunkt des Laser-Pointers glitt über die Projektionswand.

»Aufnahmen von den Ausgängen zum Schulhof beziehungsweise von den Personen, die sie bewacht haben, haben wir leider für diesen Zeitraum keine. Alle haben nur die Band aufgenommen.«

»Mist!«, fluchte Stern. »Radoslavjevic hat ausgesagt, von 22:45 Uhr bis 23:30 Uhr am ersten Ausgang gestanden zu haben. – Gibt es Fotos zu diesem Zeitraum?«

»Dazu kommen wir in ein paar Minuten«, erklärte Watzke.

»Die letzten Video-Aufnahmen zeigen Ausschnitte aus dem kurzen Auftritt von Finks Band – ohne ihn natürlich. `The Souxx` begannen ziemlich genau um 23:20 Uhr und spielten nur bis 23:45 Uhr. Vor der Bühne sieht man die Zuschauer pogen.«

Die junge Kommissarin stellte mit einem prüfenden Blick in die Runde fest, dass alle Anwesenden den Ausdruck anscheinend kannten, und fuhr fort:

»Darunter auch die Bandmitglieder der `Smoking Guns`.«

»Die haben ja wirklich ein perfektes Alibi«, bemerkte Grüber.

»Das Alibi dieser Lehrer wird ebenfalls bestätigt. Die stehen immer noch hier.«

Gold zeigte mit dem Laser-Pointer erneut auf die Gruppe der Lehrpersonen.

»Und auf einer kurzen Sequenz ist nun auch Tomislav Radoslavjevic zusammen mit einem anderen Schüler aus der Security wieder zu sehen. Aber da ist es schon 23:30 Uhr.«

»Um diese Zeit könnte er die Tat schon ausgeführt haben.«

Stern wirkte ernüchtert.

»Das war`s an Video-Aufnahmen zu dem Abend. Die Foto-Aufnahmen stellen Ihnen meine Kollegen Watzke und Berg vor.«

Anerkennend klopften die Kommissare und die Staatsanwältin auf die Tischplatte.

Im selben Augenblick wurde der Bildschirm von Bergs Notebook schwarz und alle Anwesenden vernahmen seinen lauten Fluch. Der Akku war leer. Er überlegte einen Augenblick.

»Das Netzteil liegt in unserem Büro. Ich gehe es schnell holen.«

Peinlich berührt sah er in die Runde. Die Staatsanwältin blickte auf ihre Uhr.

»Warten Sie!« Stern hatte ebenfalls registriert, wie spät es bereits war. »Wir schauen uns die Aufnahmen später an. Grüber und ich müssen dringend nach Zehlendorf fahren und Radoslavjevic holen. Ich schlage vor, wir setzen unsere Besprechung um 15:00 Uhr fort. Ist das okay?«

Die Anwesenden gaben ihre Zustimmung durch Kopfnicken und erhoben sich von ihren Stühlen.

*

Tomislav Radoslavjevic sah die beiden Männer von der Kriminalpolizei schon, bevor sie den Innenraum der Turnhalle betreten hatten. Sie standen auf der Tribüne und suchten mit ihren Blicken den Hallenteil ab, in dem sie bei Herrn Leder Sportunterricht hatten. Dieser hatte die beiden Kommissare jetzt auch entdeckt und zuckte kurz zusammen. Kein Wunder bei dem Chaos, das in der Halle herrschte. Keiner hatte Lust auf Leders Zirkeltraining. Die meisten wollten viel lieber Fußball spielen.

Scheiße, dachte Tom, warum bin ich nicht länger draußen geblieben? Instinktiv suchte er nach einer Fluchtmöglichkeit. Doch er saß in der Falle. Die Tür zu den Umkleideräumen hatte Leder abgeschlossen, vor dem Notausgang stand er selbst, mit Stoppuhr und Trillerpfeife, und gab den lustlosen Schülern unerbittlich die Trainingsintervalle vor. Und durch die Eingangstür zur Halle würden in wenigen Sekunden die beiden Kommissare kommen. Sie schienen inzwischen entdeckt zu haben, was sie suchten.

»Herr Leder, dürfen wir einen Augenblick stören?«

Unsicher blickte der Lehrer in Richtung der beiden Beamten, sagte jedoch nichts, sondern wartete ab.

»Wir müssen den Schüler Tomislav Radoslavjevic noch einmal befragen. Er muss leider sofort mitkommen.«

Gott sei Dank, dachte Leder, sagte aber: »Schade, Tom nimmt so gerne am Sportunterricht teil, besonders am Zirkeltraining. Moment, ich schließe dir schnell den Umkleideraum auf, Tom.«

»Arschloch!«, murmelte Tom. Er wusste, die Falle hatte zugeschnappt.

*

»Das ist ja wirklich unglaublich, wie viele Leute ganz in Schwarz gekleidet sind.«

Luise Gold und ihr Kollege Berg saßen vor ihren Laptops und schauten die Fotos der Veranstaltung zum wiederholten Mal durch. Nach der peinlichen Panne heute Vormittag sollte ihre Nachmittags-Präsentation hundert Prozent perfekt sein. Sie hatten nicht nur die Aufnahmen der beiden Foto-grafen hochgeladen, sondern auch Fotos von eini-gen Lehrern und von zahlreichen Schülern, und nutzten die zusätzliche Zeit, so viele wie möglich noch einmal ganz genau zu überprüfen. Kein noch so kleines Detail von Bedeutung durfte übersehen werden.

Watzke erledigte die gleiche Aufgabe am Rech-ner in seinem Büro.

»Schau mal«, wunderte sich Gold auf einmal.

»Das ist doch mit Sicherheit einer der Lehrer. Der hat sich auch schwarz uniformiert. Sogar eine Wollmütze und einen Kapuzenpulli trägt der. Wie seine Schüler.«

»Und wie der Typ, der Frau Rosen umgerempelt hat.« Berg war aufgestanden und hinter seine Kollegin getreten. Er betrachtete die Aufnahme. Er schien kurz zu überlegen. »Vielleicht war der bei der Security. Haben wir die Aufnahme schon in unserer Präsentation?«

Luise Gold schüttelte den Kopf.

»Dann nimm sie unbedingt dazu. Guck mal, ob du noch andere Fotos von ihm findest! Mal sehen, was die Kollegen dazu sagen werden.«

Berg konzentrierte sich wieder auf seinen eigenen Bildschirm. Die Zeit bis zur Fortsetzung ihrer Besprechung musste genutzt werden.

*

Auf der Fahrt zurück nach Schöneberg sprach keiner der beiden Beamten mit dem Schüler. Sie ließen ihn mit Absicht im Unklaren darüber, was sie gegen ihn vorliegen hatten. Ebenso wenig informierten sie ihn über den vorausgegangenen Anruf bei seiner Mutter. Stern hatte sich gewundert. Die Frau hatte am Telefon gewirkt, als sei sie gerade geweckt worden, und schien nicht erfreut. Sie hatte sogar gefragt, ob sie denn unbedingt bei der Befragung ihres Sohnes anwesend sein müsse. Auf Sterns energisches Ja hatte sie dann aber kleinlaut versichert, so schnell wie möglich in die Keithstraße zu kommen. Es war Grübers Idee gewesen, den Überraschungseffekt dazu zu nutzen, den Jungen zu verunsichern, um ihn schneller zu einem Geständnis zu bewegen. Stern fühlte sich nicht besonders wohl dabei. Aber das Anwenden einer List gehörte zu ihren Verhörpraktiken und war nicht illegal. Außerdem ging es um ein Tötungsdelikt und Mitleid war bei der Aufklärung ihres Falles nicht angebracht. Ihr Job war es, den Tatverdächtigen zu überführen. Danach wurde Anklage erhoben. Das mussten Andere erledigen, das war nicht mehr ihre Aufgabe.

Als sie in der ersten Etage ihres Dienstgebäudes ankamen, war Toms Mutter noch nicht da. Stern hatte es fast erwartet. Er wusste zwar, dass die Keithstraße mit Bus und U-Bahn von Zehlendorf aus relativ gut zu erreichen war, auch wenn man vom `Wittenbergplatz` aus zu ihrem Dienstgebäude noch einen kurzen Fußweg zurücklegen musste. Doch für die Frau bedeutete dies offensichtlich schon eine Herausforderung.

Die beiden Beamten schauten sich wortlos an und waren sich sofort einig. Sie baten Tom Radoslavjevic in ihr Büro.

»Nimm bitte Platz an dem Tisch. Möchtest du etwas trinken? Ich kann dir ein Glas Wasser holen.«

Der Junge nickte und Grüber verließ den Raum. Kaum war er mit einer kleinen Flasche Mineralwasser und einem Glas zurückgekehrt und hatte sich zu seinem Kollegen und Tom an den Tisch gesetzt, klopfte jemand an die Bürotür.

»Herein.« Die beiden Beamten blickten zur Tür. Tom tat es ihnen gleich und zuckte leicht zusammen, als er sah, wer den Raum betrat.

Die Frau war etwa 1,60 Meter groß und sah auffallend dünn aus. Sie trug eine schwarze Hose, eine rotbraune Blouson ähnliche Jacke und schwarze, flache Schuhe. Um den Hals hatte sie einen karierten Schal gewickelt.

Ihr kurz geschnittenes dunkles Haar war schon stark ergraut. Ihre Gesichtsfarbe wirkte ungesund fahl. Wahrscheinlich rauchte sie sehr stark und hielt sich nicht sehr oft an der frischen Luft auf. Auffällig war der Geruch nach Alkohol, den Stern sofort beim Eintreten der Frau wahrgenommen hatte, obwohl sie dies durch ein Pfefferminzbonbon zu kaschieren versuchte. Der Hauptkommissar stand auf und ging mit ausgestreckter Hand auf die Frau zu.

»Guten Tag. Sie sind Frau Radoslavjevic? – Hauptkommissar Stern, das ist mein Kollege Grüber. Nehmen Sie doch neben Ihrem Sohn Platz.«

Unsicher sah sie ihren Sohn an, nickte ihm kurz zu und setzte sich auf den freien Stuhl. Neben Tom, der mindestens 1,80 Meter groß war, wirkte die Frau auf einmal noch schmächtiger.

Hauptkommissar Stern begann bewusst ganz förmlich.

»Herr Radoslavjevic, wir müssen Sie heute noch einmal befragen in der Angelegenheit Tötungsdelikt Christopher Fink.«

Stern blickte die Mutter an. »Am Samstag sind Sie beide leider nicht zu unserem vereinbarten Termin erschienen.«

Die Frau schaute verlegen weg.

Nervös begann der Junge mit den Beinen zu wippen.

»Während unserer Ermittlungen haben sich neue Verdachtsmomente gegen Sie ergeben, die uns zu der Ansicht gelangen lassen, dass Sie Christopher Fink am Abend des 18. Februar in der Zeit zwischen 22:45 Uhr und 23:15 Uhr im Technikkeller Ihrer Schule erstochen haben.«

Tomislav Radoslavjevic erstarrte. Sofort verschwand jede Farbe aus seinem Gesicht. Seine Mutter sah die beiden Kriminalbeamten entsetzt an.

»Sie können von Ihrem Aussageverweigerungsrecht Gebrauch machen, aber ich würde Ihnen nicht dazu raten.«

»Was ist mit einem Anwalt? Steht uns kein Anwalt zu?«, fragte Toms Mutter, die sehr gut Deutsch sprach und offensichtlich schnell ihre Fassung wieder gewonnen hatte.

»Ich brauche keinen Anwalt. Ich hab mit der Sache überhaupt nichts zu tun!«

Toms Stimme überschlug sich, als er seiner Mutter ins Wort fiel. Er war völlig empört. Mit der flachen Hand schlug er auf den Tisch.

»Und warum haben Sie uns dann belogen?«

Grüber wurde ebenfalls lauter.

»Sie haben uns erzählt, dass Sie Christopher Fink nicht kennen würden! Wir haben inzwischen Zeugenaussagen, die belegen, dass Sie Fink sehr wohl kannten. Sie hatten sogar Ärger mit ihm. Das wissen wir. Er hat Sie aus der Band geworfen!«

Grüber machte eine kurze Pause und suchte den direkten Augenkontakt mit Radoslavjevic. Dann sprach er leise und sehr langsam weiter.

»Und – er hat Ihre Freundin Agnes Abel vergewaltigt. Das wissen wir auch.«

246

Wieder wurde Tom aschfahl. »Was hat Agnes mit Finks Tod zu tun?«

Grüber beantwortete die Frage nicht. Stattdessen fuhr er fort: »Und Sie haben dies von draußen beobachtet, haben ihr aber nicht geholfen!«

Tom verlor die Fassung. Er konnte nichts dagegen tun. Urplötzlich schossen ihm die Tränen in die Augen, bevor alle Dämme brachen. Verzweifelt drehte er sich zu seiner Mutter hin und begann in den Armen der schmächtigen Frau hemmungslos zu weinen.

Stern musste wegschauen. Selbst Grüber begann, sich in sein Protokollformular zu vertiefen, um die Szene nicht mit ansehen zu müssen.

Eine halbe Stunde später unterzeichneten Tom und Frau Radoslavjevic das Vernehmungsprotokoll.

*

Marieluise Gold und ihr Kollege Berg befanden sich bereits im Besprechungsraum. Es war eine viertel Stunde vor dem verabredeten Termin. Diesmal hatte der Kommissar das Netzteil dabei und zur Sicherheit zusätzlich noch einen Ersatz-Akku mitgebracht. Gold hatte gegrinst, als sie das mitbekommen hatte. Die verbleibende Zeit reichte zur Vorbereitung, so dass sie pünktlich um

15:00 Uhr mit ihrer Präsentation würden beginnen können.

Während Berg gerade seinen Laser-Pointer und zwei vorbereitete Blätter mit Stichpunkten zu seinem Vortrag bereitlegte, trafen die übrigen Kollegen zusammen mit Staatsanwältin Schröck ein und nahmen am Tisch Platz.

Hauptkommissar Stern wirkte im Gegensatz zu heute Vormittag missmutig. Hoffentlich nicht wegen der Panne heute Morgen, dachte Berg. Doch schon klappte der Leiter der Ermittlung die Mappe auf, die er beim Eintreten in der Hand gehalten hatte, und entnahm ihr zwei Blätter.

»Kollegen, wir haben uns zwar noch einmal getroffen, um den zweiten Teil der Präsentation von den Kollegen Berg und Watzke anzuschauen, aber wir sollten vorher noch einen anderen Punkt besprechen. – Kollege Grüber und ich haben vorhin unseren vermeintlichen Haupttatverdächtigen Tomislav Radoslavjevic vernommen. Damit wir alle auf dem gleichen Stand sind, halte ich es für wichtig, Ihnen zu Beginn unserer Sitzung zunächst das Vernehmungsprotokoll vorzulesen.«

Sein Gesichtsausdruck blieb unverändert. Offensichtlich hat es doch nichts mit meiner Nachlässigkeit zu tun, stellte Berg erleichtert fest.

»Ich, Tomislav Radoslavjevic, habe am 18. Februar 2011 am ROCKFEST in der Jim-Morrison-Schule als Security-Mitglied teilgenommen. In der Zeit von 22:45 Uhr bis 23:30 Uhr stand ich alleine Posten am Mensaausgang 1. Von dort sah ich zufällig, wie der mir bekannte ehemalige Schüler Christopher Fink aus dem

Backstage-Bereich kommend Richtung Technikkeller ging.

Ob ihm noch jemand folgte, konnte ich nicht sehen, da fast zur selben Zeit zwei Schüler die Mensa durch den Ausgang 1 verlassen wollten und ich das verhindern musste. Dadurch wurde ich wieder von Fink abgelenkt.

Als ich sah, dass alle Mitglieder aus seiner Band und die drei Mädchen vom Backstage-Bereich vor der Bühne standen oder tanzten, dachte ich, dass jetzt wohl niemand mehr im Freizeitraum sei.

Ich wusste, dass dort Finks Fender Gitarre stand. Es ist eine Stratokaster. Sein Modell kostet neu circa zweitausend Euro. Da Fink schuld daran war, dass meine eigene Gitarre im Dezember 2009 durch den Schnee zerstört wurde, wollte ich mich nun rächen und mir seine als Wiedergutmachung holen.

Ich verließ kurz meinen Platz und ging hinter der Bühne entlang zum Freizeitraum. Als dort niemand war, griff ich den Gitarrenkoffer mit Finks Gitarre und verließ den Freizeitraum durch die Tür zum Schulhof. Den Gitarrenkoffer hab ich schnell im Eingangsbereich der Turnhalle unter der Treppe versteckt. Die Tür lässt sich aufdrücken. Das Schloss ist kaputt.

Als ich wieder zu meinem Platz zurückkam, stand Marcel Heine am Ausgang 1 und war sauer. Ich hab ihm gesagt, ich sei auf der Toilette gewesen.

Ganz schön lange, hat er geschimpft und mir sein Smartphone vor die Nase gehalten und gesagt, ich stehe schon seit fünf vor elf hier. Auf seinem Smartphone war es drei nach elf. Also 23:03 Uhr.

Ich habe meinen Posten danach nicht mehr verlassen bis zu meiner Ablösung und mir dann auch noch den Auftritt der Souxx in der Mensa angeschaut. Mir ist *aufgefallen, dass Fink nicht mitspielte. Aber ich dachte, der ist sauer, weil seine Gitarre geklaut war.*

Ich werde die Gitarre von Fink selbstverständlich zurückgeben.«

Stern schaute von seinem Blatt auf und Grüber konnte sich nicht zurückhalten.

»Wenn das alles so stimmt, was er uns erzählt hat, wird es schwer, ihm die Tat nachzuweisen. — Falls er überhaupt der Täter sein kann. Das Zeitfenster erscheint zu eng.«

»Und warum hat Radoslavjevic uns die ganze Zeit belogen, falls er mit dem Tod von Fink überhaupt nichts zu tun haben sollte. Dadurch hat er sich doch erst verdächtig gemacht?« Marieluise Gold sah ihren Chef an.

»Das konnte Radoslavjevic nicht ahnen. Er wollte mit Fink überhaupt nicht in Verbindung gebracht werden. Er hatte Angst, dass wir ihm sonst im Zuge unserer Ermittlungen auf die Spur kommen könnten, was den Diebstahl der Gitarre anbetrifft. Das wollte er unbedingt vermeiden. So hat er es uns zumindest erklärt.«

Und Grüber ergänzte: »Seine Familienhelferin hat ihm angedroht, er würde ins Heim kommen, wenn er sich noch einmal etwas Gravierendes zu Schulden kommen lassen würde. Beim Jugendamt hat sich wohl schon einiges angesammelt. Das geht von Schulschwänzen über Ladendiebstahl bis zur Körperverletzung. Und seine Mutter ist zweifellos Alkoholikerin und lebt von Harz IV. Sie hat mit Sicherheit nur noch wenig Einfluss auf ihren

Sohn. Die Warnung der Familienhelferin scheint nicht unbegründet.«

»Wir müssen seine Aussagen umgehend auf ihren Wahrheitsgehalt hin überprüfen und vor allen Dingen den Zeugen für sein Alibi befragen. Kollege Watzke, übernehmen Sie das. Das muss so schnell wie möglich passieren! – Gegebenenfalls müssen wir wieder von vorne beginnen und für unsere Ermittlungen einen ganz neuen Ansatz suchen.«

Stern legte das Protokoll zur Seite und schwieg.

In den Gesichtern der anwesenden Kommissare spiegelte sich ebenfalls Ernüchterung wieder. Niemand sagte ein Wort. Um zu verhindern, dass der Elan des Teams auf den Nullpunkt sank, wandte sich Staatsanwältin Schröck an die Ermittler.

»Kollegen, lassen Sie uns doch die Auswertung der Fotosammlung der Kommissare Berg, Gold und Watzke anschauen. Vielleicht finden wir dabei schon einen neuen Ansatz.«

Ihr Lächeln konnte niemand erwidern.

»Sind Sie soweit, Kollege Berg? Können wir beginnen?«

Sofort war auf der Projektionsfläche eine Aufnahme der Security-Gruppe am Schultor zu erkennen.

»Wie Kommissarin Gold bereits erwähnt hat, haben wir uns unter anderem auf Aufnahmen konzentriert, auf denen Personen zu sehen sind, die schwarze, uniformähnliche Kleidung tragen. – Und die in etwa der Beschreibung des Unbekannten entsprechen, dem die Zeugin Rosen in der Tatnacht begegnet ist. Obwohl wir uns auf männliche Personen, Größe 1,80 Meter plus, minus, beschränkt haben, sind es ziemlich viele Aufnahmen geworden, wie Sie sehen können.«

Während Berg gesprochen hatte, war die Dia-Schau an der Wand weitergelaufen. Stern wunderte sich darüber. Das fand er nicht gut, wollte aber zunächst noch nichts sagen.

»Etwas aus der Reihe gefallen ist unserer Meinung nach diese Person.«

Berg hielt die Dia-Schau an. Die aktuelle Aufnahme zeigte zwei Personen. Stern runzelte die Stirn. Im Vordergrund erkannte Stern deutlich ein sehr hübsches, etwa sechzehnjähriges Mädchen mit langen braunen Haaren. Sie trug einen schwarzen Rollkragenpulli, einen schwarzen Kapuzenpulli mit einer schwarzen Daunenweste darüber und eine schwarze Wollmütze. Stern erinnerte sich an sie. Sie war bei der Befragung in der Schule bei ihm gewesen und im Gegensatz zu etlichen anderen Schülern ausgesprochen freundlich und hilfsbereit gewesen. Stern war sicher, dass sie mit der Tat nichts zu tun hatte. Neben ihr, ganz leicht verdeckt, stand ein Mann.

»Wir zeigen diese Aufnahme des Mannes als erste, weil sein Gesicht auf dem Foto am besten zu erkennen ist«, hörte der Hauptkommissar seinen Kollegen sagen.

Der Mann, von dem Berg sprach, unterhielt sich gerade mit dem Mädchen. Er trug statt einer Daunenweste eine dicke Jack-Wolfskin-Jacke, ansonsten war er mit Outdoor-Hose, Kapuzenpulli und Wollmütze genau so gekleidet wie das Mädchen. Sein Gesicht wirkte jedoch im Vergleich zu dem seiner jungen Gesprächspartnerin unangemessen alt in dieser Aufmachung. Jetzt erst erkannte Stern ihn.

»Ist das nicht Leder?«, kam Grüber ihm zuvor. Er schaute seinen Chef an. »Sieht aus wie ein Berufsjugendlicher. Der will der Kleinen wohl imponieren. Der ist doch mindestens schon fünfzig!«

»Bei seiner Befragung hat er uns gar nichts davon erzählt, dass er zum Security-Team gehörte. Der hat immer nur von Aufsicht gesprochen, wie die anderen Lehrer.« Stern war wütend.

»Ich hab doch die Liste mit den E-Mail-Adressen gehabt und alle per Mail vorgeladen«, schaltete Watzke sich ein. »Da war er aber nicht dabei.«

»Der stand auf dieser Liste nicht drauf!«, bekräftigte Grüber.

Hauptkommissar Stern dachte nach. Vielleicht war das schon der neue Ansatz, den sie brauchten, ging es ihm durch den Kopf, während Kollege Berg ihnen noch drei weitere Aufnahmen von Leder als Security-Mitglied zeigte.

»Jetzt haben wir noch einige Aufnahmen mit Personen aus dem Publikum, ebenfalls ganz in Schwarz gekleidet«, fuhr Berg danach fort.

*

Dienstag, 8. März 2011

Dr. Ritter staunte nicht schlecht. Kurz vor acht Uhr am Morgen öffnete er die Tür zum Sekretariat und sah, wie die beiden Beamten vom LKA am Tresen standen, mit seinen beiden Sekretärinnen plauderten und Kaffee tranken. Der jüngere von den beiden sah demonstrativ auf die Wanduhr mit dem Schulwappen, die rechts vom Tresen an der Wand hing.

»Guten Morgen«, grüßte er beim Eintreten. »Ich bin heute etwas knapp. Es gab wieder mal eine neue Baustelle. Leider. Ich musste einen Umweg fahren.«

Grüber grinste. »Dr. Ritter, Ihre Sekretärin hat uns schon gesagt, dass Sie in der ersten Stunde keinen Unterricht haben. Wir müssen Sie dringend sprechen.«

»Dann treten Sie doch ein, meine Herren. Worum geht es denn?«

»Es geht um einen Ihrer Kollegen. Herrn Leder.«

Der Schulleiter zog die Augenbrauen zusammen und sah die beiden LKA-Beamten erstaunt an.

»Hat das etwas mit den Ermittlungen in Ihrem Mordfall zu tun?«

Eine blöde Frage, befand er anschließend und ärgerte sich.

»Herr Ritter«, Grüber konnte es sich einfach nicht verkneifen, das `Dr.` wegzulassen, »wir möchten uns gerne ein möglichst genaues Bild von der Person dieses Lehrers machen. Dazu brauchen wir von Ihnen alle Informationen, die Sie über Herrn Leder haben. Sowohl die dienstlichen als auch die privaten.

Ohne lange nachzudenken antwortete Dr. Ritter: »Ehrlich gesagt, ich weiß nicht viel über den Kollegen. Erst recht nichts Privates. Er wohnt hier in der Nähe, im Quermatenweg. Ihm gehört eines dieser Einfamilienhäuser. Er lebt, glaube ich zumindest, mit seiner Freundin zusammen. Kinder haben die beiden, jedenfalls soweit ich weiß, keine. Mehr weiß ich eigentlich nicht. Vielleicht fragen Sie mal unsere Frau Allmann. Mit der unterhält sich der Kollege Leder manchmal.«

»Und dienstlich?«

»Herr Leder ist pünktlich, fehlt so gut wie nie.«

»Ist das nicht selbstverständlich?«, warf Grüber ein.

Der Schulleiter sah ihn verständnislos an.

»Vor zwei Minuten sagten Sie mir, Sie wollten alle Informationen über Herrn Leder haben! Im Übrigen frage ich Sie, warum Sie so unfreundlich sind? Haben Sie früher schlechte Erfahrungen mit Lehrern gemacht? Oder haben Sie Stress mit einem Lehrer Ihrer Kinder?«

Dr. Ritter schien langsam genug von Grübers Auftreten zu haben.

»Entschuldigen Sie.« Stern schaltete sich ein. »Natürlich sind alle Informationen für uns wichtig.«

»Bei den Schülern ist Kollege Leder beliebt. Das ist zumindest mein Eindruck. Obwohl er auch im Fach Sport hohe Anforderungen stellt und gute Noten nicht verschenkt. Aber er macht einen abwechslungsreichen Unterricht. Das gefällt den Schülern. Er kann sich durchsetzen, behandelt die Schüler respektvoll und nimmt sich Zeit für sie, wenn sie ihn ansprechen.
Im Kollegium ist er nicht unbeliebt, pflegt aber, soweit ich weiß, keine privaten Kontakte zu Kollegen. Auch an außerunterrichtlichen Veranstaltungen, wie Lehrer-Volleyball oder Betriebsausflügen, nimmt er nicht teil. Klassenreisen oder Kursfahrten mit Schülern lehnt er auch ab.«

»Aber immerhin hat er bei dem Rock-Projekt Ihrer Schule mitgemacht«, bemerkte Grüber. Sein leichter Ärger über Sterns Eingreifen vorhin hatte sich bereits gelegt.

»Wenn ich ehrlich bin«, entgegnete der Schulleiter, »habe ich mich auch gewundert, als ich davon erfahren habe. Ich fand es aber erfreulich und habe mich schon bei ihm und bei den anderen Kollegen für ihren Einsatz bedankt.«

Dr. Ritter sah auf seine Uhr. »Wenn Sie keine weiteren Fragen mehr haben, würde ich mich jetzt gerne anderen Angelegenheiten widmen. Um halb elf hat sich unsere Schulrätin angesagt und ich muss mich auf das Gespräch noch vorbereiten.«

Der Hauptkommissar sah seinen Kollegen an.

»Hast du noch eine Frage?«

Grüber wandte sich an Dr. Ritter. »Etwas wundert mich. Sie sagten, Leder hat zu keinem seiner Kollegen private Kontakte. Seit wann ist er denn an Ihrer Schule?«

»Noch nicht so lange. Er kam vor knapp zwei Jahren.«

»Und wo war er vorher?«, wollte Stern wissen.

»Er war vorher in Kreuzberg. Ich glaube, er hat dort an der Carl-von-Ossietzky-Schule gearbeitet.«

Das Telefon im Büro des Schulleiters klingelte. Fragend schaute Dr. Ritter die Beamten an, während er nach dem Hörer griff und ihn sich ans Ohr hielt.

»Ist Herr Leder jetzt in der Sporthalle?«, fragte Grüber trotzdem.

»Wer? Die Schulrätin? Oh!« Er hörte kurz zu.

»Sagen Sie ihr, ich rufe in zwei Minuten zurück, Frau Allmann. Die Herren von der Kriminalpolizei gehen gleich.«

Dr. Ritter legte eilig auf und antwortete dem Kommissar: »Das weiß ich leider nicht. Da fragen Sie am besten meine Stellvertreterin. Die ist verantwortlich für die Stundenpläne. Ihr Büro ist am Ende des Ganges, auf der linken Seite. Frau Ernst. Ihr Name steht an der Tür. Sie müsste jetzt da sein.«

Dann stand er auf und verließ seinen Schreibtisch, um den LKA-Beamten die Bürotür zu öffnen. Er durfte keine Zeit verlieren, er musste umgehend die Schulrätin zurückrufen. Frau Allmann hatte betont, es sei dringend.

*

Kopfschmerzen. Der Anfall hatte ihn heute Morgen getroffen, wie ein Schlag mit dem Hammer. Und die Zeitabstände verkürzten sich zusehends. Es traf ihn nun schon zum wiederholten Mal innerhalb von wenigen Wochen. Vorher hatte er noch nie etwas damit zu tun gehabt. Zunächst hatte er die Attacken auch nicht ernst genommen. Dann war er schließlich zum Arzt gegangen.

Der Schmerz im Kopf blieb schier unerträglich. Gleichzeitig empfand er starke Übelkeit. Beinahe hätte er sich eben mitten in der Küche übergeben müssen. An Schule war in dieser Verfassung nicht zu denken. Er hatte kurz nach halb acht angerufen und sich krank gemeldet. Die Jalousien in der Wohnung hatte er unten gelassen. Sonnenlicht, das bei klarem Himmel auch in dieser Jahreszeit schon am Vormittag in die vorderen Räume fiel, war in seinem Zustand nicht auszuhalten.

Leder suchte seine Sonnenbrille. Er hielt es in der Wohnung nicht mehr aus. Egal, ob er saß, stand oder lag, der Schmerz war da.

»Das kommt nur von Stress«, hatte Sara beim Verlassen der Wohnung gesagt.

»Geh noch einmal zum Arzt und lass dir endlich eine Kur verordnen. Oder wenigstens ein Beruhigungsmittel verschreiben«, hatte sie ihn aufgefordert.

Er hatte sie noch nicht eingeweiht, hatte sie nur angesehen. Und geschwiegen.

Leder lehnte es ab, Medikamente zu nehmen. Zumindest hatte er es bis vor kurzem abgelehnt. Er musste raus, an die frische Luft. Er würde sich warm anziehen, seine Sonnenbrille aufsetzen und dann ganz langsam um die `Krumme Lanke` spazieren.

Es klingelte. Selbst das Geräusch der Türklingel kam ihm heute unerträglich laut vor. Er hielt sich mit den Händen die Ohren zu. Durch einen schmalen Spalt zwischen Wand und Jalousie konnte er nach draußen sehen. Die haben mir gerade noch gefehlt, dachte er, als er einen der beiden Kommissare vom LKA vor dem Haus stehen sah. Der andere musste an der Haustür stehen und die Klingel betätigen. Vorsichtig zog er sich zurück und wartete darauf, dass das unangenehme Klingeln aufhörte. Er konnte unter keinen Umständen die Tür öffnen.

Etwas mehr als eine Stunde später zog sich Jörn Leder erneut vorsichtig zurück und verbarg sich hinter dem Baumstamm einer ausgewachsenen Kiefer. Das langsame Gehen und die frische Luft im Halbdunkel des Waldes hatten ihm erstaunlich gut getan und er war bis zu dem meist menschenleeren Waldweg oberhalb des `Schlachtensees` spaziert. Hier war er früher oft Joggen gewesen.

Als er gerade in Gedanken damit beschäftigt war, wie er seiner Freundin gegenüber am Abend begründen könnte, warum er ihren Ratschlag nicht befolgt hatte, hatte er plötzlich im Gehen innehalten müssen.

Auf einer Bank, ein paar Meter weiter vorne, sah er einen Schüler sitzen. Nanu, was macht Tom denn hier um diese Zeit, wunderte er sich. Der müsste doch in der Schule sein. Sofort fiel ihm ein, dass der Schüler sicher das Gleiche denken würde, wenn er ihn hier sehen würde. Leder drehte um. Er würde sich langsam auf den Heimweg machen. Auf eine Unterhaltung mit einem Schüler hatte er gar keine Lust. Auf eine Unterhaltung mit Tomislav Radoslavjevic erst recht nicht.

*

Verärgert stellte Hauptkommissar Stern den Telefonhörer in die Basisstation zurück. Er hatte zum dritten Mal erfolglos versucht, Jörn Leder anzurufen.

»Das gibt`s doch gar nicht. Der muss doch irgendwann mal zu Hause sein, wenn er sich krank gemeldet hat!«

Grüber grinste. »Ist doch sowieso ein Witz. Der Ritter erzählt uns groß, der Kollege fehlt nie, und dann wollen wir von seiner Stellvertreterin wissen, wo Leder Unterricht hat, und was ist? Er fehlt.«

Sie hatten sich gewundert, warum vor dem Büro der stellvertretenden Schulleiterin mindestens zehn aufgeregte kleine Jungen herumsprangen, teils in Sportkleidung, teils mit Turnbeuteln in der Hand. Dann hatten sie mitbekommen, dass die Siebtklässler aus einer Turnhalle in der Nähe hierher zur Schule gelaufen waren, weil ihr Sportlehrer nicht gekommen war. Der Lehrer war Leder. Er hatte sich krank gemeldet.

Kaum hatte Stern bei einem erneuten Versuch dem Lehrer die Vorladung auf dessen Anrufbeantworter gesprochen, summte sein Handy.

»Das ist doch schön«, freute er sich, nachdem er die eingegangene SMS gelesen hatte und schaute auf seine Uhr.

»Heute mache ich pünktlich Feierabend«, wandte er sich an Grüber. »Maischa ist nachher im `Lentz` und fragt, ob ich Zeit und Lust habe, mit ihr dort etwas zu essen.«

»Dann verringert sich der Altersdurchschnitt um Jahre«, grinste Grüber. Er war mit Stern auch schon ein paar Mal in der Kneipe am `Stuttgarter Platz` gewesen.

*

Auf dem Heimweg zum `Roseneck` kam Grüber plötzlich eine Idee. Er gab Gas, um die Grünphase der Ampel nicht zu verpassen, und fuhr weiter geradeaus, die Clayallee hinunter stadtauswärts. Beim anschließenden Blick auf den Tacho dankte er still der Verkehrsredaktion von `Radio 1`. Sie hatte vor einem Blitzer auf seiner Strecke gewarnt. Grüber brachte seinen Wagen auf die erlaubte Geschwindigkeit. Kurz darauf passierte er die Radarfalle. Glück gehabt, dachte er.

Wenige Minuten später hatte Grüber sein Ziel im Quermatenweg erreicht. Glück gehabt, schoss es ihm zum zweiten Mal durch den Kopf, obwohl er das, was er gerade beobachtete, überhaupt nicht einordnen konnte. Sofort nahm er sein Smartphone aus der Tasche und wählte Sterns Handynummer. Doch sein Kollege hatte sein Handy ausgeschaltet.

*

Mittwoch, 9. März 2011

Der März meint es bisher gut mit den Berlinern, dachte Hans Stern. Er schob sein Fahrrad hinaus auf die Straße. Es war zwar am Morgen noch kühl, aber der Himmel war blau und die Meteorologen hatten für den Tag eine Höchsttemperatur von fünfzehn Grad angekündigt. Eigentlich viel zu schade, um im Büro zu arbeiten. Vielleicht würde in der Mittagspause Zeit bleiben für einen kurzen Abstecher zum `Café am Neuen See`. Mit dem Fahrrad war man von der Keithstraße aus in wenigen Minuten dort.

Aber vorher gab es für sie auf der Dienststelle noch viel Arbeit. Er hatte sich für die morgendliche Dienstbesprechung vorgenommen, ihren To-Do-Plan gemeinsam rigoros zu entrümpeln. Sie konnten es sich einfach nicht mehr leisten, Zeit zu verschwenden. Es galt, Personen, die als Täter auszuschließen waren, konsequent zu streichen, keinen Gedanken mehr an sie zu vergeuden. Diese Maßnahme barg natürlich ein gewisses Risiko. Sie durften sich deshalb beim Erstellen der Streichliste keinen noch so kleinen Fehler leisten. – Und er hatte die Verantwortung. Aber es blieb ihnen keine andere Wahl. Sie mussten sich auf die Kernspuren konzentrieren und er musste das Risiko in Kauf nehmen.

Während er durch die Mommsenstraße fuhr, begann er in Gedanken damit, eine Liste der Personen, die gestrichen werden könnten, zusammenzustellen.

Von den ursprünglich mehr als fünfhundert Teilnehmern der Schulveranstaltung fielen alle weg, die kleiner als 1,75 Meter waren, und damit der allergrößte Teil der weiblichen Besucher.

Alle Teilnehmer mit Alibi, ob Schüler, Lehrer, Eltern oder Ehemalige, waren zu streichen. Zu ihnen gehörte auch Mike Kumbela, trotz der Spuren, die er an Finks Hals hinterlassen hatte.

Ebenso Murat Yakin, ihr Tatverdächtiger aus dem Drogenmilieu.

Die Mutter von Agnes Abel war zur Tatzeit definitiv nicht in Berlin, wussten sie von Watzke.

Dagegen war das Alibi ihrer Tochter nicht gesichert. Dennoch hielt Stern sie nicht für die Täterin, obwohl sie mindestens 1,75 Meter groß war und im Affekt sicher Kraft entwickeln konnte. Aber er glaubte dem, was sie während ihrer Vernehmung ausgesagt hatte, und verließ sich dabei auf seine Menschenkenntnis. Und auf sein Bauchgefühl. Er würde vorschlagen, sie zu streichen, war aber nicht sicher, wie seine Kollegen darüber dachten.

Die Alibis von Tomislav Radoslavjevic, Wolf Märtens und Jörn Leder waren ebenfalls nicht hieb- und stichfest. Aber ihre Namen würden auf keinen

Fall auf eine Streichliste gesetzt werden, im Gegenteil. Watzke war gerade damit beschäftigt, den Wahrheitsgehalt von Radoslavjevics Aussagen zu prüfen. Die gestohlene Gitarre hatte Toms Mutter Finks Eltern zurückgegeben, hatte er bereits herausgefunden. Aber das war kein Beweis für Radoslavjevics Unschuld.

Vom `Savignyplatz` bog Stern in die Kantstraße ein. Er war immer noch mit dem anstehenden Programm ihres Arbeitstages beschäftigt.

Für zehn Uhr hatten sie Jörn Leder vorgeladen. Auf ihm und auf Radoslavjevic musste nach Sterns Auffassung vorerst ihr Hauptaugenmerk liegen. Ebenso wie Radoslavjevic hatte Leder ihnen wichtige Informationen vorenthalten. Und im Nachhinein hatte auch Grüber festgestellt, dass alle Aussagen Leders äußerst vage und eigentlich nichtssagend gewesen waren. Das würde sich ändern, schwor sich Stern.

Er passierte das `Bikini-Haus` in der Budapester Straße. Die Fahrbahn war verengt. Seit einigen Wochen war das Gebäude auf seiner Länge von etwa zweihundert Metern von einem Bauzaun eingefasst. In einem geplanten Zeitraum von dreieinhalb Jahren, hatte er gelesen, sollte das denkmalgeschützte `Bikini-Haus` saniert werden. Aus der Ramschmeile, zu der sich das Schmuckstück aus den Fünfzigern – so hatte es der Bezirksbürgermeister Charlottenburgs in einem Fernsehbeitrag genannt – in den letzten Jahren entwickelt hatte, sollte nach den Plänen der neuen Besitzer

Berlins coolste Shopping-Mall werden. In allen Berliner Medien war ausführlich darüber berichtet worden. Daher wusste Stern sogar, wie das Gebäude zu seinem außergewöhnlichen Namen gekommen war. Bis 1978 war das mittlere Geschoss des Laden- und Bürogebäudes ein offener Laubengang gewesen. Das `Bikini-Haus` wirkte zweiteilig. Ähnlich dem aus der Bademode bekannten Zweiteiler namens Bikini. Den Berlinern gefiel das.

Stern gefielen die veröffentlichen Umbau-Pläne und er war zuversichtlich, dass die Bayrische Hausbau, neuer Eigentümer des Gebäudes, im Gegensatz zu den Verantwortlichen für den Bau des neuen Berliner Flughafens `BER` in Schönefeld, den Zeitplan für den Umbau einhalten würde. Im Frühjahr 2014 sollte das Bikini-Ensemble zusammen mit dem restaurierten `Zoopalast` und dem bis dahin eröffneten `Waldorf Astoria` zu den neuen Highlights der City West gehören.

Schau mer mal, klangen ihm die Worte des Kaisers im Ohr, als er sein Fahrrad vor dem Dienstgebäude anschloss.

*

Grüber war schon auf dem Weg zum Besprechungsraum, als er seinen Chef die breite, steinerne Treppe heraufkommen sah. Er wartete, bis Stern vor ihm stand.

»Lass uns noch einmal kurz in unser Büro gehen, Hans. Es gibt eine sensationelle Neuigkeit!«

Der überraschte Hauptkommissar folgte ihm. Grüber schloss die Tür.

»Wie jetzt? Heiratest du?«, grinste Stern.

»Setz dich erst mal hin, damit du nicht umfällst!«

»Du heiratest! – Nein, du wirst Vater!«

Beide Männer nahmen Platz. Grüber blickte augenblicklich ernst und wurde sachlich.

»Ich bin gestern auf dem Heimweg noch einmal in den Quermatenweg gefahren. Ich dachte, vielleicht ist es besser, wenn ich Leder persönlich vorlade.«

»Und? War er da?«

»Ja und nein. Aber hör doch erst mal zu! – Rate mal, wer, kurz bevor ich Leders Haus erreicht hatte, aus der Haustür kam und mit dem Fahrrad davon fuhr. Das errätst du nie!«

»Die Schulsekretärin«, mutmaßte Stern. »Wie hieß die noch gleich? Frau Allmann?«

»Nein, die war es nicht. Aber Agnes Abel!«

»Was? – Was hat die denn da gemacht?«

»Das hab ich mich auch gefragt.«

»Und?«

Grüber spannte seinen Kollegen etwas auf die Folter, bis er antwortete: »Agnes Abel ist Jörn Leders Tochter!«

»Das gibt's doch nicht! Wie kommst du denn darauf? Ich denke, Agnes Abels Vater lebt in Brasilien!«

»Leb-te!« Grüber betonte die zweite Silbe.

»Leider konnte ich Agnes Abel nicht mehr erwischen, sie war zu schnell weg. Aber ich hab bei Leder geklingelt. Seine Lebensgefährtin hat geöffnet. Er hatte sich wieder hingelegt. Leidet angeblich unter Kopfschmerzen. Da hab ich sie befragt. Sie wusste ganz gut Bescheid.«

»Und sie hat dir gesagt, dass Agnes Abel Jörn Leders leibliche Tochter ist?«

»Ja!«

»Und seit wann ist Leder wieder in Berlin?«, wollte der Hauptkommissar wissen.

»Seit knapp drei Jahren. Der kann nur ganz kurze Zeit an der Schule in Kreuzberg gearbeitet haben.«

»Mist!«, fluchte Stern laut. »Das hätten wir in Erfahrung bringen müssen. Wir waren bei der Befragung von dem Ritter nicht gründlich genug!«

»Aber auf diesen Gedanken zu kommen, war doch schier unmöglich! – Nach dem, was Frau Abel und dieser Dr. Ritter zu uns gesagt haben.«

»Trotzdem! Unser Fehler! – Glaubst du, Leder hat etwas von Agnes Vergewaltigung gewusst?«

»Das müssen wir ihn nachher fragen. Falls er kommt. Jetzt informieren wir zunächst mal die Kollegen. Die werden sicher auch staunen.«

*

»Herr Leder, woher haben Sie gewusst, dass Christopher Fink Ihre Tochter vergewaltigt hat?«, war die erste Frage, die Hauptkommissar Stern dem verunsichert wirkenden Lehrer stellte, nachdem er ihn über seine Rechte und Pflichten aufgeklärt hatte. Leder sah schlecht aus.

10:07 Uhr. Beginn der Vernehmung von Jörn Leder, trug Oberkommissar Grüber in das Protokollformular ein. Auch das Aufnahmegerät lief mit.

Jörn Leder hatte bemerkt, wie die letzte Farbe aus seinem Gesicht gewichen war. Aber er würde kämpfen. Wie früher beim Tennis. Er hatte nie einen Ball verloren gegeben. Immer alles gegeben, bis der Matchball gespielt war, auch wenn der Gegner unschlagbar schien. So würde er es jetzt ebenfalls halten.

»Ich dachte, Sie wollten mich im Zusammenhang mit dem Tod von Christopher Fink befragen! Was hat meine Tochter damit zu tun?« Er war bemüht, seine Stimme normal klingen zu lassen.

Return halbwegs geglückt, dachte er. Doch die Antwort des Gegners erfolgte postwendend.

»Das würden wir gerne von Ihnen erfahren, Herr Leder.«

Jetzt nicht auf Risiko gehen, nahm sich Leder vor. Höchste Konzentration war erforderlich. Lieber ganz auf sicher spielen und erst einmal Tempo rausnehmen.

»Wissen Sie was, Herr Hauptkommissar?«, wandte sich Jörn Leder an Stern, »ich hab zwar mit der ganzen Sache nichts zu tun, aber das wird mir allmählich ein bisschen zu heikel. Ein Freund von mir ist Anwalt. Den werde ich erst einmal um Rat fragen, bevor ich hier Ihre Fragen beantworte. Ich will da in nichts reingeraten.«

»Okay, hier ist ein Telefon.« Grüber griff nach dem Gerät auf seinem Schreibtisch.

»Nee, nee. So nicht! Das mache ich in aller Ruhe, und zwar zu Hause bei mir.«

Grüber klopfte sich in Gedanken auf die Schulter. Irgendwie hatte er so etwas geahnt und zur Sicherheit einen Durchsuchungsbeschluss für Leders Haus beantragt. Den hatten sie auch bekommen. Es ging um wichtige Beweismittel, die nicht vernichtet werden durften. Berg und Gold waren schon unterwegs zum Quermatenweg, wo sie auf den Lehrer warten würden.

»Herr Leder, wir gehen davon aus, dass Sie uns bei der Suche nach der Person, die Ihren ehemaligen Schüler umgebracht hat, unterstützen werden«, fuhr der Oberkommissar ungerührt fort.

»Christopher Fink war nicht mein Schüler«, wandte der Lehrer sofort ein.

Stern übernahm. »Herr Leder, aufgrund einer Zeugenaussage wissen wir, dass der Täter am Tatabend schwarze, uniformähnliche Kleidung trug. Wir sind im Besitz einiger Foto-Aufnahmen, auf denen zu erkennen ist, dass auch Sie am Tatabend so gekleidet waren.«

»Die gesamte Security war am Tatabend so gekleidet!«, unterbrach ihn Leder. »Ich sag jetzt überhaupt nichts mehr.«

Stern ging nicht auf die Bemerkung des Mannes ein, sondern entgegnete ruhig: »Weshalb haben Sie uns nicht gesagt, dass Sie Mitglied der Security waren?«

»Weil Sie mich nicht danach gefragt haben! Woher sollte ich wissen, dass es für Sie wichtig ist, was ich an dem Abend für eine Funktion hatte?«

»Herr Leder, wir halten es für dringend notwendig, Ihre Kleidung und die Schuhe, die Sie am Abend des 18. Februar getragen haben, kriminaltechnisch untersuchen zu lassen.«

Der Lehrer blickte den Kriminalbeamten sprachlos an.

»Zwei Kollegen warten bereits vor Ihrem Haus auf Sie. Ich würde Sie daher bitten, umgehend nach Hause zu fahren und den Kollegen die Sachen zu geben. Im besten Fall ist es ja nur für ein paar Tage.«

»Dazu brauchen die doch einen Durchsuchungsbeschluss«, protestierte Leder.

»Den haben die Kollegen mit und sie werden Ihnen den natürlich unaufgefordert zeigen.«

Den ersten Satz hatte er verloren, wusste Leder in diesem Augenblick. Aber das Match war noch nicht entschieden. Noch lange nicht.

»Das war´s dann für heute. Sie können jetzt gehen«, hörte er den Kommissar sagen.

Wortlos stand er auf.

*

Freitag, 18. Februar 2011

Als Leder gegen halb sechs Uhr an der Jim-Morrison-Schule ankam, standen schon zwei Dutzend zumeist jüngere Schüler vor dem Hoftor und warteten ungeduldig darauf, eingelassen zu werden. Einige schienen in Begleitung ihrer Eltern zu sein.

Auch die Security war bereits da. Eingepackt in dicke, warme Winterkleidung, komplett in Schwarz, und ausgestattet wie Profis, mit Taschenlampen, Funkgeräten und Security-Headsets, standen drei junge Männer und zwei junge Frauen auf der anderen Seite des Schultores. Die Ohrenstöpsel der Headsets hinderten sie offensichtlich nicht daran, sich lebhaft zu unterhalten. Alle rauchten. Vielleicht wollten sie sich damit etwas vor der Kälte schützen, die auch heute Abend wieder herrschte.

Leder grüßte die jungen Leute und stellte fest, dass er nur einen von ihnen kannte. Die anderen waren ehemalige Schüler, hatte Wolf Märtens ihm erzählt, die das ROCKFEST aus Verbundenheit zu ihrer alten Schule unterstützten.

Auf dem Gelände der Schule war laute Musik zu hören, die aus der Mensa an sein Ohr drang. Bis achtzehn Uhr wurde drinnen noch der Soundcheck durchgeführt. Auch bei der Technik wurden die Schüler von Ehemaligen unterstützt und angeleitet. Ohne diese Hilfe wäre eine so große Veranstaltung nicht durchzuführen gewesen. Auch das hatte Wolf Märtens betont.

Eine halbe Stunde später stand Leder, jetzt ebenfalls ausgestattet mit Funkgerät und Headset, auf Bitten von Wolf Märtens in der Nähe des Schultores, um die jungen Leute dort gegebenenfalls unterstützen zu können.

Die Anzahl der Wartenden hatte sich inzwischen beträchtlich vermehrt und es befanden sich auch etliche ältere Schüler darunter. Diese äußerten deutlich ihren Unmut und forderten, teils sehr vehement, endlich hineingelassen zu werden.

»Door an Patrice. Door an Patrice«, hörte Leder den Security-Mann, der sich ihm kurz vorher als Julian Eicke vorgestellt hatte, ganz ruhig in sein Headset sprechen. Er schien wirklich Routine zu haben in seinem Job.

»Wie weit seid ihr mit dem Soundcheck? Die Leute frieren hier draußen und möchten gerne rein.«

Nachdem er einen Moment der Stimme in seinem Kopfhörer zugehört hatte, sagte er zu seinen Leuten: »Okay, der Soundcheck ist beendet.«

Im Kommandoton, für alle Umstehenden deutlich vernehmbar, folgte: »Einlass kann beginnen!«

Dann öffnete er höchstpersönlich das Eingangstor.

Plötzlich spürte Leder, wie sich sein Magen zusammenkrampfte und Wut in ihm hochstieg. Auf dem kurzen Weg von der Mensa zum Eingangstor näherte sich Christopher Fink. In der Hand hielt er ein paar Eintrittskarten, die offensichtlich für seine Kumpels waren. Diese warteten mit der obligatorischen Bierflasche in der Hand vor dem Eingang auf ihn und begrüßten ihn mit großem Hallo.

Leder trat automatisch ein paar Schritte zurück ins Halbdunkel und suchte Schutz hinter einem Haselnussstrauch. Hier und jetzt wollte er dem Typen noch nicht entgegentreten. Da würde sich im Laufe des Abends sicher noch die ein oder andere günstigere Gelegenheit ergeben.

Als sich die Gelegenheit schließlich ergab, traf es Jörn Leder jedoch völlig unvorbereitet. Es war etwa zehn vor elf am Abend. Der Lehrer spürte, dass er großen Hunger hatte. Er hatte, seitdem er von zu Hause weggegangen war, noch nichts gegessen. Die Mensa war zu diesem Zeitpunkt zwar ziemlich voll, aber in der Nähe der Bühne standen einige Kollegen, so dass Leder beschloss, sich für ein paar Minuten in den Backstage-Bereich zurückzuziehen. Er hoffte, dass die jungen Leute das Büfett noch nicht total geplündert hatten und er dort noch etwas zu essen finden würde.

Im selben Augenblick, als er die Tür zum Freizeit-raum öffnete, sah er, wie Fink aus der gegenüber-liegenden Tür hinaus auf den Hof trat. Das ist die Gelegenheit, durchzuckte es ihn. Er eilte auf die Tür zu und öffnete sie vorsichtig.

Draußen war es dunkel. Wo war Fink? Dann hörte er ein Geräusch und sah, dass Christopher Fink die Treppe zum Technikkeller ansteuerte und diese kurz darauf hinunterstieg. Dass er dabei von Leder beobachtet wurde, bemerkte der ehemalige Schüler nicht.

Der Lehrer trat vorsichtig ins Freie. Der Schulhof war menschenleer. Keine der Security-Streifen, die das große Schulgelände paarweise kontrollierten, war zu sehen. Im Schutz der Dunkelheit eilte er hinüber zur Treppe. Glück gehabt, dachte er, als er den schmalen Lichtstreifen entdeckte, der aus dem Türrahmen nach draußen drang. Er hatte keinen Schlüssel für den Technikkeller. Aber irgendetwas hatte den Schließmechanismus der grauen Stahl-tür beeinträchtigt und verhindert, dass sie ins Schloss gefallen war und von außen nicht mehr zu öffnen gewesen wäre.

Finks Gesicht verzog sich zu einer Maske, als Leder plötzlich bei ihm im Raum stand und die Tür hinter sich zu zog. Vor Schreck verschluckte er sich an dem Rauch seines frischen Joints und begann unkontrolliert zu husten. Leder wartete. Er fühlte wie sein Herz vor Aufregung immer schneller zu klopfen begann.

»Du weißt, wer ich bin?«

Fink starrte den ganz in Schwarz gekleideten Mann an. Irgendwie kam ihm sein Verhalten bedrohlich vor. Was wollte der von ihm?

»Babo?«, flüsterte er entsetzt.

Aber wie kam der hier in den Technikkeller? Er verstand gar nichts. Ängstlich schüttelte er den Kopf. Sagte nichts.

»Dann werde ich`s dir gleich sagen.«

Leder holte tief Luft.

»Ich bin der Vater von Agnes Abel!«

Er fixierte die Augen seines Gegenübers.

»Da staunst du?« Er ließ seine Worte wirken.

»Ich will von dir wissen, was du mit meiner Tochter gemacht hast! Du Schwein!«

Erstaunlich schnell löste Fink sich aus seiner Schockstarre. Jetzt begriff er. Das unerwartete Auftauchen des Mannes hier im Keller hatte nichts mit seinen Schulden bei Babo zu tun. Er hatte den Lehrer zuerst gar nicht erkannt mit seiner schwarzen Wollmütze. Und dass dieser Sportlehrer der Vater von Agnes Abel war, hatte er nicht gewusst.

Was will dieser Wichser von mir? Er spürte, wie Aggression in ihm aufstieg.

»Das willst du nicht wirklich wissen!«, zischte er wütend. »Ich hab sie gefickt! Ich hab es ihr besorgt, Mann! Von hinten! Sie konnte gar nicht genug kriegen!«

Plötzlich griff er in die Tasche seiner Jacke, holte sein Smartphone hervor und ließ seine Finger blitzschnell über das Display gleiten. Dann drehte er es hämisch grinsend in Leders Richtung.

Agnes war zu erkennen. Über ein Piano gebeugt, mit hochgezogenem Rock und mit weit gespreizten Beinen. Eine Großaufnahme ihres nackten Pos folgte.

»Gib das sofort her!«

Außer sich vor Wut sprang der Lehrer auf Fink zu und schlug mit der Faust in Richtung seines Kopfes. Der ehemalige Schüler wich geschickt aus und griff völlig unerwartet mit der anderen Hand in die Seitentasche seiner Hose. Heraus zog er ein Messer. Leder zuckte überrascht zurück.

Dann geschah etwas, was Christopher Fink überhaupt nicht erwartet hatte. Eine kurze Ablenkung. Sofort holte der Lehrer blitzschnell und ohne jede Vorwarnung mit dem rechten Fuß aus und trat so heftig gegen Finks Unterarm, dass der ehemalige Oberstufenschüler vor Schmerz laut aufschrie und das Messer fallen ließ. Damit hatte Leder gerechnet. Doch nicht damit, was danach geschah.

Wie von einer anderen Person geführt, griff seine Hand nach dem Messer auf dem Boden. Dann schnellte die Waffe auf den Widersacher zu. Dieser hielt sich mit der linken Hand den schmerzenden Unterarm und schien völlig überrascht. Tief drang die stählerne Klinge in seinen Körper ein.

Leder registrierte das Ganze wie in Zeitlupe. Er fühlte sich wie ein Zuschauer. Er hatte keine Chance gehabt, einzugreifen und dieser Person mit der Waffe Einhalt zu gebieten. – Entsetzen breitete sich in ihm aus. Erschrocken ließ er das Messer zu Boden fallen.

Kurz darauf hämmerte plötzlich von draußen jemand mit der Faust an die Kellertür.

»Fink! Äih! – Bist du da drin? Wieso gehst du nicht an dein Handy? – Mach mal auf!«

Erneutes Klopfen. »Komm jetzt, Alter! Wir sollen gleich spielen!«

Leder befand sich wieder in der Realität.

Automatisch schnellt sein Zeigefinger zu seinem Mund und legt sich senkrecht über seine Lippen. Kein Laut darf jetzt nach außen dringen! Er hält den Atem an. Er spürt, wie sein Instinkt und seine alten Reflexe das Kommando übernehmen. Höchste Konzentration. Nur keinen Fehler machen!

»Nicht mit dem Blut von Fink in Berührung kommen. Nirgendwo anstoßen. Kein Geräusch erzeugen«, flüstert er.

Langsam bewegt er sich in Richtung Kellereingang. Er drückt sich neben der Tür mit dem Rücken an die Wand. Er wartet. Wenn der Junge einen Schlüssel für die Tür hat und in den Keller kommt, muss ich ihn k.o. schlagen, weiß er. Leise atmet er ein und aus. – Nichts. Offensichtlich ist der Junge wieder gegangen. Leder wartet noch einige Sekunden, bevor er zu Fink zurückgeht. Er weiß, dass der ehemalige Schüler tot ist.

Das Smartphone lag nicht weit neben dem Toten auf dem Boden. Leder hob es auf. Das Glas des Displays war beim Aufprall auf den harten Betonboden gesprungen. Um das Gehäuse zu öffnen, musste er seinen rechten Handschuh ausziehen. Pass auf, dass du dich nicht verletzt, ging ihm durch den Kopf.

»Mist!«, fluchte er leise.

Die Speicherkarte war von seiner Fingerspitze gerutscht und wieder zurück in ihre Halterung geglitten.

»Konzentration! Hektik bringt jetzt überhaupt nichts«, versuchte er sich zu beruhigen.

Dann hielt er die Speicherkarte zwischen Daumen und Zeigefinger und ließ sie vorsichtig in seine Jackentasche gleiten. Schnell brachte er die Rückseite des Smartphones wieder an, wischte das Gerät mit einem der herumliegenden Lappen gründlich ab und steckte es zurück in Finks Hose. Er wickelte das blutverschmierte Messer in den Lappen ein und nahm eine leere Einkaufstüte, die in einer Ecke auf dem Boden lag. Er steckte das Messer hinein und rollte die Tüte zusammen.

Kurz danach öffnete Leder vorsichtig die Tür des Kellers. Er lauschte einen Moment, ob draußen jemand zu hören war, und schlich die steinerne Treppe hinauf. Auf dem Schulhof war niemand zu sehen. Schnell lief er an der Außenwand der Turnhalle entlang. Unerkannt erreichte er den Durchgang zum Sportgelände. Er suchte Schutz hinter den Baumstämmen und dem Buschwerk des kleinen Kiefernwäldchens. Hier war er sicher. Wenn er auf eine Streife stoßen würde, würde er sagen, er befinde sich auf einem Kontrollgang. Doch niemand begegnete ihm.

Nahe am Zaun entlang steuerte der Sportlehrer das gegenüberliegende Ausgangstor zum Holzungsweg an. Für dieses Tor hatte er einen Schlüssel. Lautlos öffnete er es.

Um diese Zeit war der Holzungsweg menschenleer und die Maschine stand wie erwartet auf ihrem gewohnten Platz. Die Plane ließ sich leicht hochschieben. Leder öffnete die Schnalle der Satteltasche. Er ließ das Päckchen hineinfallen und zog den Regenschutz wieder nach unten. Hier würde das Messer so schnell keiner finden. Das Ganze hatte keine zwei Minuten gedauert. Er war das Messer los.

Der Lehrer atmete tief durch und machte sich eilig auf den Rückweg.

Was jetzt, dachte er, als er im Laufen die Frau mit ihrem kleinen Hund erblickte, die plötzlich um die Ecke bog und ihm auf dem Gehweg entgegen kam. Stehen bleiben geht nicht, war ihm klar. Entweder sie macht Platz oder ich muss sie umrennen, entschied er und lief weiter. Sein Knie, das er sich bei dem heftigen Tritt gegen Finks Arm lädiert haben musste, schmerzte.

Die Frau weicht mir nicht aus, registrierte Leder. Im selben Moment hob er beide Hände und versetzte der Hundebesitzerin, ohne sein Tempo zu verringern, einen Stoß gegen die rechte Schulter. Sie stürzte. Er wand sich an ihr vorbei. Er drehte sich nicht mehr um, sondern bog schnell um die Ecke. So geräuschlos wie möglich verschwand er durch das Eingangstor auf dem dunklen Sportplatz. Er lief noch ein paar Meter, dann suchte er Schutz hinter einem der Sträucher. Sein Herz schlug wie wild und er rang nach Luft.

»Julian an Patrice! Julian an Patrice!«, hörte er plötzlich die Stimme des Security-Mannes in seinem Headset. »Wir brauchen Verstärkung am Eingang. Es könnte Stress geben.«

Er meldete sich. »Leder hier. Komme sofort zum Tor!«

Entschlossen machte er sich auf den Weg.

*

Fünfundvierzig Minuten später stand Leder zusammen mit den übrigen Mitgliedern der Security im Freizeitraum. Die Veranstaltung war zu Ende und der Backstage-Bereich war bis zum Rand gefüllt mit bestens aufgelegten, teilweise euphorisch wirkenden jungen Leuten. Auch Wolf Märtens und Elli Beck wirkten wie befreit. – Noch, wusste Leder.

Er sah, wie ein ehemaliger Schüler aus dem Technik-Team eine Bierflasche aus einem wie aus dem Nichts aufgetauchten Kasten zog. Er öffnete sie mit einem Feuerzeug und hielt sie Märtens hin. Auch Elli Beck reichte er eine. Trotz des strengen Alkoholverbotes, das die Schulleitung für diese Veranstaltung ausgesprochen hatte, ließen es sich die älteren Schüler und die Ehemaligen nicht nehmen, zum Abschluss des zweiten Rockfestes ein Bier zu trinken.

»Mann war das eine geile Scheiße!«, schwärmte der junge Mann lautstark.

Lachend stießen Elli Beck und Wolf Märtens mit ihm und den anderen an. Alles hatte geklappt, die Veranstaltung war reibungslos über die Bühne gegangen.

»Prost! Same procedure next year!«

Keiner von ihnen wusste, was in dieser Nacht noch auf sie zukommen würde.

Leder musste sich Mühe geben, seine Anspannung zu unterdrücken. Er musste hier weg! Vorsichtig schob er sich durch die Menge, bis er unmittelbar vor Patrice Benidt stand. Dieser hatte inzwischen die Ausgabe-Liste für die Funkgeräte ausgepackt und war bereit, mit der Rücknahme der Geräte zu beginnen.

»Das habt ihr ja super hinbekommen mit der Security heute Abend, Patrice. Man hatte den Eindruck, da waren Profis am Werk.«

Patrice lächelte stolz, während er Leders Equipment entgegen nahm und dessen Namen auf der Liste der Verleihfirma abhakte.

»Vielen Dank. Gerne im nächsten Jahr wieder. Mir hat es großen Spaß gemacht. Herr Märtens hat meine Handynummer. Er braucht nur anzurufen.«

Leder gab dem jungen Mann die Hand. Märtens und Beck unterhielten sich gerade mit einer Gruppe von Musikern und achteten nicht auf ihn. Gut *so, dachte Leder. Unbemerkt verließ er den Freizeitraum.*

Nur wenige Minuten nach dem Lehrer verließ auch Tomislav Radoslavjevic unbemerkt den Backstage-Bereich. Nachdem er ins Freie getreten war, schlug er aber nicht den Weg zum Schultor ein, sondern ging außen um die Mensa herum in Richtung Turnhalle. Auf dem nächtlichen Schulhof war niemand zu sehen. Alle waren noch im Freizeitraum am Feiern. Unbemerkt erreichte er die Eingangstür zur Halle. Er stieß sie mit seiner Schulter auf. Natürlich war der Gitarrenkoffer mit Finks Fender noch an ihrem Platz.

Nachdem er den Koffer mit nach draußen genommen hatte, zog er die beiden Türflügel sorgfältig wieder zu. Einen Moment blieb er stehen und horchte. War da jemand? So leise wie möglich schlich er sich auf den Sportplatz. Dort gab es einige Löcher im Zaun. Durch eines von ihnen konnte er unbemerkt mit der Gitarre entkommen.

*

Samstag, 19.März 2011

»Soll ich dir Kaffee eingießen, Papa?«

Sie befanden sich auf der Autobahn. Stern saß am Steuer und lenkte ihren Wagen gerade auf die Avus.

»Warte noch, bis wir auf der A 9 sind. Da muss ich mich nicht mehr so sehr konzentrieren. Dann kann ich den Kaffee mehr genießen.«

Sie befanden sich auf dem Weg nach Oberwiesenthal. Das Tief Rosalinde hatte seit Donnerstag mit ergiebigen Niederschlägen bei deutlich gesunkenen Temperaturen für unerwarteten Schnee im Erzgebirge gesorgt. Und für den Fichtelberg war eine Neuschneeauflage von bis zu vierzig Zentimetern vermeldet worden. Herrlich, zwei Tage Skifahren und Snowboarden übers Wochenende, dachte Stern. Die passende Belohnung nach den zurückliegenden arbeitsreichen Wochen. Nach langem Hin und Her hatten sie endlich genug Indizien zusammen gehabt, um Anklage zu erheben.

»Heute steht wieder etwas über euren Fall in der Zeitung.«

Maischa hielt die `Berliner Morgenpost` in den Händen und hatte darin herumgeblättert.

»Soll ich dir mal vorlesen?«

»Von mir aus«, antwortete Stern.

»Hör zu! Ist nur ein ganz kurzer Bericht.«
Seine Tochter las:

MYSTERIÖSER KELLERMORD
Die Anklage liegt endlich vor

Am 19. Februar wurde im Keller der Jim-Morrison-Schule in Zehlendorf der ehemalige Schüler Christopher F. erstochen aufgefunden. Nach Auswertung aller Spuren nahm die Polizei knapp vier Wochen nach der Tat vorgestern den Sportlehrer und ehemaligen Einzelkämpfer der Bundeswehr Jörn L. unter dringendem Tatverdacht fest. Der Lehrer schweigt nach wie vor beharrlich zu den Tatvorwürfen. Trotzdem erfolgt jetzt die Anklage vor Gericht. Der Fall soll vor der Großen Strafkammer am Landgericht in Moabit verhandelt werden.

»Wieso seid ihr euch denn eigentlich so sicher, dass der Lehrer wirklich der Täter ist?«, fragte sie. »Es gab doch überhaupt keine Zeugen. Und die Tat gestanden hat der Mann doch auch nicht.«

»Da hast du Recht. Aber es gab schon einige Indizien, die ziemlich eindeutig für seine Täterschaft sprechen.«

»Und welche?«

»Das darf ich dir nicht verraten. Dienstgeheimnis.« Stern lächelte.

»Papaaa! Du hast mir doch schon so viel erzählt.«

»Aber keine wichtigen Details.« Stern schwieg. Seine Tochter ebenfalls.

»Du musst mir aber versprechen, dass du das absolut für dich behältst. Ich riskiere sonst meinen Job!«

»Versprochen! Indianer-Ehrenwort!«

»Die Kriminaltechniker konnten an der Tatwaffe Partikel von Leders Handschuhen finden. Dann haben sie an Leders Kleidung winzige Spuren von Finks Blut entdeckt. Aber wichtigstes Indiz ist Leders DNA, die in dem Smartphone von Christopher Fink nachgewiesen wurde. Um die Speicherkarte zu entfernen, musste er seinen Handschuh ausziehen. Und beim Entfernen haben sich dann Hautpartikel abgelöst.«

»Habt ihr die Speicherkarte bei dem Lehrer gefunden?«

»Nein, leider nicht. Die hat er sicher vernichtet oder weggeworfen.«

»Und trotzdem reichen eure Ergebnisse für eine Anklage?«, wunderte sich Sterns Tochter.

»Unumstößliche Beweise für die Täterschaft des Lehrers sind die einzelnen Indizien nicht. Werden sie jedoch als Indizienkette betrachtet, müsste dies ausreichen, das Gericht zu überzeugen.«

Maischa dachte nach. »Aber eins verstehe ich immer noch nicht! Woher hat der Lehrer überhaupt gewusst, was Fink mit seiner Tochter gemacht hat damals? Die hat das doch niemandem erzählt.«

»Das war reiner Zufall. Unglaublich! – Ehrlich gesagt, ich verstehe bis heute nicht, warum er uns
das überhaupt erzählt hat. Denn damit hat er uns
erst ein mögliches Motiv für die Tat geliefert. Sein
Anwalt war auch entsetzt, als er sich das mit anhören musste. Danach hat Leder dann konsequent
geschwiegen, wie es sein Anwalt ihm empfohlen
hatte. Kein Wort mehr gesagt. – Merkwürdig!«

»Und was hat er euch erzählt?«

»Also, Agnes Abel hatte einen Termin bei ihrer
Therapeutin. Sie hat nämlich eine Psychotherapie
gemacht. Bevor sie in das Behandlungszimmer
ging, hat sie schnell noch ihren Vater angerufen,
weil sie für den Nachmittag verabredet waren.
Und als sie ihr Handy zurück in ihre Handtasche
gelegt hat, muss sie wohl aus Versehen und ohne
es zu bemerken die Wahlwiederholung aktiviert
haben. Leder hörte, anfangs ungewollt, einen
großen Teil ihres Gespräches mit der Therapeutin
mit, bis er schließlich auflegte.«

Stern schüttelte den Kopf. »Wäre dieses dumme
Missgeschick nicht passiert, würde Christopher
Fink noch leben und der Lehrer müsste nicht hin-
ter Gittern.«

»Wirklich dramatisch«, entgegnete Maischa.
»Aber so etwas Ähnliches ist Carla auch mal passiert. Die hatte nicht richtig auf die rote Taste `Ge-
spräch beenden` gedrückt, nachdem sie sich am
Telefon mit ihrem Freund gestritten hatte. Dann
hat sie mit ihrer Freundin über den Jungen geläs-
tert und der hat alles mitgehört. Peinlich!«

»Und? Ist er immer noch ihr Freund?«

»Nee. Aber das hatte mit dem Telefonat nichts zu tun.«

»So, jetzt könntest du mir einen Becher Kaffee eingießen. Und eine Stulle mit Schnittkäse geben. Ich habe Appetit. Und dann vergessen wir meinen Fall und freuen uns auf zwei super Tage im Schnee. Neuschnee, fast vierzig Zentimeter! Ich fass es nicht!«

»Ich leg mal Musik von den `Artic Monkeys` ein. Ist das okay?«

»Das ist sogar großartig«, antwortete Stern und trat das Gaspedal ein bisschen weiter nach unten.

*

EPILOG

Sechs Monate später

In Jogginghose und T-Shirt gekleidet saß Jörn Leder am frühen Vormittag in der gemütlichen Küche seiner Wohnung. Sara war längst zur Arbeit gefahren. Auf dem Frühstückstisch vor dem Lehrer lag die aktuelle Ausgabe der `TAZ`. Aufgeschlagen war der Berlin-Teil. In seiner rechten Hand hielt Leder eine Leselupe. Die hatte ihm sein Arzt verordnet. Nur mit diesem Hilfsmittel war er überhaupt noch in der Lage, Zeitung zu lesen. Vor seiner Mutter, die ihn nach wie vor regelmäßig donnerstags besuchen kam, um für ihn zu kochen, hatte er versucht, dies so lange wie möglich verborgen zu halten. Aber inzwischen wusste auch sie, wie es um ihn stand.

Als er die Schlagzeile sah, verspürte er aufkommende Wut. Was wussten die Schreiberlinge schon. Die hatten doch keine Ahnung. Dennoch begann er zu lesen.

EINZELKÄMPFER oder PLAUDERTASCHE?
Wird die Indizienkette halten?

In der Nacht vom 18. auf den 19. Februar 2011 wurde der ehemalige Jim-Morrison-Schüler Chr. F. in den Kellerräumen seiner alten Schule erstochen aufgefunden. Ob sein Sportlehrer, ein ehemaliger Einzelkämpfer der Bundeswehr, sich während der Tat bei der Auswahl seiner Erziehungsmethode vergriffen hat, weiß niemand außer dem Lehrer selbst. Aber Einzelkämpfer plaudern nicht. In stoischer Manier schweigt der Lehrer nach wie vor beharrlich zu den Tatvorwürfen.

Dennoch muss er sich jetzt, ein halbes Jahr später, ab kommenden Montag vor Gericht verantworten. Angesetzt für den Prozess vor dem Landgericht Moabit sind fünfzehn Verhandlungstage. Es ist damit zu rechnen, dass es ein reiner Indizienprozess wird. Wird es dem Anwalt des Kämpfers, wie einst Ricky Shane, gelingen, die Indizienkette zu sprengen? Das ist die große Frage.

Die Anklage wird sich, so war aus verlässlicher Quelle zu erfahren, in erster Linie auf DNA-Spuren stützen.

Dass der Angeklagte sein Schweigen brechen wird, damit rechnet niemand.

Woher wissen die, dass ich eine Einzelkämpfer-
ausbildung gemacht habe, fragte er sich verärgert.
Das liegt mehr als fünfundzwanzig Jahre zurück.
Ob sie jemanden in der Personalstelle geschmiert
hatten, um Einblick in seine Personalakte zu bekommen? Leder legte die Leselupe auf den Küchentisch.

Mit ihrer letzten Vermutung könnten die
Schreiberlinge allerdings falsch liegen, dachte er. –
Wenn es absolut keinen Ausweg mehr geben
würde und wenn nur dadurch das Allerschlimmste
verhindert werden könnte, würde er reden. Bis
dahin sollte die Staatsanwaltschaft sich an ihrer
Indizienkette abarbeiten. Er musste grinsen. Vorsorglich hatte er ihnen sogar schon mal ein mögliches Motiv für die Tat geliefert. Seitdem hatte er
geschwiegen.

Doch selbst wenn er reden würde, würden sie
nur seine Version des Tathergangs von ihm hören.
Er hatte sie so oft in Gedanken durchgespielt und
formuliert, dass er fast selbst daran glaubte. Von
seiner Ankunft am Schultor gegen 17:30 Uhr bis
zum Verlassen des Backstage-Bereiches gegen
Mitternacht würde er ihnen alles minutiös beschreiben. – Fast alles.

Was in dieser Nacht wirklich passiert war, wussten nur drei Personen. Eine davon war tot. Erstochen.

Leder schloss die Augen. Seine Kopfschmerzen
blieben trotzdem unerträglich.

»Agnes? Was machst du denn hier? Wie kommst du denn hier rein?«

Entsetzt starrt Leder an Christopher Fink vorbei auf seine Tochter. Wie aus dem Nichts ist sie plötzlich hinter Fink aufgetaucht. Erst jetzt bemerkt der Lehrer im Halbdunkel des Kellerraumes die Nische, die in der hinteren rechten Ecke durch eine nachträglich eingezogene Wand abgetrennt ist. Die Türöffnung ist leer, eine Tür fehlt. Vielleicht war es einmal vorgesehen, an dieser Stelle eine Toilette einzubauen.

Auch Fink hat sich für einen Augenblick durch Agnes` unerwartetes Auftauchen ablenken lassen. Diesen Moment nutzt Leder. Blitzschnell und ohne jede Vorwarnung holt er aus und tritt mit dem Fuß so heftig gegen Finks Unterarm, dass dieser vor Schmerz laut aufschreit und das Messer fallen lässt.

Leder spürte, wie er mit seinen Händen die Tischplatte umfasste und seine Finger so fest wie möglich zusammendrückte. Als müsste er sich festhalten. Er wusste, was jetzt kam, schmerzte. Dennoch hielt er seine Augen weiter geschlossen.

Er sieht sich, – wie er das Messer aus Finks Schulter zieht und entsetzt auf seine Hand mit der Waffe schaut. Erschrocken lässt er die Waffe zu Boden fallen. Finks Augen weiten sich. Er stöhnt vor Schmerzen. Taumelt.

Plötzlich steht Agnes neben den beiden. Sie greift nach dem Messer und stößt es, wie außer sich, in Finks Brust. Es dauert einige Sekunden, bis er selbst sich aus seiner Schockstarre lösen kann. Nur mit größter Mühe gelingt es ihm, den Arm seiner Tochter von hinten zu ergreifen und ihr das Messer zu entwinden. Aber es ist schon zu spät.

Seine Augen waren wieder offen. Warum tat er sich das an? Er sollte diese Szene aus seinem Gedächtnis löschen.

Er dachte an seine Tochter. Sie hatte zusammen mit ihm den Keller verlassen. Zum Glück waren ihnen auf dem Gelände keine der Security-Streifen begegnet. Durch ein Loch im Zaun war sie unbemerkt entkommen.

Auf diesem Weg war sie auch zum Technikkeller gelangt. Sie wollte niemanden treffen, der sie von früher kannte und beginnen würde, sie auszufragen. Außerdem wollte sie vermeiden, dass Fink vor ihrem Aufeinandertreffen von ihrer Anwesenheit in der Schule erfahren würde. Dass es in dem Zaun, der um die Schule herum errichtet war, zahlreiche Schlupflöcher gab, wusste sie noch von früher.

Der Hausmeister konnte sie gar nicht so schnell reparieren, wie die Jugendlichen aus der Nachbarschaft mit ihren Bolzenschneidern wieder neue hineinschnitten, erinnerte sich Leder. Der Sportplatz übte eine große Anziehungskraft auf sie aus. Besonders am Wochenende. Am Montagmorgen, wenn er mit seinen Schülern den Sportplatz betreten hatte, war dieser immer total verdreckt gewesen und Basketballkörbe, Hochsprungmatte oder Tornetze waren zum Teil mutwillig zerstört. Lange Zeit hatte er sich darüber geärgert. – Inzwischen war es ihm egal.

Er hatte zu seiner Tochter gesagt, sie sollte sofort nach Hause fahren. Auf den ersten Blick waren keine Blutflecke auf ihrer Kleidung zu erkennen gewesen. Außerdem war sie mit ihrer Vespa gekommen und auf ihrem Heimweg nicht den prüfenden Blicken von irgendwelchen Passanten ausgesetzt.

Er selbst war unmittelbar nach Verlassen des Rockfestes zu ihr gefahren. Sie hatte ihm gesagt, dass ihre Mutter nicht zu Hause war. Sie hatte gefasst gewirkt. Er wusste nicht, ob sie von den Tropfen genommen hatte, die er auf dem Küchenschrank gesehen hatte. `Sedariston` hatte auf dem Fläschchen gestanden. Er hatte sie nicht gefragt.

Genauso wenig, wie er ihr nach dem mitgehörten Therapiegespräch Fragen gestellt hatte. Der zweite große Fehler, den er in seinem Leben gemacht hatte. – Neben seinem Auslandsaufenthalt in Brasilien. Es war nicht wieder gutzumachen. Das wusste er. Aber in der jetzigen Situation gab es vielleicht eine Möglichkeit der Schadensbegrenzung. Und damit die Möglichkeit, zumindest etwas wieder zurückzugeben an seine Tochter.

Gemeinsam hatten sie Agnes` gesamte Kleidung in einen Müllsack gepackt, damit er sie so schnell wie möglich verbrennen konnte. Darauf hatte er bestanden. Dass er seine eigene Kleidung nicht verbrennen würde, hatte er bereits zu diesem Zeitpunkt gewusst. Ein Teil seiner Strategie hatte damals bereits festgestanden.

Dann hatte sie ihm von dem Schlüssel erzählt. Die Schulband hatte früher eine Weile in dem Keller geprobt und sie hatten sich heimlich Schlüssel-Duplikate machen lassen, auch Fink. Ihren Schlüssel hatte sie noch gehabt. Da Fink früher schon bei den Proben im Technikkeller gekifft hatte und da sie wusste, dass Fink besonders kurz vor einem Auftritt mit seiner Band immer kiffte, hatte sie gehofft, ihn dort anzutreffen.

Das Line-up für den Abend hatte sie auf der Schulhomepage gefunden.

Agnes wollte mit Fink über die Ereignisse im Musikhaus sprechen. Dazu hatte ihr auch ihre Therapeutin geraten. Sie könne sich damit aber Zeit lassen, bis sie sich stark genug fühle. Agnes wollte sich aber nicht mehr länger Zeit lassen. Nur so konnte sie endlich ihren Seelenfrieden wieder finden, hatte sie selbst festgestellt.

Und dann musste sie mit anhören, was Fink zu ihrem Vater sagte. Und sie sah, dass er ihrem Vater etwas auf seinem Smartphone zeigte. Was dann passiert war, konnte sie nicht begreifen.

Am späten Vormittag war er wieder zu seiner Tochter gefahren. Sara hatte er erzählt, er müsse zur Schule und beim Aufräumen helfen. Sie hatte ihn schräg angeschaut und geantwortet, dann würde sie zu ihrer Freundin nach Brandenburg fahren und dort auch den Sonntag verbringen. Gut, hatte er gedacht. Sollte die Polizei Sara zur Überprüfung seines Alibis befragen und sie würde von diesem Gespräch erzählen, würde niemand auf die Idee kommen, dass er bereits von dem Tod Finks gewusst hätte.

Agnes und er waren zum `Teufelsberg` gefahren und hatten einen langen Spaziergang gemacht. Dabei hatten sie über die tragischen Ereignisse der vorausgegangenen Nacht ausführlich gesprochen und es war ihm gelungen, seine Tochter etwas zu beruhigen. Die Tatsache, dass sie am nächsten Tag nach Regensburg reisen würde, hatten sie beide als Geschenk des Schicksals betrachtet und ver- einbart, telefonisch oder via Skype in Verbindung zu bleiben.

Dann hatte er Agnes schließlich in seinen Plan eingeweiht. Sie hatte sich vehement dagegen ge- sträubt. Niemals würde sie es zulassen, dass er für ihre Tat büßen würde.

Dann hatte er ihr von seiner Krankheit erzählt!

*

Danke

Ein besonderer Dank gilt, leider nur posthum, meinen Eltern. Zu Ehren meiner Mutter habe ich ihren Mädchennamen `Schley` als mein Pseudonym gewählt.
Mein Dank gilt auch den Menschen, die es ermöglicht haben, dass diese Geschichte erzählt werden konnte.
Als Vorlage für den Kriminalroman ROCKFEST diente ein außergewöhnliches Musikprojekt. Es fand unter anderem Namen von 2007 bis 2014 regelmäßig statt.
Bei denjenigen, die in all diesen Jahren daran mitgewirkt haben, möchte ich mich ebenfalls bedanken.
Und ganz besonders bei Elke, dafür dass sie mir immer zur Seite stand.

Josef Schley (April2015)

Facebook: **Josef Schley, Autor**

Josef Schley

Skifahrt

Kriminalroman

Besser als in diesem Jahr kann eine Skifahrt nicht laufen, denkt der Lehrer Thomas Wallroth.
Zusammen mit einer Gruppe von Oberstufenschülern und mit seiner jungen, attraktiven Kollegin Kristina Toll befindet er sich seit einer Woche zum Skifahren und Snowboarden in dem malerischen Ort Mauterndorf in Österreich.
Doch dann ist eines Morgens eine Schülerin verschwunden. Als die eigene stundenlange Suche nach dem Mädchen erfolglos bleibt, wenden sich die beiden Lehrer an die Polizei. - Nicht ahnend, welche Dramatik die Ereignisse in den nächsten achtundvierzig Stunden annehmen würden.

Skifahrt

Leseprobe: *Romanseite 49*

Er hörte die Schritte der Mädchen, als sie am Abend auf dem Weg zur Sauna den Hof überquerten. Es waren nur vier oder fünf, wie er mit einem kurzen Blick aus dem Fenster erkennen konnte. Sie war dabei, das war die Hauptsache.

Er spürte eine leichte Erregung aufsteigen. Trotzdem würde er noch ein paar Minuten warten, bis er im Schutz der Dunkelheit zum Skiraum schleichen würde, denn er musste sehr aufpassen, dass ihn niemand sah. Den engen Hohlraum, den es dort hinter einem mit vergessenen Skisachen vollgestopften alten Kleiderschrank gab, hatte er zufällig entdeckt. Ihm war eine Münze aus der Hosentasche gefallen und unter den Schrank gerollt. Beim Suchen war ihm ein Lichtschein aufgefallen, der durch ein Abdeckgitter in der Wand schien. Neugierig geworden hatte er den Schrank etwas zur Seite gerückt, durch das Gitter geschaut und direkt in den Saunabereich geblickt.

Die Tür zum Skiraum wurde abends nie abgeschlossen. Das wusste er. Damit sie sich leicht öffnen ließ und nicht quietschte, hatte er sogar heimlich die Scharniere geölt. Niemand würde ihn bemerken.

Ohne auch nur das geringste Geräusch zu verursachen betrat er den Raum, der nur von dem einfallenden Mondlicht schwach beleuchtet wurde. Natürlich schaltete er kein Licht ein. Den Weg zu seinem heimlichen Versteck hinter dem Schrank fand er dennoch. Gerade rechtzeitig! Die Mädchen zogen sich bereits aus. Auch sie.

*

| *Wiederveröffentlichung:* | *Frühjahr 2016* |